ज्ञान गरिमा के
70 वर्ष

भारतीय ज्ञानपीठ

णाणं
पयासयं

वीर नि.सं.
2470

ई. सन्
1944

भारतीय ज्ञानपीठ

आठवाँ रंग@पहाड़-गाथा

(‘नवलेखन पुरस्कार’ में अनुशंसित उपन्यास)

आठवाँ रंग@पहाड़-गाथा

प्रदीप जिलवाने

भारतीय ज्ञानपीठ

लोकोदय ग्रन्थमाला : ग्रन्थांक 1231

ISBN 978-93-263-5278-9

आठवाँ रंग@पहाड़-गाथा

(उपन्यास)

प्रदीप जिलवाने

प्रथम संस्करण : 2014

मूल्य : 240 रुपये

प्रकाशक : **भारतीय ज्ञानपीठ**

18, इंस्टीट्यूशनल एरिया, लोदी रोड, नयी दिल्ली-110 003

मुद्रक : विकास कम्प्यूटर ऐंड प्रिंटर्स, दिल्ली-110 032

छाया चित्र : सुंचित एम.

साज-सज्जा : चन्द्रकान्त शर्मा

AATHWAN RANG@PAHAD-GAATHA

(Novel)

by Pradeep Jilwane

Published by : **Bharatiya Jnanpith**

18, Institutional Area, Lodi Road, New Delhi-110 003

e-mail : jnanpith@satyam.net.in, sales@jnanpith.net

website : www.jnanpith.net

First Edition : 2014

Price : Rs. 240

काजू, किस्सु, काव्यम् के लिए
जिनके होने से घर,
घर है

शून्य के साथ एक संकट हमेशा होता है
उसे कहीं भी उठाकर किसी खाली जगह में
रखना कठिन होता है
इसलिए कि
वहाँ, जगह खाली होने के बावजूद
शून्य रखा होता है
शून्य में
शून्य के ऊपर
शून्य रखने की जगह नहीं होती है
खाली जगह खाली होने के बावजूद
शून्य से भरी होती है
हर खाली में
शून्य का भराव होता है।

एक

मुझे इन दूर–दूर तक फैले पहाड़ों से प्यार है। बहुत प्यार। इतना कि मैं बरसों इस भ्रम में रहा कि अगर मैं इन्हें छोड़कर गया तो मर जाऊँगा। शर्तिया ऐसा होगा। हाँ, ऐसा होगा।

इन पहाड़ों में मेरी आत्मा बसती है। इनसे मुझे साँसें मिलती हैं और मेरे खून को रफ्तार। इन्हीं से मुझे जीने का हौसला मिलता है और दु:खों को सहने की शक्ति भी। ये पहाड़ न होते तो मैं भी नहीं होता। मैं जानता हूँ, ये पहाड़ भले ही कुछ न बोलते हों लेकिन मेरे बगैर ये भी अनमने और उदास होते होंगे। ये पहाड़ मुझे जानते हैं। पहचानते हैं अच्छी तरह। इन पहाड़ों से शर्तिया कोई रिश्ता है मेरा। जैसे कि मेरे दादा अकसर कहा करते हैं कि ये पहाड़ हमारे पूर्वज हैं। ये जंगल हमारे घर हैं। इन जंगली पशुओं से हमारा पुश्तैनी रिश्ता है।

मुझे दादा की वे बातें तब लगभग नकली या मन का बहलावा लगती थीं, लेकिन आज सोचता हूँ तो लगता है कि वे सच कहते हैं, ये पहाड़ हमारे पूर्वज ही हैं। तभी तो ये हम पर अपना इतना प्यार लुटाते हैं। हमारे साथ खेलते-कूदते उठते-बैठते हैं। हमारे साथ अपने सुख-दु:ख बाँटते हैं। घंटों-पहरों हमसे बतियाते रहते हैं। ये भी क्या कम है कि हमारी बोलियाँ भी एक हैं। हम पहाड़ों की भाषा बोलते हैं। पहाड़ भी हमसे हमारी भाषा में ही बात करते हैं।

ये पहाड़ हमें भूखा नहीं सोने देते। हमारे पेट के लिए ये भी चिन्तित और परेशाँ रहते हैं। उतने ही जितने कि हम। अगर हम भूखे होते हैं, तो ये भी कुछ नहीं खाते। इनके चेहरों से भी वो हरापन तब कहीं खो जाता है जब भूख हमारे चेहरों को काला कर रही होती है। इन पहाड़ों का यह निश्छल प्रेम हमारे जीने का जरूरी सामान है। ये पहाड़ हमें पवित्र नींदें देते हैं। गहरी, पवित्र, गाढ़ी और पहाड़ी नदियों-सी निर्मल नींदें। सोने से पहले हमें अपनी कहानियाँ सुनाता है पहाड़। हमारे फल्यों के छोटे-छोटे बच्चों को लोरियाँ सुनाता है। और उन्हें एक भरी-पूरी नींद देता है। हमारे सपनों में जो खालिस प्रेम निथरकर आता है, इन्हीं पहाड़ों से उतरता है।

इन पहाड़ों को भी मुझसे प्यार है। बहुत प्यार।

यह मेरे बचपन की बात है। उन दिनों हम पिता के साथ उमरखली गाँव में रहते थे, जहाँ मेरे पिता वरसूद पर यानी बन्धुआ मजदूरी पर काम करते थे। तब एक बार मैंने अपने पिता से पूछा था, "भाईजी, क्या हम हिन्दू हैं?"

पिता ने अचरज से मेरी ओर देखा था, फिर बड़े प्यार से पुचकारते हुए पूछा था, "क्यों? क्या हुआ?"

"स्कूल में माट्साब ने मेरे नाम के साथ एक फार्म पर लिखा है।" मैंने उन्हें बतलाया था।

"माट्साब ने लिखा होगा तो सही ही होगा।" पिता की बात में सन्देह भी था और माट्साब के कहे के प्रति समर्थन भी। मुझे कुछ समझ में नहीं आया।

लेकिन बाद में जब मैं भोंगर्या के दिनों में अपने फल्या आया था, तब भी मैंने अपने दादा से पूछा था। दादा थे तो निरक्षर। लेकिन उन्हें दुनियादारी का तजुर्बा था। मेरे पिता उन्हीं की जगह पर तो वरसूद पर लगे थे।

मैंने अपने दादा से अपनी जिज्ञासा के तहत पूछा था, "दादा, ये धर्म क्या होता है?"

दादा ने भी मुझसे पहले वही प्रतिप्रश्न किया, "क्यों? क्या हुआ?"

मैंने उन्हें बताया कि स्कूल में माट्साब ने मुझसे मेरा धर्म पूछा था।

दादा हल्के से मुस्करा दिए। फिर मुझे समझाते हुए बोले, "बेटा धरम का

मतलब है अच्छे काम करने के नियम। सबका भला करने की रीत।''

दादा ने बहुत सरलता से बतलाया था लेकिन मैं उलझ गया।

''तो फिर धर्म अलग-अलग क्यों है? क्या दूसरे धर्मों में अच्छे काम नहीं किए जाते? दूसरे धर्मों में सबका भला नहीं चाहा जाता?''

दादा को मुझसे ऐसे किसी कठिन प्रश्न की उम्मीद नहीं थी, लेकिन वे असहज भी नहीं हुए बल्कि शायद उन्होंने मन ही मन मेरी उत्सुकता को सराहा था और बहुत हल्के शब्दों में समझाते हुए बोले, ''बेटा भगवान तो सब एक ही है। बस उसकी पूजा करने के अलग-अलग तरीके हैं। यही तरीके धरम बन गये।''

मुझे दादा का यह तर्क समझ में आ गया तो मैंने आगे पूछा, ''दादा, हमारा धर्म क्या है? क्या हम हिन्दू हैं?''

दादा पहले तो चिन्तित हुए फिर ढलती साँझ के मटमैले अँधेरे में मुस्कराते हुए बोले, ''ये पहाड़ ही हमारा धर्म है। ये जंगल ही हमारी जात है।''

''तो फिर दादाजी माट्साब ने मेरे स्कूल के फार्म पर मेरा धर्म 'हिन्दू' क्यों लिखा? 'पहाड़' क्यों नहीं लिखा?'' मैंने उत्सुकता दिखाते हुए पूछा।

दादा मेरे प्रश्न पर फिर मुस्करा दिए। और चुप हो गये। लेकिन शायद अपनी चुप्पी उन्हें खुद ही खली होगी। उन्होंने भी पिताजी की तरह मेरे प्रश्नों के आगे हथियार डालते हुए कहा, ''बेटा माट्साब ने लिखा होगा तो सही ही होगा।'' लेकिन दादाजी जानते थे, वे किसी तरह मुझे बहला रहे हैं।

यह धर्म से सम्भवतः मेरी पहली मुठभेड़ थी। अभी तो बहुत लम्बा सफर बाकी था।

मुझे दादा की बात तब बहुत अचरज भरी लगी थी लेकिन आज जब सोचता हूँ तो यकीन आता है। मेरे दादा सच ही कहते थे, ''ये पहाड़ ही हमारा धर्म है। ये जंगल ही हमारी जाति है। ये पेड़ ही हमारे गोत्र हैं।''

''मैं हिन्दू नहीं हूँ।''

''मेरा धर्म मुस्लिम नहीं है।''

''मेरा धर्म ईसाई नहीं है।''

मेरा धर्म 'पहाड़' है। मेरे ये पहाड़ ही मेरा धर्म है।

सुने! ये पृथ्वी! ये आकाश! ये समस्त संसार! ये समस्त सृष्टि सुने!

मैं जोर-जोर से चिल्लाकर उद्घोषणा करने लगता हूँ,

''मेरा...धर्म... पहाड़ऽऽऽऽऽऽ... है।''

मेरी आवाज पहाड़ों से टकराकर बार-बार गूँजने लगती है। जैसे पहाड़ भी जोर-जोर से उद्घोषणा करना चाहता हो। मेरे कहे को अपना समर्थन देना चाहता हो। मेरे वजूद को अपनी सहमति देना चाहता हो। मेरी उद्घोषणा को अपना

साहचर्य देना चाहता हो।

पहाड़। ये दूर-दूर तक फैले पहाड़। ये आसमान को चुनौती देते पहाड़। ये क्षितिज को छूते पहाड़। संसार की समस्त पवित्रताओं से भरे ये पहाड़। यही पहाड़ मेरे पूर्वज हैं। मैं इनकी सन्तान हूँ। हाँ, मैं इन्हीं पहाड़ों की सन्तान हूँ। इन्हीं पहाड़ों की जिनके बारे में इन दिनों सुना है कि इनके नीचे भारी मात्रा में बाक्साइट है। और सरकार की नजरों में खटक रहे हैं ये पहाड़। बड़े-बड़े औद्योगिक घरानों की काली नजरें पड़ गयी हैं इन पहाड़ों पर। बाहरी लोगों का आना-जाना बढ़ गया है यहाँ।

दो

मैं लक्ष्मण उर्फ लच्छू डावर पिता अनार सिंह डावर इन पहाड़ों में कहीं रहता हूँ। कहीं इसलिए कि ये सारे पहाड़ मेरे घर हैं। मैं जहाँ रुकूँ, वही मेरा आँगन है। मैं जहाँ नींद ले लूँ, वही मेरा शयन कक्ष है।

इन्हीं पहाड़ों की गोद में एक छोटा-सा कहने भर को मेरा घर है। घर क्या, कुल मिलाकर दस लकड़ियों पर टिका एक झोपड़ा है, जिसमें काँठियों के पुड़ से दीवारें बनाई गयी हैं और फूस और जंगली डंठलों-डालियों से छत। हमारा परिवार जिस पहाड़ी पर रहता है उसमें चार घर हैं और इसे हमारे दादा के नाम से जाना जाता है, 'दूरसिंग का फल्या'।

आसपास की और पहाड़ियों पर भी इसी तरह के चार-छः घरों के फल्ये बने हुए हैं और उन्हें भी उनके परिवार के मुखिया के नाम से जाना जाता है। इन फल्यों का जीवन दूर से देखने पर जितना कठिन है, उतना ही सरल भी है। इन पहाड़ों और इन जंगलों पर ही निर्भर है इनकी दुनिया। ये पहाड़ी झरने और ताल-तलैये ही इनके जीवन का आधार हैं। खेती-बाड़ी करना जानते हैं लोग। लेकिन बारिश पर निर्भर। इसलिए बारिश की एक फसल ही ले पाते हैं। और उसमें भी उतना ही अनाज बोते जिससे अगले वर्षाकाल तक किसी तरह काम चल जाए। जीवन कट जाए।

मैं इन्हीं पहाड़ों के बीच बसे इस दुरसिंग के फल्या में जन्मा और बचपन में इन्हीं पहाड़ों की तलहटियों और चोटियों के बीच खेला हूँ।

यह मेरी यात्रा की कहानी है। धर्म के साथ मेरी मुठभेड़ की कहानी। ना, ना, थोड़ा सुधारकर कहूँगा धर्मों के साथ मेरी मुठभेड़ की कहानी।

धर्म के साथ मेरी पहली मुठभेड़ जो जैसा कि मैं बता चुका हूँ, बचपन में जब मेरे स्कूल फार्म पर 'हिन्दू' लिखा था, तब हुई थी।

तभी मुझे पता चला था कि मैं 'हिन्दू' हूँ। हम 'हिन्दू' हैं। मेरी तरह इन पहाड़ों पर बसे इन फल्या के लोग भी नहीं जानते थे कि वे 'हिन्दू' हैं। मैंने सोच रखा था कि फल्या पर लौटकर आने पर सभी को बताऊँगा कि हम 'हिन्दू' हैं। राल्या, गवरी, गजरी, छेनिया, सोमला सभी को बताऊँगा कि 'मुझे मालूम पड़ गया है, हमारा भी कोई धर्म है। हमारा धर्म 'हिन्दू' है। लेकिन मुझसे पहले ही और मुझसे पहले भी उन्हें भी मेरी तरह बतलाया या जतलाया जाता रहा था कि वे 'हिन्दू' हैं। उनके घरों में बाहरी लोग आते थे और देवताओं की तस्वीरें रख जाते थे और बताकर जाते थे कि तुम 'हिन्दू' हो।

ये पहाड़ भी तब ही जान पाये थे कि वे 'हिन्दू' हैं। जंगल भी उन्हीं के बताने पर जान पाया था कि जंगल भी 'हिन्दू' होता है। और यहाँ तक कि इन जंगलों में बसी समस्त चर-अचर आबादी 'हिन्दू' है।

फल्या के लोग इन बाहरी लोगों के आगमन से खौफ खाते थे। अपने जीवन में किसी तरह की घुसपैठ उन्हें नागवार गुजरती थी। बाहरी मध्यस्थता का मार्ग उन्हें सदियों से कभी स्वीकार नहीं रहा था। फल्या के लोगों के लिए धरती अब भी चपटी थी। सुदूर पहाड़ों तक फैले जंगल के एक सिरे से दूसरे सिरे तक।

मुझे आज भी याद है, तब मैं शायद आठेक बरस का रहा होऊँगा। एक बार हम बच्चे कालबयड़ी के तलाब के पास खेल रहे थे। मैं, सोमला, काबरी, छेनिया, गजरी, गवरी, राल्या हम सब। और हमारे साथ सागौन के ऊँचे और सीधे खड़े दरख्त भी खेल रहे थे। पहाड़ों पर किसी तरतीब से जमे पत्थर भी खेल रहे थे। तभी हमने अपनी बयड़ी से देखा कि तीन-चार मोटर-जीप हमारे फल्या की तरफ आ रही थीं। वे जीपें उन अनगढ़ पगडंडियों से नावाकिफ थीं, इसलिए बहुत डगमगाती-सी धीरे-धीरे फल्या की ओर बढ़ रही थीं। हमने जब उन जीपों को देखा तो पहले एक किस्म का अदेखा खौफ हमारे चेहरों पर उतर आया। हमें इन अपरिचितों का इस तरह आगमन डर और शंकाओं से भर जाता था। न जाने कहाँ से ये लोग भूले-भटके हमारे इन जंगलों तक, हमारे इन घरों तक आ जाते थे। इन 'भटके-हुए' लोगों से जंगल भी खौफ खाता था। पहाड़ों पर देवताओं की तरह खड़े विशाल दरख्त भी काँप जाते थे।

हम उन जीपों को देखकर लगभग बदहवास होकर अपने फल्या की ओर भागे थे। वे जीपें लगभग रेंगती हुई और चिंघाड़ती हुई हमारे फल्या की ओर ही आ रही थीं। उन जीपों के शोर से हमारे फल्या के सभी लोग अपने-अपने झोपड़ों से बाहर आ गये थे। जब तक वे जीपें हमारे फल्या तक पहुँचतीं, पड़ोस के दो फल्यों 'बाल्या का फल्या' और 'सोमसिंग का फल्या' से भी कुछ युवक हमारे फल्या तक आ गये थे।

वे जीपें हमारे फल्या के पास आकर रुक गयीं। और उन जीपों से बहुत सारे युवक और कुछ अधेड़ उम्र के लोग बाहर आये। एक-दो को छोड़कर लगभग सभी के माथे पर सिन्दूर या कुमकुम का टीका लगा था। और गले में सिन्दूरी गमछा किसी दबंगई ठाठ से लिपटा था। उनमें से एक हल्की दाढ़ी वाला तिलकधारी व्यक्ति अपने कुछ साथियों के साथ थोड़ा आगे आया और फिर हम सभी की ओर मुस्कराते हुए देखा, और बोला था, ''इस फल्या का मुखिया कौन है?''

मैंने उस समय नोटिस किया था कि, उनका यह सरल-सा प्रश्न सुनकर ही मेरे दादा की पिंडलियाँ काँप रही थीं। मेरे दादा ने अपनी जगह पर खड़े-खड़े हाथ जोड़ दिए और तमाम तरह की शंकाओं-कुशंकाओं से घिर गये थे। उनका सन्देह उनकी आँखों में तैर रहा था। उनके चेहरे से टपक रहा था।

उन जीपों से आये बाकी लोग भी उतर कर तब तक उस हल्की दाढ़ी वाले तिलकधारी के पीछे किसी अघोषित समर्थन में खड़े हो गये थे।

फिर उस हल्की दाढ़ी वाले तिलकधारी ने बहुत ही धैर्य और शालीनता से मेरे दादा से पूछा था, ''क्या नाम है भाई तुम्हारा?''

''दुरसिंग!'' दादा के कंठ से बहुत मुश्किल से फूटा।

''दुरसिंग!'' हल्की दाढ़ी वाले तिलकधारी ने दोहराया जैसे वह परखना चाहता था कि उसने जो सुना, वही नाम है ना! फिर थोड़ा आगे आया और मेरे दादा के कन्धे पर हाथ रखते हुए बोला, ''दुरसिंग भाई! हम लोग शहर से आये हैं। हमें मालूम पड़ा है कि इधर जंगलों में मिशनरी वाले बहुत घूम-घाम रहे हैं। और लोगों को बरगला रहे हैं। उन्हें धर्मान्तरित कर रहे हैं। ईसाई बना रहे हैं।'' हल्की दाढ़ी वाले तिलकधारी ने अपने आने का मन्तव्य प्रकट करने की पहली कोशिश की।

बाहरी लोगों के आने के मन्तव्य को सुनकर मेरे दादा का मन कुछ हल्का हुआ। उनके गले में जो पानी सूख चुका था, अब वहाँ वापस थूक जमने लगा।

वे अपने थूक से अपना गला गीला करते हुए राल्या की तरफ देखते हुए बोले, ''जरा खाट तो बाहर ले आ!''

खाट जब आयी तो दादा ने उस दल के नेता बने उस हल्के दाढ़ी वाले तिलकधारी व्यक्ति को इशारे से एक खरीदी हुई विनम्रता के साथ खाट पर बैठने का आग्रह किया। वह हल्की दाढ़ी वाला तिलकधारी नेता और कुछ दो-तीन लोग और उस खाट पर बैठ गये जिससे खाट 'चूँ-चूँ' बोलने लगी। तब उनमें से दो वापस उठ खड़े हुए और अपने अन्य साथियों के साथ, जो खाट के पीछे खड़े थे, खड़े हो गये।

''दुरसिंग भाई! हम लोग सदियों से 'हिन्दू' हैं। हमारी लाखों साल पुरानी संस्कृति है। हमारे देवता धरती पर आते रहे हैं। हम सब उन्हें पूजते हैं। ये तो आप भी जानते हैं कि हमारे देवताओं ने इस धरती से पाप को खत्म करने के लिए कई

बार अवतार लिया था और दुष्टों का नाश किया था।'' हल्की दाढ़ी वाला तिलकधारी जैसे प्रवचन की मुद्रा में आ गया था। दादा किसी भक्त की तरह खड़े-खड़े उसके प्रवचनों पर अपनी मुंडी हिला रहे थे।

उस नेतानुमा तिलकधारी ने अपना प्रवचन जारी रखते हुए आगे जोड़ा, ''ये मिशनरी वाले लोगों में भ्रम पैदा कर रहे हैं। लोगों को अपने धर्म से भटका रहे हैं। और अपने झूठे धर्म को फैला रहे हैं। और इसके लिए वे इन जंगलों के आप जैसे सीधे-सादे लोगों को धर्मान्तरित कर रहे हैं। लेकिन दुरसिंग भाई! हम हिन्दुओं को इन साले ईसाइयों के झाँसे में नहीं आना है। और अपने धर्म की रक्षा करनी है। हमारे देवता बहुत शक्तिशाली हैं। हम हिन्दू हैं। हम सब हिन्दू भाई हैं।''

हल्की दाढ़ी वाले तिलकधारी ने अपने कहे के समर्थन में दादा की ओर देखा। जहाँ उसे एक खालीपन नजर आया। फिर उसने फल्या के बाकी लोगों की ओर देखा। और फिर अपनी बात के लिए आवश्यक समर्थन जुटाने के लिए अन्ततः अपने पीछे खड़े साथियों की तरफ देखा। फल्या के लोगों के चेहरों पर एक लगभग उदासीन-सी तटस्थता नजर आयी जिसमें थोड़ा-बहुत सन्देह भी शामिल था, लेकिन पीछे खड़े अपने समर्थक साथियों से उन्हें अपनी कही बात की पुष्टि के लिए आवश्यक समर्थन और बल मिल गया। उसी बल से उत्साहित होकर वह आगे बोला, और अबकी बार सिर्फ दादा ही नहीं पूरे फल्या के लोगों को सम्बोधित करते हुए बोला, ''भाइयो! आप सब लोग हमारी तरह 'हिन्दू' हैं। हमारे भाई-बहन हैं। हम सब को इन विधर्मियों से मिलकर लड़ना होगा। ये हमें तोड़ना चाहते हैं। हमारे जंगलों में फैले निरक्षर और भोले-भाले आदिवासी भाइयों को इनके लालच से बचाना होगा वरना इस धरती पर इन विधर्मियों का राज हो जाएगा और धरती पर अधर्म ही अधर्म हो जाएगा, और फिर ये धरती महासमुद्र में डूबकर प्रलय में खत्म हो जाएगी। हमें इस धरती को प्रलय में डूबने से बचाना होगा।''

बोलते-बालते हल्की दाढ़ी वाले तिलकधारी के चेहरे पर उत्साह और आवाज में जोश भर गया था। वह उसी जोश को जारी रखते हुए आगे बहुत कुछ बोलता रहा। फल्या के लोगों की समझ में कुछ आया। और बहुत कुछ नहीं।

उस हल्की दाढ़ी वाले तिलकधारी का प्रवचन जब थमा तो उसने अपने साथियों की तरफ देखा। जहाँ उसकी बातों के प्रति आवश्यकता से अधिक समर्थन उपस्थित था। फिर उसने अपने एक उत्साही साथी से कहा, ''शंकर जीप से फोटो निकाल ला। और कुछ ताबीज भी रख लेना।''

उत्साहित युवा साथी तत्काल जीप से पाँच-छः फोटो निकाल लाया। उसके एक हाथ की उँगलियों में कुछ ताबीज भी टँगे थे। वह फोटो लेकर उस हल्की दाढ़ी वाले तिलकधारी नेता के पास आया तो उसमें से एक फोटो फ्रेम अपने हाथ में लेकर

उस हल्की दाढ़ी वाले तिलकधारी नेता ने अत्यन्त श्रद्धा के साथ उसे अपने माथे से लगाया। फिर वह दादा को लेकर हमारे झोपड़े की तरफ बढ़ा। झोपड़े का दरवाजा जो कि तुअर की कांठियों से बना था, उसी के पास नवविवाहित बबलई काकी खड़ी थी। हल्की दाढ़ी वाले उस तिलकधारी ने कुछ क्षण रुककर उन्हें एक नजर देखा। बबलई काकी नाक-नक्शे से ठीक थी बस जरा रंग से मार खायी हुई थी। वह नेतानुमा तिलकधारी उन्हें देखकर मुस्करा दिया। काकी ने झट अपना घूँघट और खींच लिया और थोड़ा ज्यादा पीछे खिसक गयी।

वह हल्की दाढ़ी वाला तिलकधारी बेतकल्लुफी से हमारे झोपड़े में घुस गया और झोपड़ी में एक नजर चारों तरफ देखा फिर सामने की कमजोर-सी पुड़ की दीवार पर उस तस्वीर को आहिस्ते से टाँग दिया। तस्वीर लगाने के बाद उसने फिर उस तस्वीर के हाथ जोड़े। इस बार भी लगभग उतनी ही श्रद्धा के साथ और फिर बोला, ''दुरसिंग भाई! ये हनुमानजी हैं। हमारे आराध्य देवता। संसार की समस्त शक्तियों के मालिक। इन्हीं के इशारे पर सारा संसार चलता है। इनकी पूजा से दुनिया के सब काम बन जाते हैं। बड़ी-से-बड़ी समस्याएँ हल हो जाती हैं। जहाँ ये विराजते हैं, वहाँ मुश्किलें कभी नहीं आतीं।''

दादा ने भी लगभग उतनी ही श्रद्धा दिखाते हुए उस तस्वीर के हाथ जोड़े। दादा की इस प्रतिक्रिया का उस हल्की दाढ़ी वाले तिलकधारी पर सकारात्मक प्रभाव पड़ा। सम्भवत: उसे अपने आने का उद्‌देश्य पूरा होता नजर आया। उसका चेहरा प्रसन्नता से भर गया। वहाँ नयी और ताजी मुस्कराहटें उपस्थित हो गयीं, जो उसके चेहरे से टप-टप निथरने लगीं, जिसे न पोंछते हुए ही वह झोपड़े से बाहर आया।

फिर उसने अपने उसी युवा साथी को अपने पास इशारे से बुलाया जो अपने हाथ की उँगलियों में कुछ ताबीज टाँगे खड़ा था।

हल्की दाढ़ी वाले तिलकधारी ने एक ताबीज निकालकर अपने हाथों से मेरे दादा के गले में टाँग दिया। और बचे हुए ताबीज फल्या के बाकी लोगों, युवकों और हम बच्चों में उसके साथियों ने बाँट दिए।

हम खुश थे कि बाहर से आये मेहमान हमारे लिए भी कुछ लाये थे। मैंने देखा, उस ताबीज में एक छोटा-सा रंगीन तमगा था जिसमें दोनों ओर हनुमानजी की तस्वीर बनी हुई थी। एक ओर हनुमानजी अपना सीना फाड़े थे और उनके सीने में भगवान राम का चेहरा नजर आ रहा था और तमगे के दूसरी ओर हनुमानजी एक पहाड़ को अपनी हथेली पर उठाये हुए कहीं उड़कर जा रहे थे।

हम सब बच्चों ने उन ताबीजों को बहुत उत्साह के साथ अपने गले में टाँग लिया था। उस हल्की दाढ़ी वाले तिलकधारी के कुछ साथी पास के झोपड़ों में गये और हनुमानजी की एक-एक तस्वीर सभी झोंपड़ों में टाँग आये।

उन लोगों के आने का मन्तव्य लगभग-लगभग समाप्त हो गया था और वे सब वापस अपनी अपनी जीप की ओर बढ़े और फिर वहाँ से अपने वाहनों के काफिले को किसी और पहाड़ी, किसी और फल्या की ओर मोड़ लिया। उन सबके चेहरे पर एक अतिउत्साह की चमक थी जैसे कोई रणविजय कर लौट रहे थे। लेकिन इधर फल्या के लोगों खासकर मेरे दादा के चेहरे पर एक किस्म की राहत थी जो उन्हें अनन्त शान्ति का अनुभव दे रही थी। यह राहत इन बाहरी लोगों के वापस जाने से मिली थी।

हम सब बच्चे उन ताबीजों से उस शाम देर तक खेलते रहे। उन ताबीजों को गले से निकालते। उसके तमगे पर उभरी तस्वीरों को बार-बार देखते, प्रसन्न होते और एक-दूसरे के तमगों से उनकी तुलना करते। सभी पर एक समान तस्वीरें थीं। फिर हम सब बच्चे उन ताबीजों को गले में टाँगे अधनंगे ही पहाड़ियों पर दौड़ लगाने लगे। वे ताबीज हमारे गलों में लटके बार-बार हिलते और हमारे सीने से टकराते। यह खेल हमें भाने लगा। सिर्फ हम लड़कों को ही नहीं, लड़कियों ने भी ताबीज गले में टाँगा हुआ था। हम सारे साथी दौड़ते-दौड़ते खेल-खेल में डोंगरिया देव वाली पहाड़ी पर आ गये।

इस पहाड़ी पर हमारे डोंगरिया देव का मन्दिर था। मन्दिर क्या, एक छोटी-सी झोपड़ी थी, जो चार पतली लकड़ियों पर किसी नामालूम से भरोसे पर टिकी हुई थी। और उसके नीचे एक बड़ा-सा पत्थर था, यही डोंगरिया देव था जिस पर पलाश के फूलों का रंग पुता हुआ था। इसी देव-पत्थर के पास एक त्रिशूल की आकृति की छड़ जमीन में गड़ी हुई थी जिस पर चार-पाँच लाल रंग की चिन्दियाँ बँधी हुई थीं। यही डोंगरिया देव का मन्दिर था, जहाँ हमारे फल्या के लोग अपने छोटे-बड़े दुःखों को अकसर छोड़ आया करते थे। यहीं फल्या के लोग अपनी खुशियों में डोंगरिया देव को शामिल होने और कार्यों को निर्विघ्न पूरा करने का निमन्त्रण देने आते थे। हालाँकि हम या हममें से कोई नहीं जानता था कि डोंगरिया देव 'हिन्दू' थे या कुछ और।

फल्या पर कोई बीमार पड़ता तो हमारे दादा इसी डोंगरिया देव की नीचे की चुटकी भर मिट्‌टी को उठाते और बीमार होने वाले बच्चे के सिर से पैर तक सात बार फेर देते थे। और किसी ताज्जुब की तरह कई बार यह तरकीब छोटी-मोटी बीमारियाँ को छू-मन्तर कर देती थी।

ढाई-तीन कोस पर बसे जामसिंग दादा के फल्या पर जामसिंग दादा भी अपनी अलौकिक झाड़ू से कई बीमारियों को खत्म कर देते थे। कठिन से कठिन बीमारी कई बार उनकी झाड़ू के प्रहारों से भाग जाती थी। हाँ, एक बात जरूर है, जामसिंग दादा भी अपनी झाड़ू को 'मतरने' के लिए यानी अभिमन्त्रित करने के

लिए इसी डोंगरिया देव के मन्दिर में हर अमावस को आते थे।

हम उन ताबीजों के साथ उस पूरी शाम खेलते रहे। हमारे साथ ताबीज में बैठे हनुमानजी भी हमारे खेलों का लुत्फ लेते रहे और बयड़ी पर विराजे डोंगरिया देव भी हमारे इन खेलों में शामिल थे।

हम उस ताबीज को देखते और महसूस करते कि, 'हम हिन्दू हैं।' फल्या के दूसरे बच्चों पर यह किसी रहस्य की तरह उजागर हुआ था कि हम 'हिन्दू' हैं। हिन्दू होना सबके लिए नये बोध का विषय था। मुझ पर तो हिन्दू होना पिछले साल ही उजागर हो गया था जब मैं पिता के साथ उमरखली में रहता था और वहीं के एक छोटे-से सरकारी स्कूल में पढ़ता था। बाद में मैं भोंगर्या में अपने फल्या आया था तो वापस ही नहीं लौटा था। अपने दादा के पास यहीं रुक गया था। हमारी प्रसन्नता का उस दिन कोई छोर नहीं था। अपने हिन्दू होने को हमारा बालमन किसी उपलब्धि की तरह ले रहा था। जैसे हमें कोई नयी पहचान मिल गयी थी। हमारे अवचेतन मन में उस हल्की दाढ़ी वाले तिलकधारी की अनसुलझी-सी बातें कौंध रही थीं। बहुत-सी बातें तो हमारी समझ से परे थीं, लेकिन एक बात जो समझ में बैठ गयी थी, वह यह कि, 'हमारा भी कोई धर्म है। हम हिन्दू हैं।'

हमारे झोपड़ों में टँगी हनुमानजी की फोटो बाद के दिनों में हमारे झोपड़ों के कच्चे पुड़ की दीवारों पर अकेली झूलती रहती थीं और छत की साखटियों को घूरती रहती थीं। हवा के थोड़े तेज थपेड़ों से काँपती रहती थीं। घर-परिवार के लोग उस तस्वीर से लगभग उदासीन ही रहते। यहाँ न उपेक्षा थी, न कोई अपमानबोध। उस तस्वीर के आगमन से फल्या जीवन में बहुत थोड़ा या थोड़ा भी परिवर्तन नहीं हुआ था। जीवन वापस अपने रास्ते पर था।

बस मैं भीतर ही भीतर बहुत प्रसन्न रहने लगा था क्योंकि मुझे ज्ञात हो चुका था कि मैं हिन्दू हूँ। हालाँकि सोमला, राल्या, काबरी, गजरी, गवरी और दूसरे बच्चे उस दिन तो बहुत खुश थे जब उन्हें ताबीज मिले थे बाद में वे लगभग इस प्रसंग को भूल ही गये। और अपने हिन्दू होने की प्रसन्नता भी उनके चेहरों से कहीं नदारद हो गयी थी। उनके लिए हिन्दू होना, अब एक सूचना भर रहा था। या हो सकता हो वे भी मेरी तरह भीतर ही भीतर कोई अदृश्य-सा गर्व महसूस कर रहे हों। लेकिन उनकी बातों से तो ऐसा कहीं मुझे लगा नहीं।

तीन

उन दिनों गवरी का पेट बहुत दर्द होने लगा था। डोंगरिया देव की मिट्‌टी भी काम नहीं कर पा रही थी।

दादा उसे अपने काँधे पर लादकर ढाई-तीन कोस दूर जामसिंग के फल्या पर ले गये थे। जामसिंग दादा की झाड़-फूँक से भी कुछ फर्क नहीं पड़ा था। उल्टे गवरी ज्यादा तड़पने लगी थी।

वो तो भला हो जामसिंग दादा ने गवरी को कोई बाहरी बाधा नहीं बताई थी। उन्होंने अपनी भोली सलाह मेरे दादा को दी, ''गवरी को चरच वाले अस्पताल ले जाना पड़ेगा। वहीं इसका इलाज हो सकता है।''

दादा ने मुझे कहा कि, ''जाकर फल्या से सुरजा को बुला ला।'' सुरजा काका गवरी के पिता और मेरे पिता के छोटे भाई थे। मैंने दादा के कहे मुताबिक अपने फल्या के लिए दौड़ लगा दी और गवरी की तबीयत को देखते हुए अपनी पूरी शक्ति लगाकर दौड़ता हुआ थोड़ी ही देर में ही फल्या पर पहुँच गया था। तकरीबन घंटे-डेढ़ घंटे में ही मैं सुरजा काका को लेकर जामसिंग दादा के फल्ये पर वापस भी लौट चुका था।

चर्च वाला अस्पताल मेरे दादा का देखा हुआ नहीं था। था तो इसी जंगल में लेकिन यही कोई बीसेक कोस दूर और यदि फल्या से मुख्य सड़क मार्ग से होकर जाया जाए तो और ज्यादा लम्बा रास्ता था। यही कोई लगभग दोगुना। मुख्य सड़क मार्ग तक पैदल जाने के बाद बस, टैम्पो या जीप जैसा कोई साधन मिल जाता था। लेकिन मुख्य सड़क मार्ग तक पहुँचना भी, इस पहाड़ी मार्ग के आधे से ज्यादा रास्ते तक जाने जैसा ही था। इसलिए तय हुआ कि पहाड़ी रास्ते से ही चर्च वाले अस्पताल चला जाए।

और गवरी को अपनी पीठ पर लादे तब मेरे दादा और सुरजा काका पैदल ही पहाड़ों को लाँघते हुए निकल पड़े। जामसिंग दादा भी साथ हो लिए यह कहकर कि तुम लोगों ने चर्च वाले अस्पताल का रास्ता नहीं देखा है। मैंने भी उस कठिन यात्रा में अपने दादा का साथ नहीं छोड़ा और उनके साथ हो लिया था। रास्ते में सुरजा काका भी गवरी को अपने कन्धों पर उठा लेते। इस तरह से बारी-बारी गवरी को उठाते हुए और इधर-उधर की बातें करते हुए किसी तरह रास्ता कट गया और रात होते होते हम चर्च वाले अस्पताल पहुँच चुके थे।

बाहर से देखने पर यह बहुत बड़ी जगह लग रही थी। भीतर दाखिल होते ही सामने एक भव्य चर्च बना हुआ था। अस्पताल चर्च के बाईं ओर था। चर्च के मुख्य द्वार पर एक बहुत बड़ी और आकर्षक मदर मैरी की मूर्ति बनी हुई थी। हम बिना

कोई देर किए अस्पताल की ओर मुड़ गये। अस्पताल कुल मिलकार तीन बड़े-बड़े कमरे और उन्हीं कमरों के समानान्तर एक लम्बा बरामदा था। अस्पताल के गेट से लगे पहले कमरे में ही दो नर्स बैठी थीं। हमें आता देखकर वे सक्रिय हो गयीं। और जल्दी-जल्दी बाहर आयी। एक नर्स ने बच्ची को बेड पर लिटाया और दूसरी कागजी कार्यवाही करने लगी। नाम, पता, उम्र, क्या तकलीफ है जैसी जानकारियाँ पूछने लगी और फार्म पर भरने लगी। तब तक पहली नर्स डॉक्टर को बुलाने के लिए जा चुकी थी। जितनी जानकारियाँ हमारे पास उपलब्ध थीं, हम उन्हें बता चुके थे। कुछ ही मिनट गुजरे होंगे कि डॉक्टर भी आ गया था और देखते-ही-देखते गवरी का इलाज शुरू हो गया। उस डॉक्टर और उन नर्सों की तत्परता और इलाज करने के प्रति सक्रियता देखकर हम हतप्रभ थे। उनका अपने कार्य के प्रति उत्साह अद्‌भुत था। सच कहूँ तो मैंने उस रात जागती आँखों से सपना देखा था कि मैं भी एक डॉक्टर हूँ और बाद में जब देर रात मैं उसी अस्पताल के खाली पड़े बिस्तर पर लेटा नींद में था, मैंने उसी सपने के क्रम में देखा कि मैं डॉक्टर हूँ और इसी अस्पताल में लोगों का मुफ्त में इलाज करता हूँ। बदले में लोग मुझे हजार-हजार दुआएँ देकर जाते हैं।

चर्च वाले इस अस्पताल में मरीज का इलाज करने का अत्यन्त कम शुल्क लिया जाता था और अकसर तो नहीं भी लिया जाता। यह बात हमारे लिए अचरज और प्रसन्नता दोनों का विषय थी। हमसे भी अस्पताल वालों ने कोई शुल्क नहीं लिया था। हमने सोचा शायद बाद में लेंगे। लेकिन हकीकत तो यह थी कि बाद में भी उन्होंने कोई पैसा नहीं लिया था। जामसिंग दादा ने चर्च के अस्पताल में उपस्थित उन नर्सों को शायद बता दिया था कि हम उनके फल्या के पास ही रहते हैं और बहुत गरीब हैं इतने कि अस्पताल की छोटी-से-छोटी फीस भी नहीं भर सकते।

मैं छोटी वय में था लेकिन इतना भी छोटा और ना समझ नहीं था। अस्पताल वालों की उदारता, सेवा-समर्पण और अपने कार्य के प्रति संवेदनशीलता देखकर मैं सुखद अचरज से भर गया था।

चूँकि हम देर से अस्पताल पहुँचे थे। इसलिए नर्स डॉक्टर को बुलाने के लिए गयी थी जो उसी चर्च में आवंटित किसी कमरे में रहता था। डॉक्टर देखने में डॉक्टर जैसा नहीं लग रहा था। शारीरिक गठन से तो वह भी इसी क्षेत्र का लग रहा था। लेकिन था बड़ा होशियार और सेवा भावी। जब तक गवरी को दर्द से राहत नहीं हुई, वह भी अस्पताल में मौजूद रहा। तकरीबन ग्यारह बजे तक गवरी को आराम लग गया था। डॉक्टर नर्सों को जरूरी हिदायतें देकर और हमें ये बताकर कि 'सुबह फिर देखने आऊँगा' कहकर चला गया और जाते-जाते यह भी कहता गया, "यदि कोई जरूरत पड़े तो बेझिझक सिस्टर से कहकर मुझे बुला लेना।"

डॉक्टर के जाने के बाद हमने थोड़ी राहत की साँस ली। गवरी को भी कुछ आराम हो गया था। उसे सलाइन लगी हुई थी और वह गहरी नींद में थी।

हम जिस वार्ड में थे, उसमें पहले से दो मरीज भर्ती थे। दोनों ही कोई बूढ़ी स्त्रियाँ थीं और यकीनन वे भी पहनावे से आदिवासी ही थीं। उनके साथ कुछ परिजन भी थे, जो चटाई बिछाकर लगभग ऊँघ रहे थे या ऊँघते हुए हमें देख रहे थे। अस्पताल में हमारे आने और गवरी के दर्द से तड़पने के मामूली से शोरगुल से वे भी उस समय तक सो नहीं पाये थे। जामसिंग दादा एक मरीज के साथ आये एक अधेड़ उम्र के व्यक्ति से बात करने में मशगूल हो गये। वही यहाँ-वहाँ की बातें। तुम कहाँ के हो? यह मरीज कौन है? और तुम्हारा क्या लगता है? तुम अस्पताल में कब से हो? मरीज को क्या हुआ है? जैसे न खत्म होने वाले प्रश्न और बातें।

अँधेरा और सन्नाटा इतना था कि उनकी धीमी-सी आवाजें भी लगभग पूरे वार्ड के अन्दर सुनाई दे जा रही थीं। मैं उन्हीं की बातें सुन रहा था और पूरे रास्ते चलने की थकान के बावजूद उस समय तक सोया नहीं था।

वह अधेड़ व्यक्ति बातों-बातों में बता रहा था, ''ये अस्पताल खुलने से हम सब के लिए अब एक अच्छी सुविधा हो गयी है। वरना तो गम्भीर मामलों में शहर ले जाते-जाते मरीज बच ही नहीं पाता था। चर्च वाले बहुत सेवा-भाव और समर्पण से अपना काम करते हैं। ज्यादा फीस भी नहीं लेते। दवाई-गोलियाँ भी मुफ्त ही देते हैं।''

जामसिंग दादा ने उनसे पूछा, ''तुम लोग खाने-पीने का क्या करते हो? कहाँ से लाते हो?'' शायद जामसिंग दादा को अब भूख सताने लगी थी।

''सुबह ग्यारह बजे और शाम के छः बजे मरीज के साथ आये दो लोगों के लिए खाने की व्यवस्था रहती है। खाने का पैसा भी बहुत कम है। यदि हो तो दे दो और नहीं हो तो तो सिस्टर को बता दो। सिस्टर तुम्हें खाने के टोकन दे देंगी। यहाँ शहरों जैसी लूटपाट और पैसे का लोभ-लालच नहीं है।'' चर्च के अस्पताल के बारे में बताते हुए उस अधेड़ व्यक्ति के चेहरे पर अचरज और चमक दोनों एक साथ थे। फिर वह अधेड़ अपना विगत एक अनुभव सुनाने लगा, ''जब मैं अपने काका को लेकर शहर के जिला अस्पताल में गया था तो घंटों तक तो मैं अस्पताल के दरवाजे पर ही भटकता रहा था। मरीज को भर्ती करवाने के लिए। इतनी दूर शहर में नया था और अस्पताल बहुत बड़ा। मेरी उम्मीद से कहीं बड़ा। इतना बड़ा कि पचास फल्या के लोग बीमार पड़ जाए तो अस्पताल में जगह बच जाए। इतने बड़े अस्पताल में मुझे कुछ सूझ नहीं रहा था। कुछ समझ में नहीं आ रहा था। अपनी समस्या किसे बताता? कोई सुनने वाला नहीं था। कोई सुनना भी नहीं चाहता था। सब अपनी-अपनी में मगन थे। जब किसी तरह चिट्ठी कटाकर मरीज को डॉक्टर के केबिन में

पहुँचा तो डॉक्टर नदारद था। उसका समय हो चुका था और वो जा चुका था। यहाँ-वहाँ बीसियों केबिनों में भटकने और खूब मान-मनुहार करने पर एक डॉक्टर ने मरीज को देखा था। और भर्ती करने के लिए पर्ची लिख दी थी। जब भर्ती करने के लिए मरीज को खुद ही उठाकर किसी तरह ढूँढ़ते-ढाँढ़ते और पूछते-पाछते वार्ड तक पहुँचा तो वहाँ वार्ड में पहले से भीड़ जमा थी। कोई पलंग खाली नहीं था और मरीज के साथ तीन-तीन चार-चार परिजनों ने पूरे वार्ड को घेर रखा था। सब अपनी बातचीत में मशगूल थे। वार्ड में काफी देर ढूँढ़ने और प्रतीक्षा करने के बाद एक नर्स आयी और उसे जब डॉक्टर की पर्ची दिखाई तो उसने बुरा-सा मुँह बनाया था और बताया था कि वार्ड में कोई पलंग खाली नहीं है। बाहर बरामदे में ही इलाज करना पड़ेगा। मैंने बरामदे में ही एक पुराने बिस्तर की फटी हुई गादी को बिछा दिया और मरीज को लेटा दिया। फिर धीरे-बागे इलाज शुरू हुआ।'' उस अधेड़ व्यक्ति ने अपने शहरी अस्पताल के अनुभव को अपनी स्थानीय बोली में सुनाया था। फिर अपने अनुभव के किस्से में आगे जोड़ते हुए अपने कान पकड़ते हुए बोला, ''शहर के अस्पताल से तो भगवान ही बचाये! वे पाँच दिन इतने मुश्किल भरे रहे कि क्या बताऊँ? हर चीज के लिए दौड़-भाग और परेशानी!''

फिर वे और भी बातें करते रहे होंगे। लेकिन मुझे नींद लग गयी थी।

सुबह तक गवरी को बहुत आराम हो चुका था। सुबह आठेक बजे ही डॉक्टर फिर आया था और गवरी को देख गया था। गवरी के पेट का दर्द समाप्त हो गया था लेकिन उसे सलाइन लगी हुई थी और डॉक्टर के मुताबिक कल तक और रहना पड़ सकता था। गवरी के चेहरे से दर्द से राहत मिलने की खुशी उजागर हो रही थी, जिसे देखकर मुझे भी खुशी हुई। गवरी से भी ज्यादा।

डॉक्टर के जाने के बाद जामसिंग दादा ने भी मेरे दादा से जाने की इजाजत माँगी। मेरे दादा ने जामसिंग दादा को इस मुसीबत के समय साथ देने और इस अस्पताल तक पहुँचाने के लिए हाथ जोड़कर एक तरह का धन्यवाद प्रकट किया। और यह भी कहा, 'यदि वे नहीं होते तो शायद गवरी बच भी नहीं पाती।' जामसिंग दादा ने उन्हें कहा, ''भाई हम एक दूसरे के काम नहीं आएँगे तो कौन आएगा? हम गरीबों का आखिर है ही कौन? हम ही तो एक दूसरे के सहारे हैं।''

मेरे दादा और सुरजा काका दोनों ही जामसिंग दादा के जैसे आजीवन ऋणी हो गये थे। सुरजा काका तो जामसिंग दादा के पैरों में गिर पड़े और उनकी आँखें भर आयीं। जामसिंग दादा ने उठाकर उसे गले लगा लिया और बिना कुछ कहे वापसी की राह पकड़ ली।

सुबह जब दसेक बजे थे, तब मैं वार्ड से बाहर घूमते-घामते निकल आया था। अस्पताल कोई ज्यादा बड़ा नहीं था। तीन बड़े कमरों में से दो कमरों में आठ-आठ

पलंग बिछे थे, जिन पर गिनती के ही मरीज थे। तीसरा कमरा जो एक बड़ा हाल था और अस्पताल के मुख्य दरवाजे के पास ही था, में डॉक्टर की कुर्सी और नर्सों की बैठने की कुर्सियाँ और एक टेबल रखी थीं। पीछे अलमारियों और रैकों पर दवाइयों के अम्बार लगे हुए थे। उसी कमरे में पीछे की ओर पार्टीशन करके बनाया हुआ लकड़ी का एक केबिन था, मरीजों को देखने के लिए।

अस्पताल से ही लगा हुआ विशाल चर्च बना हुआ था। मैंने इससे पहले कभी कोई चर्च नहीं देखा था। मैं उस चर्च की भव्यता देखकर आश्चर्यचकित था। चर्च के मुख्य द्वार पर मदर मैरी की एक आकर्षक मूर्ति थी, जिसके हाथ में एक बच्चा था। इस मूर्ति को मैंने अस्पताल में प्रवेश करते समय भी देखा था। इस बार मैंने इस मूर्ति को गौर से देखा और उस मूर्ति के हाथ में सँभाले हुए बच्चे को भी देखा तो देखता रह गया। मेरा मन करने लगा था कि मैं चर्च को भीतर जाकर देखूँ लेकिन हिम्मत नहीं कर पा रहा था। मैंने बाहर से झाँककर देखने की कोशिश की तो देखा कि वह एक बड़ा-सा हॉल था, जिसमें दोनों तरफ लकड़ी की बेंचें लगी हुई थीं। हाल में ठीक सामने एक मूर्ति थी। चूँकि हाल बहुत लम्बा था इसलिए मैं इतनी दूर से उस मूर्ति को बहुत स्पष्ट नहीं देख पा रहा था। मैंने इधर-उधर देखा तो कोई नजर नहीं आ रहा था जिससे मैं पूछ सकता। मेरे कदम उस हॉल में जाने के लिए बढ़ते, फिर रुक जाते। और मैं वापस पीछे हो जाता। इधर-उधर सन्देह से देखता। कहीं ऐसा न हो कि मैं भीतर जाऊँ और कोई देख ले और डाँट दें। उस समय मुझे उमरखली वाली घटना याद आ गयी थी।

उन दिनों मैं अपने पिता के पास उमरखली गाँव में रहता था, जहाँ मेरे पिता अयोध्याबाबू के यहाँ वरसुद पर थे। अयोध्याबाबू गाँव के बहुत रईस किसान थे और गाँव की प्रधानी उन्हीं के पास थी। अयोध्याबाबू की बड़ी बहू ने मेरे पिता को टोक-टोक कर और डाँट-डपट कर अन्ततः मेरा नाम गाँव के सरकारी स्कूल में लिखवा ही दिया था। स्कूल जाते हुए मुझे एक आध महीना हो गया था, उन्हीं दिनों स्कूल से लौटते समय मैं अकसर हतई से थोड़े आगे बने हुए गाँव के उस मन्दिर को देखता था। मगर कभी उसके अन्दर नहीं गया था। वह एक बड़ा-सा मन्दिर था। और उस मन्दिर में बाहर एक बहुत बड़ा ओटला बना था।

उस ओटले पर और हतई पर अकसर लोग बैठे हुए रहते थे। दीन-दुनिया की बातों में मशगूल रहते थे।

स्कूल से लौटते हुए एक दिन मेरे पाँव में ठोकर लग गयी थी और मेरे पैर के अँगूठे का नाखून भी थोड़ा उचक गया था, जिससे अँगूठे से खून आ रहा था। मैंने एक चिन्दे से उसे बाँध रखा था चिन्दा खुलने से खून निकलना ज्यादा शुरू हो गया था। मैं उस चिन्दे को वापस व्यवस्थित करने के लिए मन्दिर के ओटले की तरफ

बढ़ गया ताकि बैठकर आराम से अँगूठे में पट्टी बाँध लूँ?

मैं किसी तरह लँगड़ाते हुए मन्दिर के ओटले तक आया और उसकी सीढ़ियों पर बैठा ही था कि तभी मुझे जोर से किसी ने पीछे से लात मारी और मैं मुँह के बल सीधे मन्दिर के सामने की कच्ची सड़क पर गिर पड़ा। मेरे मुँह में मिट्टी-ही-मिट्टी भर गयी। मैं कुछ और समझ पाता या पीछे मुड़कर देखता तब तक आसपास बहुत से लोग जमा हो गये। ओटले पर और हतई पर पहले से भीड़ रहती थी। सब मुझे गुस्से और अजीब-सी नजरों से देख रहे थे। मेरा चेहरा मिट्टी से सना था। जिसे मैंने पोंछा नहीं था। मैंने किसी अपराधबोध से गड़ अपनी नजरें जमीन में धँसा लीं। मैंने सुना, उस लात मारने वाले ने बहुत ऊँची आवाज में लगभग ललकारते हुए कहा, ''आज के बाद इस ओटले पर कदम भी रखा तो टाँगें काटकर हतई पर लटकवा दूँगा। समझ में आया।''

मेरे अन्दर एक रुलाई रुकी हुई थी, तभी फूट पड़ी। मैं जोर-जोर से रोने लगा। वहीं देर तक खड़े-खड़े रोता रहा तो लोग भी वापस अपनी अपनी जगहों पर बैठ गये। मैं रोते-रोते घर लौटा था।

घर आया तो माँ के पूछने पर मैं और जोर-जोर से रोने लगा। माँ ने मेरे हाथ-मुँह धुलवाए और मेरे पैर के अँगूठे की पट्टी को व्यवस्थित किया। तब तक मेरी रुलाई रुक गयी थी।

फिर माँ ने मुझसे पूछा तो मैंने उन्हें पूरा किस्सा बता दिया। माँ सुनकर सुबकने लगी और अपने पल्लू से अपनी भीगी आँखों को पोंछती हुई बोली, ''बेटा उस मन्दिर के आसपास मत जाया कर।'' माँ के कहे में सख्त हिदायत शामिल थी।

मैंने माँ के कहे पर अपनी मुंडी 'हाँ' में हिला दी। फिर धीरे से माँ से पूछा, ''माँ, हम मन्दिर क्यों नहीं जा सकते?''

माँ पहले तो चुप हो गयीं, फिर कुछ सोचकर बोलीं, ''बेटा हम छोटे लोग हैं। वो बड़ी जात वालों का मन्दिर है।''

''तो हमारे जाने से क्या मन्दिर छोटा हो जाएगा?'' मैंने झट एक दूसरा प्रतिप्रश्न अपनी निरक्षर माँ पर थोप दिया।

माँ बिदक गयी। तत्काल मुझे फटकारते हुए बोली, ''बोल दिया ना! उस मन्दिर की तरफ नहीं जाना। अब अगर आगे कभी तू उसके आसपास भी फटका तो खैर नहीं तेरी!''

माँ की फटकार सुनकर मैं सहम गया और चुप हो गया। लेकिन मुझे ये ज्ञात हो गया था कि हम भी छोटी जात वाले हैं। तभी तो स्कूल में माट्साब मुझे गाँव के दलित बच्चों के साथ पीछे की तरफ बिठाते थे और तभी तो स्कूल में खेल के समय कोई मुझे अपने साथ नहीं खिलाता था, सिवाय उन भंगियों के बच्चों के। और क्यों

माट्साब दूसरे दलित बच्चों के साथ-साथ मुझसे भी स्कूल की साफ-सफाई करवाते थे? मुझ पर जैसे सारे रहस्य एक साथ खुल रहे थे। मैं यह जानकर अत्यन्त दु:खी हो रहा था कि क्योंकर मैं छोटी जात का हूँ?

लेकिन एक बात जो मेरी इस छोटी नासमझ बुद्धि में नहीं आ रही थी, वो ये कि जिस मन्दिर के ओटले की पयड़ी पर बैठने के कारण मुझे लात मारकर गिरा दिया गया था, उसी मन्दिर की बगल वाली दीवार जब गिर गयी थी तो मेरे पिता ने उसके मलबे को उठाकर फेंका था। और बाद में उस दीवार को गंगू भलई जो अपने पैतृक पेशे से इतर मकानों की चिनाई का काम करता था, उसी ने उस दीवार को जोड़ा था। छोटी जात का आदमी मन्दिर की दीवारें बना सकता है, मगर मन्दिर में नहीं जा सकता? छोटी जाति का आदमी मन्दिर की टूटी दीवार का मलवा उठा सकता है, मन्दिर के अन्दर नहीं जा सकता? जब यह मन्दिर बना होगा, तब भी तो इसे बनाने वाले कारीगर, मजदूर छोटी जाति के रहे होंगे? मन्दिर बनने के बाद वे ही कारीगर, मजदूर मन्दिर के लिए अपवित्र कैसे हो गये? मेरी नासमझी मुझसे ऐसे हजारों सवाल पूछ रही थी जिनके उत्तर मेरे सीधे-सादे माँ-पिता के पास नहीं थे। मेरे दादा के पास भी नहीं थे। मुझे लगा, शायद इन सवालों के जवाब भगवान के पास भी नहीं होंगे इसीलिए तो वह हमारे जैसों के इन सवालों से बचने के लिए अपने आप तक पहुँचने के रास्ते बन्द कर लेता है? हमें अपने घरों में प्रवेश नहीं करने देता?

चर्च के दरवाजे के बाहर खड़े-खड़े मुझे उसी समय की ये घटना याद आ गयी तो मैं भीतर जाने का साहस नहीं कर पाया और लौटने लगा। तभी एक उम्रदराज व्यक्ति मेरे सामने किसी जिन्न की तरह प्रकट हो गया था। उसने शायद मुझे देख लिया होगा कि मैं भीतर जाना चाहता था लेकिन नहीं जा रहा था या जाने का साहस नहीं कर पा रहा था। और ऐसा मैंने दो बार किया था। उस उम्रदराज व्यक्ति ने एक अजीब तरह का पहनावा पहन रखा था। ऊपर से नीचे तक एक ही कपड़े का बना हुआ और गले में एक ताबीज था।

उस उम्रदराज व्यक्ति ने मेरे सर पर हाथ फेरते हुए मुझे चर्च के अन्दर आने का निमन्त्रण देते हुए कहा, "आओ मेरे बच्चे! आओ! अन्दर जाना चाहते हो ना?"

मैं उस व्यक्ति की विनम्र भाषा सुनकर कुछ-कुछ सहज हो गया। मेरे भीतर का डर कम होने लगा और मैंने उसके आग्रह के जवाब में अपनी गरदन 'हाँ' में हिला दी।

"तो फिर डर किस बात का मेरे बच्चे! आओ! यह ईश्वर का घर है। यहाँ किसी तरह का कोई डर नहीं होता। यहाँ सबको बराबर प्रेम मिलता है।" उस उम्रदराज व्यक्ति की बोली में आश्चर्य की तरह शहद टपक रहा था और वह अपने

हाथ आकाश की तरफ उठाकर बोला था।

मैं बिना कुछ कहे उसके पीछे-पीछे हो लिया। जैसे ही चर्च में प्रवेश किया तो देखा कि मैं जितना बाहर से देख रहा था, यह तो उससे भी बड़ा चर्च था। ठीक सामने प्रभु ईसा मसीह की मूर्ति थी। मैंने उन्हें प्रणाम किया जिसे उस उम्रदराज व्यक्ति ने देख लिया था। और मुस्करा दिया था। उसकी मुस्कराहट मुझे भेद गयी थी। मैं थोड़ा सकपका गया। फिर उस व्यक्ति ने मुझे पास बुलाया और बताया कि, "ये प्रभु यीशु हैं। समस्त संसार इन्हीं का बनाया हुआ है। मैं, तुम, ये पेड़, ये पंछी, ये आकाश और ये धरती। सब प्रभु ने ही रचे हैं। यह प्रभु का घर है। यहाँ सब बराबर हैं। इसलिए मन से सभी प्रकार के भय निकाल दो मेरे बच्चे। डरो मत।"

मैंने यह नोटिस किया था कि उस डॉक्टर की तरह यह भी हमारी ही तरह दिखने वाला कोई स्थानीय ही था। सिर्फ अपने पहनावे से और बातों से अलग लग रहा था। वे अस्पताल की नर्सें अलबत्ता जरूर बाहर की लग रही थीं।

मैं चर्च में इधर-उधर की दीवारों को घूरता रहा। फिर जल्दी ही वापस लौट आया। चर्च से बाहर आते हुए मुझे एक अजीब किस्म का सुखद अनुभव हो रहा था। मैं पहली बार ऐसे किसी भव्य मन्दिर में या कहें चर्च में गया था। अब तक तो डोंगरिया देव और भीलट देव के मन्दिर ही मैंने देखे थे। दोनों ही मन्दिर हमारे तरफ के पहाड़ों पर थे। और उन्हें मन्दिर क्या कहें? वे बस चार-चार लकड़ियों पर किसी तरह हवा में झूलते झोपड़े थे।

मैं अद्‌भुत किस्म की अतिरिक्त शक्ति और उत्साह का संचार अपने भीतर अनुभव करने लगा। मुझमें एक पवित्रता घर कर गयी थी। मैं भी ईश्वर के मन्दिर में होकर आया था, चाहे चर्च ही सही। और यदि उस चर्च वाले उम्रदराज व्यक्ति की बातों पर यकीन किया जाए तो मैं भी ईश्वर की सन्तान था। मैं महसूस करने लगा जैसे मैं अपनी जात से ऊपर उठ गया हूँ। मेरे भीतर कुचले हुए जाति दंश के शूल के जो घाव बन गये थे, उन पर चर्च के उस उम्रदराज व्यक्ति की बातों ने एक किस्म का मलहम लगा दिया था। मैं अपने आप को और लोगों की तरह थोड़ी देर के लिए ही सही, ऊँची जाति का समझने लगा। ईश्वर की सन्तान।

मेरा मन फूला नहीं समा रहा था। मैं जल्दी से वापस जाकर ये बात गवरी को बताना चाहता था। अपने दादा को बताना चाहता था कि मैं पास वाले चर्च में गया था और वहाँ मुझे वह अजीब चोगे वाला उम्रदराज व्यक्ति मिला था और चर्च के अन्दर भी ले गया था। मैं गवरी से कहूँगा कि 'गवरी जब तू अच्छी हो जाएगी तो मैं तुझे भी चर्च के भीतर ले चलूँगा। यहाँ चर्च के अन्दर जाने पर कोई मारता नहीं है।' मैं उसे बताऊँगा कि चर्च भीतर से भी बहुत बड़ा होता है। और उसके अन्दर भगवान होते हैं। वे हमारे डोंगरिया देव या भीलट देव की तरह सिर्फ सिन्दूर पुते पत्थर नहीं

होते बल्कि जीते-जागते लोगों की तरह दिखने वाली मूर्ति की तरह होते हैं। और उस मूर्ति को देखने पर बहुत अच्छा लगता है।

मैं चर्च के बाहर आया और जल्दी से अस्पताल के वार्ड में जाना चाहता था। तभी बाहर आते हुए मुझे हल्का-सा बच्चों का शोर सुनाई दिया। मैंने चर्च के दायीं ओर लगभग पीछे की तरफ देखा, कुछ बच्चे खेल रहे थे। वे सभी एक जैसे स्कूली ड्रेस पहने हुए थे। मैं उन्हें कुछ देर देखता रहा, फिर जल्दी से भागकर अपने वार्ड में आ गया। वार्ड में दादा और सुरजा काका मेरा रास्ता देख रहे थे। खाने का समय हो गया था।

रात को वार्ड में भर्ती एक मरीज के परिजन से जामसिंग दादा ने बात करते हुए पता कर लिया था कि खाने के लिए चर्च के दायीं ओर स्कूल के पास एक कैंटीन है। जहाँ सभी के खाने की व्यवस्था है।

वार्ड में उपस्थित नर्स से भी दादा ने भोजन के बारे में पूछा था तो उस नर्स ने बताया कि, चर्च के दायीं ओर कैंटीन है। वहीं खाने की व्यवस्था है। आप चले जाइए और दो टोकन उन्होंने दादा के हाथों में थमा दिए थे। गवरी के लिए खाना वे स्वयं ले आयी थीं और उसे खाने के लिए दे दिया था।

रात को तो हमें खाने-पीने की सुध नहीं रही थी, लेकिन दिन के दोनों वक्त चर्च वालों ने ही हमें भोजन मुहैया करवाया था। मेरे दादा और हम सब यह देखकर दंग थे कि, न सिर्फ इलाज मुफ्त में हो रहा था, बल्कि खाना-पीना और रहना भी मुफ्त था। मेरे बालमन पर चर्च वालों की यह सेवा भावना घर कर गयी। ऐसा समर्पण देखकर मन द्रवित हो रहा था।

दादा, मैं और सुरजा काका चर्च के पीछे उस कैंटीन में आये तो मैंने देखा, यह वही जगह थी जिसे मैं थोड़ी देर पहले चर्च के बाहर खड़े होकर देख रहा था, जिसके बाहर कुछ बच्चे खेल रहे थे। कैंटीन उसी मैदान के एक तरफ बनी हुई थी। कैंटीन के पास आने पर मालूम हुआ कि इस तरफ पाँच-सात कमरों का एक स्कूल बना हुआ था, जिसका नाम अँग्रेजी में लिखा हुआ था। मैं उस समय तो उसे नहीं पढ़ पाया था लेकिन चूँकि मैं बाद में इसी स्कूल में पढ़ने के लिए आया था तो मैं अपनी यह कहानी आपको बताते हुए बता सकता हूँ कि यह सेंट जोसेफ कान्वेंट स्कूल था। स्कूल में उस समय लंच का अवकाश चल रहा था और बच्चे लंच के बाद बाहर मैदान में और अपने कक्षा-कमरों के बाहर खेल रहे थे। स्कूल में ज्यादा बच्चे नहीं होंगे। यही कोई पन्द्रह-बीस बच्चे मैदान में दिख रहे थे और आठ-दस स्कूल के कमरों के आसपास। सभी बच्चे मुझे अपनी तरह लग रहे थे। काले-साँवले आदिवासी-से। हालाँकि मेरा रंग काफी साफ था। उन बच्चों ने बहुत तरतीब से कपड़े पहन रखे थे और वे शालीनता से अपने खेल, खेल रहे थे। वहाँ ज्यादा

शोरगुल नहीं था। वरना तो हम छः-सात बच्चे मिलकर ही अपने फल्या में इतनी ऊधम मचा देते हैं कि हमें डाँटते-डाँटते दादा का गला बैठ जाता था।

उस कैंटीन से खाना लेकर दादा के साथ हमने वहीं बैठकर खाया। खाने में सादा भोजन था। दाल, रोटी और थोड़े से चावल। दाल, रोटी तो ठीक पर चावल बहुत स्वादिष्ट थे। ऐसे स्वादिष्ट चावल मुझे कभी-कभी उमरखली में ही खाने को मिले थे, जब अयोध्याबाबू के यहाँ कोई भोज या दावत होती थी। और साल भर में दो तीन बार तो ऐसे कार्यक्रम हो ही जाते थे। कभी अयोध्याबाबू के यहाँ कोई शादी, तो कभी किसी बच्चे का जन्मदिन, कभी किसी की बरसी तो कभी कोई व्रत आदि का उद्यापन कार्य। अयोध्याबाबू के यहाँ कुछ-न-कुछ चलता रहता था। तब उनके घर में होने वाले कार्यक्रम में बचा-खुचा हमें भी मिलता था। या अयोध्याबाबू की बड़ी बहू हमारे लिए बचाए रखती थी। आज वैसा कोई पकवान वाला भोजन तो नहीं था लेकिन था वैसा ही स्वादिष्ट।

अगले दिन जब डॉक्टर ने गवरी का चेक-अप किया, तब तक गवरी हँसने-मुस्कराने लग गयी थी। पहले की तरह खूब बातें करने लग गयी थी। डॉक्टर ने तब गवरी को छुट्टी देने का कह दिया और तीन दिनों के लिए कुछ दवाइयाँ और लिख दीं, जो डॉक्टर के जाने के बाद नर्स ने अच्छी तरह समझाते हुए मेरे दादा को एक पैकेट में रखकर दीं और सख्त हिदायत दी कि ये दवाइयाँ समय-समय पर बच्ची को खिलाएँ और दो-चार दिन बाहर धूप में ज्यादा न खेलने दें। उस नर्स की भाषा तो हिन्दी ही थी लेकिन वह बहुत अटक-अटक कर हिन्दी बोल रही थी जैसे कोशिश करके बोल रही हो। बाद में उस नर्स ने दादा से पूछा, "गवरी पढ़ने जाता है क्या?"

और पूछने के बाद वह नर्स गवरी की तरफ मुड़ी और उसके सिर पर लाड़ से हाथ फेरते हुए बोली, "तुम पढ़ने जाएगा गवरी? स्कूल अच्छा लगता तुमको?"

गवरी जो कि बोलने में बहुत चंचल थी, यहाँ अपनी छोटी बहन काबरी की तरह घुन्नी बन गयी थी। उसे कुछ समझ में नहीं आया होगा या शायद इस नये माहौल से असहज हो रही थी।

फिर उस नर्स ने वापस दादा की तरफ देखते हुए कहा, "ये पढ़ने जाता है कि नहीं? इनको स्कूल भेजो आप?"

दादा ने बताया, "हमारे फल्या के आसपास कोई स्कूल नहीं है, जो है वह कम-से-कम तीन चार कोस से ज्यादा दूर है। बच्चे इतनी दूर पैदल जा नहीं सकते। और उस पर सुना है कि स्कूल में अब कोई पढ़ाने वाला नहीं आता।"

नर्स यह सुनकर हैरान हुई और थोड़ी-सी मायूस भी।

"ओह! तब तो तुम्हारा उधर कोई बच्चा पढ़ नहीं पाता होगा।" फिर वह

दूसरी नर्स से मुखातिब होकर बोली, "हमारा कंट्री कितना पिछड़ा है ना! बड़ा दुःख होता ऐसा सुनकर।"

"हमारा सरकार को भ्रष्टाचार से फुरसत मिले, तब तो वो आम लोगों का बारे में सोचे ना मारिया!" दूसरी नर्स ने व्यंग्य के सहारे अपनी बात रखी जो पहली वाली नर्स के कहे हुए का समर्थन था।

फिर वह नर्स वापस मेरे दादा से मुखातिब होते हुए बोली, "आप चाहे तो इन बच्चों को हमारा स्कूल में भर्ती कर सकता है।"

नर्स की बात सुनकर दादा प्रसन्न हुए। और असहज भी। फिर थोड़े परेशान हुए और फिर उदास हो गये।

दादा की असहजता और चेहरे पर आयी उदासी को ताड़ते हुए वह नर्स आगे बोली, "क्या सोच रहा है आप? इन बच्चों को हमारा यहाँ भेज दीजिए। ये यहीं स्कूल में पढ़ेगा-लिखेंगा तो बड़ा होकर अच्छा आदमी बनेंगा। बड़ा आदमी बनेंगा।"

दादा को उस नर्स की बात बहुत भाई, लेकिन अब भी कुछ संशय मन में बाकी थे। दादा ने बहुत धीमे स्वर में अपना संशय प्रकट किया, "लेकिन सिस्टर इतनी दूर पढ़ने कैसे आ पाएँगे?"

नर्स दादा का प्रश्न सुनकर मुस्करा दी। बोली, "अरे बाबाजी, इन्हें अपने गाँव से यहाँ रोज थोड़े आना है। बल्कि यहीं रहकर पढ़ना होगा। यहाँ चर्च के पीछे हॉस्टल है, जिसमें रहने का व्यवस्था है। खाना-पीना-रहना सब फ्री है। किताबें भी यहीं से मिलेगा और पहनने का ड्रेस भी। तुमको कुछ नहीं करना है।"

दादा उस नर्स की बात सुनकर सुखद अचरज के साथ प्रसन्न हो गये। उनके मन के अधिकांश संशय अब खत्म हो गये थे। वे यह सोच-सोचकर मुदित हो रहे थे कि उनके बच्चे भी पढ़ेंगे। वे भी शहरी बच्चों की तरह अच्छे कपड़े पहनेंगे। बड़े होकर बड़े आदमी बनेंगे। दादा ने अपनी खुली आँखों से उसी क्षण कुछ आशुस्वप्न बुन लिए।

अपनी प्रसन्नता को जाहिर करते हुए दादा ने उस नर्स से पूछा कि, "स्कूल के लिए किससे मिलना पड़ेगा?" तो उसने बताया, "चर्च के दायीं तरफ स्कूल है, जहाँ आप खाना खाने जाता हैं, उसी कैंटीन के बाजू में। चलो हम तुम्हारा साथ चलता है।" कहकर वह खुद ही हमारे साथ हो ली।

उस नर्स के पीछे-पीछे हम सब चल दिए। चलते-चलते उस नर्स ने बताया कि 'यहाँ का फादर बहुत अच्छा आदमी है। बच्चों को बहुत प्यार करता है। इनका भी बहुत खयाल रखेगा।'

जब स्कूल के पास पहुँचे तो हमें एक कमरे के बाहर बरामदे में खड़ा कर वह नर्स कुछ ही दूरी पर बने एक अन्य कक्ष में फादर को बुलाने के लिए चली गयी,

जहाँ फादर किसी और कक्षा में थे। थोड़ी ही देर बाद वह नर्स उस फादर के साथ आयी। मैंने देखा यह फादर वही उम्रदराज व्यक्ति थे, जो मुझे कल चर्च में मिले थे। मैं मन-ही-मन प्रसन्न हो गया कि इतना भला आदमी अब हमें पढ़ाएगा। मेरी खुशी का उस समय कोई ठिकाना नहीं था। मेरे सपनों को जैसे पंख मिल गये थे। मैं हजारों मील दूर कहीं आकाश में जैसे बादलों की सैर कर रहा था ।

उस नर्स ने हम सब का परिचय फादर से कराया और हमें उनके पास लाने का कारण बताया। फादर ने मुझे पहचानते हुए पूछा, "कैसे हो बेटे! चर्च अच्छा लगा था।"

जवाब में मैं बस मुस्करा दिया। फिर वे गवरी से मुखातिब होकर बोले, "अब कैसा है गवरी ? देखने से तो लग नहीं रहा कि गवरी कभी बीमार था।" और कहकर वे मुस्करा दिए।

गवरी शरमा गयी और कुछ झेंप गयी। वह सरक कर सुरजा काका के थोड़ा पीछे हो गयी।

फादर फिर मेरे दादा की तरफ देखते हुए बोले, "आप इन बच्चों को यहाँ भर्ती करवा दें और निश्चिन्त हो जाइए। हम इनको पढ़ाएगा, लिखाएगा और बड़ा आदमी बनाएगा। अच्छा आदमी बनाएगा।"

फिर उस फादर ने अपने दोनों हाथ आकाश की तरफ उठाते हुए कहा, "ये सब परमेश्वर का बच्चा है। इनका सेवा करके ही हमें परमेश्वर मिलेगा। ये कुछ बन गया तो हम समझेगा, हमारा जन्म सफल हो गया।"

हम सब इस चर्च में जब से आये थे, अचरज से भरे थे। अस्पताल वालों की तत्परता और समर्पण भी अद्‌भुत था और अब इन स्कूल वालों का यह सौम्य और विनम्र व्यवहार और इनका यह पवित्र उद्‌देश्य, जिसके लिए ये इन जंगलों में इतनी अन्दर दुनिया की सेवा का संकल्प लेकर बैठे थे। हमारे अचरज और प्रसन्नता की कोई सीमा नहीं थी।

दादा ने फादर से कहा, "इन बच्चों को आप अपने स्कूल में भर्ती कर लीजिए। अभी तो गवरी की दवाइयाँ चल रही हैं। अगले हफ्ते आकर मैं इन बच्चों को आपके स्कूल में छोड़ जाऊँगा।"

फादर, दादा का सकारात्मक जवाब सुनकर प्रसन्न हो गया। फिर वह हमें अपने कमरे में ले गया, जो उस स्कूल का कार्यालय भी था और फादर के बैठने का कक्ष भी। वह नर्स जो हमारे साथ आयी थी, हमें वहीं छोड़कर अपने अस्पताल के लिए लौट गयी थी। दादा ने उसे हाथ जोड़कर विदा दी और अपनी मुस्कराहट के साथ धन्यवाद भी। बदले में वह भी मुस्कराई।

फादर ने अपने कमरे में हम दोनों बच्चों के नाम के फार्म भरे। हमारी जन्म

तारीखें दादा को याद नहीं थीं। सिवाय यह कि मेरा जन्म आठ साल पहले भोंगर्या के दो महीने बाद हुआ था और गवरी का जन्म सात साल पहले इंदल वाले महीने में। फादर ने हमारी जन्म तारीखें अनुमान के आधार पर अपने हिसाब से भर लीं।

फिर फादर से विदा लेकर हम सब अपने फल्या के लिए वापस उसी पहाड़ी रास्ते से लौट आये। पूरे रास्ते हम प्रसन्नता से भरे थे। मैं भी। दादा भी। गवरी भी। सुरजा काका भी। हम सब। गवरी के पेट दर्द का इलाज तो हुआ ही था, हमारे पढ़ने-लिखने की मुफ्त व्यवस्था भी हो गयी थी। सुरजा काका के चेहरे पर अद्‌भुत आभा नजर आ रही थी, वे कुछ सोच-सोचकर बार-बार अकेले ही मुस्करा रहे थे। सच कहूँ तो मैं भी आँखों में कई सपने सजा रहा था। मैं यह कल्पना कर करके पगलाया जा रहा था कि अब मैं इतने बड़े चर्च वाले स्कूल में पढ़ूँगा। चर्च भी जा सकूँगा और इसके लिए कोई मुझे मारेगा या पीटेगा भी नहीं। मैं यह सोच-सोचकर भी प्रसन्न हो रहा था कि यह खबर जब मैं राल्या, छेनिया, सोमला को दूँगा तो वे भी बहुत खुश हो जाएँगे।

जब गवरी को हम उस अस्पताल में लाये थे, तब डॉक्टर और उन नर्सों की सक्रियता, समर्पण और आत्मीयता देखकर मैंने जो सपना देखा था, मुझे लगा, वह पूरा होने का कोई रास्ता मिल गया था। मेरी आँखों में फिर वही सपना विचरने लगा कि मैं बहुत बड़ा डॉक्टर बन गया हूँ और लोगों का मुफ्त में इलाज कर रहा हूँ।

मेरी तरह गवरी भी फूल के कुप्पा हो रही थी। वह अब कुछ देर दादा के कन्धे पर बैठती तो थोड़ी दूर पैदल चलती। थोड़ी दूर उसे सुरजा काका अपने कन्धे पर उठा लेते थे। इस तरह हम सब प्रसन्नता से भरे अपने फल्या की ओर वापसी पर थे।

चार

गवरी अब पूरी तरह स्वस्थ हो गयी थी। और पिछले दो दिनों से तो हमारे साथ बयड़ी पर खेलने भी आ रही थी। गवरी और मैं बहुत खुश खुश रहने लगे थे। और राल्या भी। दादा ने कहा था कि राल्या को भी स्कूल में भर्ती कर देंगे। बाकी बच्चे फल्या में ही रहेंगे, नहीं तो फल्या सूना हो जाएगा। राल्या को जब मैंने उस बड़े से चर्च और स्कूल के बारे में बताया था तो उसकी आँखें फटी की फटी रह गयी थीं। मैंने उसे बताया था, "वहाँ का फादर बहुत अच्छा है। चर्च के अन्दर भी आने देता है और बहुत प्यार से बात करता है।"

राल्या यह सुनकर बहुत-बहुत खुश हो गया था।

तभी काबरी दौड़ती-दौड़ती मुझे बुलाने आयी और लगभग चिल्लाते हुए बोली, ''लच्छू चल! तेरे बाई-भाईजी आ गये हैं।''

काबरी मेरे माता-पिता के आने की खबर लेकर आयी थी। सुरजा काका हम बच्चों के चर्च वाले स्कूल भेजने की खबर देने और उन्हें दो-एक दिन के लिए लेने के लिए उमरखली गये हुए थे ताकि वे भी हम बच्चों के साथ दो-एक दिन रह लें।

अपने माता-पिता के आने की खबर सुनते ही मैंने फल्या की ओर दौड़ लगा दी। मेरे पिता सालभर में एक बार भोंगर्या के दिनों में ही फल्या में दस-बारह दिनों के लिए आते थे। इस तरह बीच में बहुत कम आ पाते थे।

मैं जब फल्या में पहुँचा तो सीधा जाकर अपनी माँ से लिपट गया। माँ मुझे देखकर रो पड़ी। उसकी आँखों से बड़े-बड़े आँसू टपकने लगे। पिता रो तो नहीं रहे थे लेकिन उनकी आँखें नम थीं। देर तक माँ ने मुझे अपने सीने से सटाये रखा। मुझे उनकी गोद में, बाँहों में अच्छा लग रहा था। फिर मुझे अपने पिता ने अपनी गोद में खींच लिया। और अपने गले से लगा लिया। फिर वे मेरे चेहरे और शरीर को गौर से देखने लगे जैसे मुआयना कर रहे हों कि कहीं मैं दुबला या कमजोर तो नहीं हो गया।

मैंने झोपड़े में देखा तो मुझे अपने छोटे भाई-बहन छज्जु और सेवन्ती नहीं दिखे। मैं माँ से पूछने ही वाला था कि बाहर से छज्जु और सेवन्ती दौड़ते हुए भीतर आये। दोनों भाई बहन मुझे किसी अपरिचित से घूरने लगे। फिर माँ ने बिज्जू की असहजता को ताड़ते हुए बताया, ''छज्जु पहचाना नहीं अपने लच्छू भैया को?'' माँ के बोलते ही छज्जु के दिमाग की बत्ती जली और उसने झट मुझे पहचान लिया और मुस्करा दिया। सेवन्ती तो छज्जु से भी छोटी थी, महज चारेक साल की होगी। और बिज्जू भी कोई ज्यादा बड़ा नहीं था। सेवन्ती से डेढ़ेक साल बड़ा होगा।

शाम को खाना खाने के बाद बाहर खटियों पर बैठे तो दादा ने पिता से अयोध्याबाबू के हाल-चाल के बारे में पूछा। मेरे दादा भी कभी अयोध्याबाबू के यहाँ वरसुद पर रह चुके थे। तकरीबन दस-बारह साल तक।

मेरे पिता ने बताया, ''वे अच्छे हैं।'' और अयोध्याबाबू की बात निकली तो वे हँसकर बोले, ''जानते हो भाईजी... अब मैं गाँव का सरपंच बन गया हूँ।''

दादा यह सुनकर अचरज में पड़ गये। उनके चेहरे पर हवाइयाँ उड़ने लगीं।

''ये सुरली तो मुझे सरपंच साब! सरपंच साब! कहके बुलाने लगी है।'' पिता ने हँसते हुए मेरी माँ की तरफ देखा तो माँ मुँह में पल्लू दबाकर हँसने लगी।

''लेकिन सरपंची तो अयोध्याबाबू के पास रहती है?'' दादा ने अपना संशय प्रकट किया।

''वो भाईजी क्या हुआ कि इस बार सरपंची के चुनाव में सरकार ने पता नहीं

कौन-सा नियम लगा दिया था कि गाँव की सरपंची के लिए सब हमारे जैसे आदिवासी खड़े थे।''

दादा और संशय में घिर गये। ऐसा कौन सा नियम सरकार ने लगा दिया कि सरपंची के लिए खड़े होने वाले सब लोग आदिवासी थे?

''भाईजी! इस बार सरपंची के चुनाव में जब अयोध्या बाबू ने मुझे खड़ा होने के बारे में बताया था तो उस समय तो सुनकर मेरे भी हाथ-पाँव फूल गये थे। मेरी तो कुछ समझ में ही नहीं आ रहा था कि अयोध्याबाबू के चार-चार बेटे होते हुए भी वे मुझे सरपंची के चुनाव में क्यों खड़ा कर रहे थे?'' पिता ने पूरे किस्से के विस्तार में जाते हुए बोला। घर के सभी मेरे पिता की बातें बहुत धैर्य से सुन रहे थे। दादा को तो अब भी विश्वास नहीं हो रहा था कि उनका बेटा ये क्या कह रहा है? उमरखली की सरपंची सालों से अयोध्याबाबू और उनके परिवार वालों के पास ही रही है। फिर उन्होंने सरपंची के चुनाव में अपने वरसुदिए को क्यों खड़ा किया?

''तूने पूछा नहीं अयोध्याबाबू से कि बड़े कुँवर राजेश्वर बाबू के होते हुए तुम्हें क्यों खड़ा कर रहे हैं?'' दादा ने कौतुहल से पूछा।

''मैंने उनसे तो नहीं पूछा था लेकिन उसी दिन शाम को बड़की भाभी से पूछा था तो उन्होंने मुझे बताया था कि गाँव की सरपंची की सीट इस बार आरक्षण के कारण आदिवासी सीट हो गयी है। इसलिए सरपंची का चुनाव कोई आदिवासी ही लड़ सकता है। तब मेरी कुछ-कुछ समझ में आया।'' पिता को जितना ज्ञान था, उन्होंने बता दिया फिर आगे बोले, ''एक दिन मैंने अयोध्याबाबू को कहते हुए भी सुना था कि अनार अपना आदमी है। उसे जहाँ कहेंगे, वह वहीं बैठेगा। उसे हम जैसा कहेंगे, वह वैसा ही करेगा। सरपंची के लिए उससे अच्छा आदमी इस गाँव में कोई नहीं है।'' कहते हुए पिता का सीना फूलकर चौड़ा होने लगा था और यह देखकर कि सुनने वालों को उनकी बातों में रस आ रहा था और सब उसके काम और उमरखली में बढ़ती इज्जत से प्रभावित हो रहे थे, तो उन्होंने आगे जोड़ा, ''अयोध्याबाबू तो यहाँ तक कह रहे थे कि अनार के चुनाव में खड़े होने से गाँव की परधानी भी उनके परिवार में ही बनी रहेगी। और फिर गाँव के लोग अनार को देखकर थोड़े ही वोट देंगे, पूरा गाँव जानता है कि अनार हमारा आदमी है। अनार की जीत यानी अयोध्याबाबू की जीत। अनार को वोट यानी अयोध्याबाबू को वोट।''

अपने बेटे अनारसिंग की बात सुनकर दादा गर्व से भर गये। उनका बेटा पूरी ईमानदारी और लगन से अपना काम कर रहा था। यही नहीं वह अयोध्याबाबू का इतना भरोसेमन्द बन गया था कि अयोध्याबाबू ने उसे सरपंची के चुनाव में अपनी जगह खड़ा किया था। उन्हें गर्व हुआ कि अयोध्याबाबू चार लोगों में उसके बेटे की तारीफ कर रहे थे। दादा ने अपने बेटे यानी मेरे पिता को प्रशंसा भरी नजरों से देखा

और मुस्करा दिए।

''पर भाईजी! गाँव में इस बार चुनाव में खूब मजा आया। अयोध्याबाबू ने चुनाव में एकाध लाख से ज्यादा खर्च कर दिए।''

''बाप रे! एकाध लाख!'' सिर्फ दादा ही नहीं, सुरजा काका और दूसरे भी सुनकर दंग रह गये।

''चुनाव में चारेक जन खड़े थे। एक तो वो मंगत काका का वरसुदिया और दूसरा वो गुलाब काका का वरसुदिया भी खड़ा था। और एक पता नहीं कौन था, मैं तो भूल गया। गुलाब काका ने भी खूब पैसा खर्च किया। पर अपने अयोध्याबाबू के आगे किसी की नहीं चली। अयोध्याबाबू चुनाव के समय सुबह से देर रात तक दम नहीं लेते थे। उनके चारों बेटे चुनाव के कामों में दिन-रात जुटे रहे थे। अयोध्याबाबू कह रहे थे कि यह चुनाव उनके सम्मान की लड़ाई है। वे कैसे भी इसे जीत कर दिखाएँगे।''

मेरे पिता पूरे किस्से को सविस्तार सुना रहे थे।

दादा ने जिज्ञासावश पूछा, ''फिर चुनाव में कौन जीता?''

दादा ने जिज्ञासा में पूछ तो लिया पर मेरे पिता पहले ही बता चुके थे कि वे अब उमरखली के सरपंच हैं। फिर भी दादा ने जिस भोली जिज्ञासा में पूछा था, उसी भोले अज्ञान में पिता ने बताया, ''हम जीते। और कौन जीतेगा? अयोध्याबाबू कभी चुनाव हारे हैं, जो अब हारेंगे!''

''भाईजी! तुम जीत के दिन का जुलूस देख लेते तो तुम्हारी आँखें दंग रह जातीं। शाम को चार बजे जब जीत की घोषणा हुई तब से लेकर रात के ग्यारह-बारह बजे तक खूब नाचे लोग। इतने लोग और इतनी भीड़ कि समझ नहीं पड़ रही थी। सब नाच रहे थे। खूब दारू चल रही थी। दस-दस ढोल वाले जोर-जोर से ढोल पीट रहे थे। गाँव में ऐसा जुलूस पहले कभी नहीं निकला था। किसी की शादी में भी नहीं। और पहले किसी चुनाव में भी नहीं।''

मेरे पिता की बातों से उनके चेहरे पर उस जुलूस और जीत की खुशी इस समय हम सबको बताते हुए भी चमक रही थी, जिसे अँधेरे के कारण इस समय हममें से और कोई नहीं देख पा रहा था, लेकिन उसे हर कोई महसूस कर पा रहा था। फिर पिता ने हँसते हुए उस जुलूस के किस्से को आगे बढ़ाते हुए बताया, ''सबसे छोटे मालिक धरमबाबू तो बार-बार मेरा हाथ पकड़कर मुझे खूब नचाने की कोशिश कर रहे थे। लेकिन अयोध्याबाबू वहीं पर मौजूद थे। मैं कैसे नाचता? मेरे तो पाँव ही नहीं उठ रहे थे।''

मेरे पिता अपनी रौ में पूरे प्रकरण का बखान कर रहे थे और हम उसे किसी धार्मिक आख्यान की तरह ध्यान से सुन रहे थे। अँधेरा घिर आया था। दूर पहाड़ों पर

सन्नाटे की अनन्त अभेद्य चादर बिछ चुकी थी।

''जब अयोध्या बाबू कुछ काम से इधर-उधर हो गये तो मैं भी उस नाच में शामिल हो गया। जब ढोलक वालों ने आदिवासी धुन बजायी तो मैं खूब नाचा। नाचते-नाचते मुझे ध्यान ही नहीं रहा कि अयोध्याबाबू वापस आ गये थे। मैं उन्हें देखकर सिटपिटा गया और चुपचाप आकर उनके पीछे खड़ा हो गया। हालाँकि अयोध्याबाबू ने कुछ नहीं बोला। बाद में जब अयोध्याबाबू जीप पर बैठकर जुलूस के लिए निकले तो उन्होंने खुद मुझे अपनी जीप पर बुलाकर बिठाया और अपने गले से एक फूलों का हार निकालकर, मेरे गले में डाल दिया।'' पिता ने कुछ इस तरह बताया जैसे अयोध्याबाबू के साथ बैठना कोई महान उपलब्धि थी। लेकिन दादा जानते थे कि यह कम से कम उनके लिए तो किसी उपलब्धि से कम नहीं है कि उनका बेटा अयोध्याबाबू के बगल में पूरे गाँव के सामने बैठा था। मेरे दादा बरसों तक उनके यहाँ काम करते रहे थे मगर वे खुद कभी अयोध्याबाबू के सामने बैठ नहीं पाये, बगल में बैठना तो दूर की बात।

''रात के ग्यारह बारह बजे तक जुलूस अयोध्याबाबू के घर पहुँचा। जीतने के बाद तीसरे दिन अयोध्याबाबू ने पूरे गाँव को पंगत खिलायी थी। मैं तो खाना परसते-परसते उस दिन थक गया था। बहुत सारे लोग उस दिन मुझे सरपंच-सरपंच कह रहे थे। मुझे बहुत अटपटा लग रहा था और भला भी।'' कहते-कहते पिता हँसने लगे थे। जब उनकी हँसी थमी तो वे फिर बोले, ''मैंने खुद सुना, उस दिन बहुत सारे लोग अयोध्याबाबू से कह रहे थे, अयोध्याबाबू तुम्हारा वरसुदिया तो गाय है गाय। बहुत अच्छा आदमी है। अब सरपंची भी आपके हाथ में रहेगी और घर का काम भी होता रहेगा।'' कहकर मेरे पिता अपनी प्रशंसा में खुश होकर फिर एक धीमी हँसी हँसने लगे।

मेरे दादा भी अपने पुत्र की इस सरपंची गाथा को सुनकर गर्वोन्मत हो गये। उनकी आँखें अपने पुत्र की कर्तव्यपरायणता के किस्से सुनकर भर आयीं जिसे अँधेरे में कोई भाँप नहीं पाया। सिवाय मेरे क्योंकि मैं उन्हीं की गोद में सर रखे लेटा हुआ सुन रहा था।

दूसरे दिन सुबह दादा ने मेरे पिता से कहा था, ''आज लच्छू, गवरी और राल्या को चरच वाले स्कूल में भरती कर आता हूँ।''

मेरे पिता ने बस इतना कहा, ''जैसी आपकी मर्जी।''

फिर दादा ने मेरी माँ से कहा, तीनों बच्चों को नहला-धुला दे। इन्हें चर्च वाले स्कूल में डाल आता हूँ।

माँ ने सुना तो वह उदास हो गयी। हालाँकि वे मुझसे बहुत दिनों बाद मिल पाती थी लेकिन ये तो था कि मैं अपने फल्या में रहता था। अपने लोगों के बीच और

उनके साथ रहता था। लेकिन अब तो मैं अपने फल्या को भी छोड़कर दूर जा रहा था। मेरे जाने का सोच-सोचकर ही उनकी आँखों में बार-बार आँसू आने लगे जिसे वे बार-बार पोंछती और वे आँसू बार-बार उनकी आँखों में आ जाते।

हम तीनों बच्चे जो चर्च स्कूल में जाने की खबर के बाद से ही उतावले और उत्साह से भरे इतरा रहे थे। जब जाने की बारी आयी तो मन उदास करके बैठे गये। हमारे मन भारी हो गये थे। अपने लोगों से बिछड़ने का दर्द हमें मालूम पड़ रहा था। यहाँ फल्या में रहते हुए जिस आजादी के हम आदी हो गये थे, हमें वह अपने से छिनती हुई नजर आ रही थी। हमें लग रहा था कि वहाँ फिर ऐसे ठाठ कहाँ होंगे कि जब चाहे पहाड़ों पर खेलने चले गये। जब चाहे तब तलैया में नहाने चले गये। जब मन किया किसी भी पेड़ से फल तोड़कर जी-भरकर खा लिए। जब मन किया जंगल के जानवरों के साथ खेल लिए। पिछले सात दिनों से हम जिस अदेखी खुशी में खुश होकर इठला रहे थे, आज जब उस खुशी का मूल्य सामने नजर आने लगा तो हमें अचानक वह महँगी नजर आने लगी। गवरी तो खूब रोने लगी थी कि वह चर्च वाले स्कूल नहीं जाएगी। राल्या अलबत्ता खुश था क्योंकि मैंने उसे चर्च वाले स्कूल के बारे में इतने दिनों में बहुत बढ़ा-चढ़ा कर बता रखा था।

गवरी की खूब खुशामद की गयी, तब कहीं मानी, वह भी तब जब उसे बताया गया कि हफ्ते-दो-हफ्ते में उससे मिलने कोई न कोई फल्या से जरूर आता रहेगा। और महीने-दो-महीने में कुछ दिन के लिए उसे फल्या वापस ले आया करेंगे। और भोंगर्या के दिनों में तो उसकी पन्द्रह दिनों की छुट्टी लेकर आ जाएँगे।

गवरी मानी तो अब मैं रूआँसा हो गया था। मेरी मान-मनोव्वल शुरू हुई और लगभग उन्हीं शर्तों पर मुझे भी पटाया गया, जिन शर्तों पर गवरी मानी थी।

पाँच

चर्च वाले इस स्कूल जिसका नाम सेंट जोसेफ कान्वेंट था, वहाँ पढ़ते हुए हमें तीन साल हो गये थे। मैं ग्यारह से अधिक साल का हो गया था। यदि स्कूल रिकार्ड की बात मानें तो ग्यारह साल चार महीने का।

गवरी पढ़ने में बहुत होशियार निकली। स्कूल के फादर उसकी बहुत तारीफ करते थे। सिर्फ फादर ही नहीं, विलियम सर और मार्था सिस्टर भी जो हमें गणित पढ़ाती थीं।

उस समय तक स्कूल में बच्चे भी बढ़ गये थे। अब सौ से ज्यादा बच्चे पढ़ने आ रहे थे। सभी चर्च के बने हॉस्टल में रहते थे। हॉस्टल पहले से काफी बड़ा और

पर्याप्त था, लेकिन स्कूल के लिए कुछ अतिरिक्त कमरों का निर्माण कार्य पीछे की ओर चल रहा था। कैंटीन का विस्तार कर दिया गया था। बच्चे बढ़ने से वह छोटी पड़ने लगी थी। और फिर इस कैंटीन में अस्पताल वाले मरीजों के परिजन भी खाने के लिए आते थे।

हमें चर्च वाला स्कूल समय के साथ अच्छा नहीं लगने लगा था। बुरा भी नहीं लगता था। हमें अपने फल्या की खूब याद आती थी। फल्या जैसी आजादी यहाँ नहीं थी। यहाँ था, तो सख्त अनुशासन। यहाँ थी तो सिर्फ पढ़ाई। यहाँ हम ज्यादा से ज्यादा बगीचे में थोड़ा बहुत खेल पाते थे। और अकसर चर्च में चले जाते थे यों ही घूमते-घामते।

अब मैं चर्च में प्रभु यीशु के सामने एकदम सही तरीके से प्रार्थना करना सीख गया था। मुझे चर्च आना भला लगता था। हर रविवार होने वाली मासप्रेअर में हम सब बच्चे, अस्पताल के स्टॉफ वाले और चर्च में आने वाले कुछ दूसरे इकट्ठे होते थे और प्रभु यीशु के गीत गाते थे, जिन्हें हमें स्कूल में कंठस्थ करवा दिया गया था।

जब हमें स्कूल में भर्ती कराया गया था, तब शुरू-शुरू में पन्द्रह-बीस दिन में कोई हमारी खैर-खबर लेने आ ही जाता था। अब महीने-दो महीने में कोई आता था। और अकसर दादा आते थे। एक-दो बार सुरजा काका आए हैं बाकी हर बार दादा ही आये थे। दादा का आना हमें बहुत अच्छा लगता था। वे अपने साथ हमारे लिए हर बार कुछ न कुछ खाने को लाते थे। कभी टोपली भर के जामुन ले आते तो कभी पोटली में बाँध के आम या अमरूद। और कभी कभी बड़े-बड़े मीठे वाले बेर।

दादा हमसे घंटे-दो घंटे मिलते, बतियाते। हाल-चाल जानते और वापस लौट जाते। दादा का लौटना हमारे भीतर उदासी भर जाता था। जबकि भोंगर्या के दिनों में जब हम बच्चों को पन्द्रह दिन की छुट्टी लेकर दादा फल्या ले आते थे तो उन छुट्टियों में मेरे पिता और माँ भी अपने फल्या में लौटते थे। मेरे माता-पिता का यह लौटना मेरे भीतर कोई अदृश्य ताकत भर जाता था।

हमें तीन साल यहाँ रहते रहते होने को आये थे और हर साल की तरह इस साल भी मुझे विश्वास था कि, एक दो दिन में दादा या कोई और हमें लेने के लिए आएगा। जरूर आएगा। भोंगर्या जो शुरू होने वाला था।

और भोंगर्या का खयाल आते ही मन हवा में उड़ने लगा। पैर माँदल की थाप पर थिरकने के लिए मचलने लगे। भोंगर्या के हाट की गुड़ की जलेबी और चरखे गाठिए का स्वाद मुँह में पानी भरने लगा। हमारे स्कूल के बगीचे में छोटे-छोटे दो झूले हैं, लेकिन भोंगर्या के हाट में सबके साथ झूले झूलने की बात ही कुछ और थी।

मैं दादा की प्रतीक्षा कर रहा था। गवरी और राल्या भी इसी प्रतीक्षा में थे।

सभी लौटने की उत्कंठा में व्याकुल हो रहे थे।

दोपहर तक दादा हमारे स्कूल में हमें लेने आ गये। उन्हें देखते ही हमारी खुशी का ठिकाना नहीं रहा था। यदि स्कूल के अनुशासन को तोड़ने का हममें थोड़ा साहस होता तो हम लपककर उनके गले लग जाते। दादा ने फादर से बात कर हमारी पन्द्रह दिनों की छुट्टी ले ली थी। अमूमन इन पन्द्रह दिनों में सभी बच्चों के पालक आकर उन्हें ले जाते थे। दादा हम तीनों को भोंगर्या के लिए वापस अपने फल्या पर ले आये थे।

फल्या पर जब अपने भाई-बहनों और साथियों से मिले तो हमारी खुशी और उत्साह आसमान पर था। मेरे सगे भाई-बहन छज्जु और सेवन्ती भी आज या कल में आने वाले थे। मैं उनका बेसब्री से इन्तजार करने लगा। माँ और पिताजी से मिले पूरा एक साल हो गया था। पिछले भोंगर्या में जब हम छुट्टियों में आये थे, तब हम साथ रहे थे और भोंगर्या के हाटों में खूब नाचे गाये और मस्ती की थी।

माँ और पिता का रास्ता देखते-देखते रात हो गयी थी, मगर वे नहीं आये थे। दादा से मैं बार-बार जाकर पूछता तो वे हर बार जवाब देते, ''आ जाएँगे लच्छू बेटा। तू जरा सब्र कर। आज नहीं तो कल तो जरूर आएँगे।''

दूसरे दिन भी जब देर शाम तक इन्तजार करने के बाद मेरे माता-पिता नहीं आये तो दादा के चेहरे पर भी चिन्ता की लकीरें साफ उभरने लगीं। उन्हें तरह-तरह की शंकाएँ-कुशंकाएँ घेरने लगीं। ऊपर से मैं आकर बार-बार उनसे पूछता तो वे लगभग चिढ़ से गये और एक दो बार तो मुझे डपट भी दिया था।

वह पूरी रात दादा और मैंने अपनी आँखों में जागते हुए काटी थी। दादा के साथ फल्या में झोपड़े के बाहर बिछी खाट पर मैं दादा के साथ ही लेटा था। दादा नहीं सोये थे और मैं भी नहीं। न दादा को नींद आ रही थी, न मुझे। दादा भी साफ आसमान में बिछे सितारों की चादर को घूर रहे थे। मैं भी। हम दोनों दादा-पोते जाग रहे थे। रात हमारी आँखों के सामने धीरे-धीरे मर रही थी। दादा को मेरे माता-पिता के न आने की चिन्ता सता रही थी तो मुझे उनसे मिलने और उन्हें देखने की प्रतीक्षा में नींद नहीं आ रही थी। दूसरे दिन सुबह जब सूरज पूरी तरह उगा भी नहीं था, दादा ने सुरजा काका को अपने पास बुलाया और तत्काल उमरखली निकलने के लिए कहा।

सुरजा काका भी रास्ते के लिए थोड़ा सा दाना-पानी लेकर तत्काल निकल पड़े। हमारी चिन्ताएँ और प्रतीक्षाएँ बढ़ गयी थीं। मेरी प्रतीक्षा तो अब रुलाई में बदलने लगी थी।

भोंगर्या शुरू हो गया था। दूसरे फल्यों से माँदल की आवाजें हमारे फल्या तक आनी शुरू हो गयी थीं। पहाड़ों से टकराकर माँदल की आवाजें पूरे वातावरण में एक

किस्म का आनन्द घोल रही थीं। जंगलों में खबर फैल गयी थी कि उत्साह का मौसम आ गया है। पेड़ों, पत्तों, पक्षियों तक को यह सूचना मिल गयी थी कि यह पहाड़ों के थिरकने का मौसम है। पहाड़ों पर थिरकने का मौसम है। पहाड़ों के साथ थिरकने का मौसम है। लेकिन हमारे फल्या पर खामोशी पसरी हुई थी। सबके चेहरे पर संशय के मुरझाए हुए टेसू बिखरे पड़े थे। सबके मन किसी अनहोनी की आशंका से पीड़ित थे। जबकि हर साल हमारे फल्या से भोंगर्या के माँदल की उठती हुई आवाजें सबसे पहले सुनाई देने लगती थीं। सुरजा काका जब माँदल बजाते थे तो आसपास के दस फल्यों तक उसकी आवाज गूँजती थी। आज सुरजा काका वाले झोपड़े में वही माँदल पड़े पड़े ऊँघ रहा था। खुद को बजाये जाने के लिए दूर से आती दूसरे माँदलों की आवाज को सुन-सुनकर फड़फड़ा रहा था। चीजें भी अपने होने और अपने अभीष्ट को प्राप्त करने के लिए यकीनन फड़फड़ाती होंगी और ऐसा न होने पर वे जार-जार रोती होंगी। उदास होती होंगी।

सुरजा काका मेरे माता-पिता की खैर-खबर लेने के लिए निकल गये थे लेकिन हमें मन-ही-मन यह भ्रम भी था कि यकीनन इधर से सुरजा काका उमरखली के लिए रास्ते में होंगे और उधर से माँ-पिता फल्या लौट रहे होंगे या लौट आएँगे। हमें पक्का यकीन था कि ऐसा ही होगा।

हमारा भ्रम दोपहर की धूप बढ़ने तक कायम रहा फिर धीरे-धीरे सूरजमुखी के फूलों की तरह शाम होते होते मुरझा गया। और रात होते-होते हमारे भ्रम की गन्ध उन मुरझाये हुए फूलों से पूरी तरह उड़ चुकी थी।

माँदल की आवाजें देर रात तक गूँजती रही थीं, लेकिन हमारे कानों ने उन आवाजों को एक किस्म की उदासीनता से सुना था। और वे आवाजें हमारे कानों में न जाते हुए बाहर ही कहीं छिटककर अँधेरे में लोप हो रही थीं।

हमारे सपने खाली थे और हमारी नींदें भी। मेरी भी। मेरे दादा की भी। हम सितारों से शिकायतें करते। इतनी कि हमारी शिकायतों से धीरे-धीरे पूरा आसमान भर जाता। मेरे दादा डोंगरिया देव से तरह-तरह की मन्नतें मान चुके थे। आसमान में किसी अदृश्य को कई बार कोस चुके थे। दादा इस तरह आसमान को तब ही कोसते थे जब पूरे आषाढ़ के बाद भी आसमान में कहीं कोई बादल का टुकड़ा नजर नहीं आता था। आज भी उनकी आँखें ऐसे ही किसी उम्मीद के बादल के टुकड़े को न पाकर कलप रही थीं। सूख रही थीं।

हमारे कलपने का अँधेरे के पास कोई जवाब नहीं था। रात हमारी प्रतीक्षा के लिए कुछ भी कर पाने में अक्षम थी। सितारे निरुत्तर थे और आसमान में जो कोई भी कहीं अदृश्य था, हमारे दुःख से वाकिफ होकर भी नावाकिफ होने का कोई स्वाँग रच रहा था या रहा होगा।

अन्ततः रात हमारी प्रतीक्षा के आगे हार गयी। सुबह हुई तो अब सुरजा काका की प्रतीक्षा शुरू हो गयी। वे कोई खैर-खबर लाएँ तो मन को राहत हो। मन से कुशंकाएँ हटें।

सुरजा काका अगले दिन यानी अपने जाने के तीसरे दिए आये और अपने साथ मेरी माँ और भाई-बहन को लेकर आये थे। सभी के चेहरों पर दुःख, हताशा और उदासी का मातमी सन्नाटा छाया हुआ था। और आते ही माँ और सुरजा काका दोनों दादा के सामने फूट-फूट कर रोने लगे। उनके साथ मेरे पिता नहीं आये थे। और इस तरह दोनों के रोने ने दादा के मन की शंकाओं को और बढ़ा दिया था। वे सुरजा काका के साथ अपने बेटे को न देखकर हैरान और उदास थे और फिर उनकी आँखें भी किसी अजान सन्देह को भाँपकर गीली हो गयीं। उनके भीतर का मवाद फूट गया था।

दादा और माँ को रोते देखकर मेरी भी आँखें भरने लगीं। फिर दादा ने सम्भलते हुए सुरजा से पूछा, "क्या हुआ?"

सुरजा काका ने अपनी रुलाई को किसी तरह रोका और टूटे-फूटे शब्दों में बताया कि, "अनार भाई जेल में हैं।"

इतना सुनना था कि दादा के सीने पर जैसे कोई वज्र का प्रहार हुआ हो, वे वहीं जमीन पर बैठ गये और दोनों हाथों से अपना नसीब पीटने लगे। पूरे फल्या में एक तरह का मातम छा गया। रोने की जोर-जोर से आवाजें आने लगीं।

दूर कहीं माँदल की आवाजें भी थीं जो हमारे इस रोने से अनजान थीं। हमारे दुःख से नावाकिफ थीं। वरना तो इस जंगल में ऐसा कभी नहीं हुआ कि कोई रो रहा हो और कहीं जश्न चल रहा हो। यह शहरों की परिपाटी हो सकती है, इन जंगलों की नहीं, इन पहाड़ों की नहीं।

जब रोना कुछ थमा तो मेरी माँ ने सुबकते हुए बताया, "अयोध्याबाबू ने चुनाव में लच्छू के भाईजी को खड़ा तो कर दिया था, पर सरपंची का सारा काम वे खुद देखते थे। लच्छू के भाईजी को तो कुछ पता ही नहीं था कि सरपंची कैसे करते हैं? क्या होती है? अयोध्याबाबू जहाँ कहते, वहाँ वे अँगूठा लगा देते थे। जब बुलाते, चले जाते। जहाँ ले जाते, वहाँ चले जाते।"

बताते-बताते माँ के मन की पीड़ा और उभर आयी और वे बेतरह रोने लगीं। उनके आँसुओं के कतार से उनकी साड़ी का पल्लू लगभग पूरा भीग चुका था। बबलई काकी और बाटी काकी दोनों ही माँ को चुप कराने के प्रयास में खुद भी सिसक रही थीं।

फिर सुरजा काका ने बात को आगे बढ़ाते हुए बताया, "मैं अनार भाई से मिलने जेल में गया था। उनसे पूछा कि यह सब कैसे हो गया? क्या हुआ था? तो

उन्होंने बताया कि अयोध्याबाबू ने सरपंची में कोई घोटाला किया है!''

''घोटाला किया है!'' दादा ने संशय और हैरानी से पूछा।

''अनार भाई बता रहा था कि सरकार से गाँव के विकास के लिए पैसे आते रहते थे। उसे कुछ मालूम नहीं था। वो तो चुनाव में अयोध्याबाबू के कहने पर खड़ा हो गया था। आखिर तो सरपंची उन्हें ही करनी थी। वे जहाँ कहते, वो अँगूठा लगा दिया करता था। जब से वो सरपंच बना था, अयोध्याबाबू ज्यादा खुश रहने लगे थे। अँगूठा लगाने पर कभी-कभी वे उसे सौ-पचास दे देते थे। अयोध्याबाबू की बड़ी बहू, सुरली भाभी को पहले से ज्यादा पुरानी साड़ियाँ देने लगी थी और छज्जु और सेवन्ती के लिए पुराने कपड़े भी याद कर करके निकाल कर देती थीं।'' सुरजा काका ने विस्तार से बताया।

सुरजा काका यहाँ रुके और मेरी माँ की ओर देखा तो आगे माँ ने बताते हुए कहा, ''फिर एक दिन पुलिस आयी और लच्छू के भाईजी को पकड़ के ले गयी। लेकिन दूसरे दिन ही अयोध्याबाबू उन्हें वापस छुड़ाकर ले आये थे।'' मेरी माँ अब भी रुक-रुक कर बोल रही थी। दरअसल उनके भीतर की रुलाई उन्हें तोड़ रही थी।

''बाद में दो तीन महीने तक कोर्ट-कचहरी में आना-जाना चलता रहा। कोर्ट वाला वकील बोल रहा था कि लच्छू के भाईजी ने गाँव की सरपंची में लाखों रूपए का घोटाला किया था और गाँव के विकास के लिए जो भी पैसा सरकार से आया था, सब खा गया था। लच्छू के भाईजी कुछ नहीं बोल पाये थे। अयोध्याबाबू ने उन्हें चुप रहने का बोल रखा था। वे चुपचाप सब सुनते रहे। और कोर्ट में बार-बार रोते रहे।'' कहते-कहते माँ फिर सुबकने लगीं और फिर अपनी फटी साड़ी के कोर से आँखें पोंछती हुई आगे बोलीं, ''फिर कचहरी में उनको दस साल की सजा हो गयी। वे सजा को सुनकर खूब जोर-जोर से रोये, मगर अयोध्याबाबू के खिलाफ कुछ नहीं बोले।''

माँ की बात सुनकर दादा के चेहरे पर गहरी पीड़ा और निराशा उतरी। फिर एक गहरा आक्रोश भी। यह आक्रोश अयोध्याबाबू के प्रति था जिन्होंने उनके बेटे को जेल में पहुँचा दिया था। लेकिन उनकी पीड़ा उनके क्रोध पर भारी पड़ी और उनकी आँखें फिर सजल हो गयीं।

''अयोध्याबाबू से तुमने कुछ पूछा नहीं कि... ?'' दादा ने सुरजा काका से पूछते हुए आगे का वाक्य अधूरा छोड़ दिया।

''मैंने पूछा था तो अयोध्याबाबू ने कहा था कि अनार को जल्द ही जेल से बाहर निकलवा देंगे। वे कोशिश कर रहे हैं। फिर उन्होंने कहा कि जब तक अनार आ नहीं जाता, तब तक सुरली तो काम कर ही रही है, इन सब का ध्यान हम रखेंगे। तुम फिक्र मत करो।'' सुरजा काका ने बताया तो दादा का चेहरा उतर गया।

''लेकिन भाईजी मैं तो भाभी और बच्चों को लेकर चला आया। वहाँ भाभी और बच्चे अकेले क्या करेंगे? यहीं रहेंगे, हमारे साथ। हमेशा। भाई जब जेल से आएगा तो उसे भी वापस बुला लेंगे। इतना तो हमें इन पहाड़ों से और अपने इन खेतों से ही मिल जाता है, जितना ये लोग हमें वरसुद में देते हैं।''

दादा ने सहमति में अपनी मुंडी हिलाई और फिर झोपड़े से बाहर निकल आये। मैं उनके पीछे-पीछे हो लिया। लेकिन उन्होंने पीछे पलटकर भी नहीं देखा। हालाँकि उन्हें अनुमान हो गया था कि पीछे कोई आ रहा है और उन्हें शर्तिया ये पता था कि वह मैं ही था, जो उनके पीछे आ रहा था।

दादा फल्या के पीछे वाली बयड़ी पर जहाँ डोंगरिया देव का मन्दिर था, वहीं आ गये और डोंगरिया देव के झोपड़े के सामने आकर बैठ गये। यह वही मन्दिर था, जहाँ हम अकसर खेलने आते थे।

दादा डोंगरिया देव के झोपड़े के सामने बैठकर किसी शून्य में लगातार घूर रहे थे। मैं भी उनके पीछे पीछे चला आया था और चुपचाप आकर उनके पास बैठ गया था। उन्होंने उसी तरह शून्य में देखते हुए मेरे सर पर हाथ फेरा और मेरे माथे को अपनी गोद में रख लिया।

मैं अपने दादा के इस दुःखी चेहरे को कभी नहीं भूल सकता और न ही कभी भूल पाया। उस चेहरे में दुःख और हताशा की अपार पीड़ा थी। एक दबा हुआ क्रोध इस पीड़ा को और ज्यादा विकराल बना रहा था। मैं नहीं जानता उस समय दादा के मन में क्या चल रहा था? या कैसे-कैसे विचार आ रहे होंगे? लेकिन उनके चेहरे पर एक ठहरा हुआ उबाल था और एक अधमरी हताशा थी जिसे मैं साफ-साफ देख पा रहा था। दोनों उनके चेहरे पर आकर एक-दूसरे में गड्डमड्ड हो रही थी।

दादा अपना सारा दुखड़ा और गुस्सा मन ही मन डोंगरिया देव को सुना चुके थे। जैसे अपने दुःखों की कोई चिट्ठी लिखकर उन्होंने उस पत्थर के देवता के चरणों में रख दी थी। और दुख से उबरने की कोई राह पा ली थी। अब मेरी समझ में आया कि लोग अपने दुःखों में ईश्वर के पास क्यों जाते हैं? इस तरह दरअस्ल वे अपने जी को हल्का कर आते थे और किसी अदेखे ईश्वर के प्रतिरूप के समक्ष अपनी बात रख आते थे। यदि मुराद पूरी हुई तो ठीक नहीं तो भाग्य। यदि दुःख दूर हुआ तो ठीक नहीं तो किस्मत का लिखा। और फिर समय ही सबसे बड़ा देवता था जो धीरज सिखाता था। लेकिन समय की पूजा किसी धर्म में नहीं थी। किसी मजहब में समय की पूजा विधि नहीं थी। किसी सम्प्रदाय ने समय को देवता नहीं माना था।

आज दादा के पास बैठकर ईश्वर के जन्म की इस गुप्त अवधारणा का बोध हुआ तो मुझे यकीन हो गया कि ऐसे ही किसी दुःख की घड़ी में किसी समय के

मारे ने ईश्वर की खोज कर ली होगी।

घंटों तक डोंगरिया देव के मन्दिर में चुप बैठे रहने के बाद जब शाम को सोमला, दादा को ढूँढ़ते-ढाँढ़ते डोंगरिया देव की पहाड़ी पर बुलाने आया, तब दादा उठे और चुपचाप वापस चल पड़े।

मैंने महसूस किया कि दादा सम्भवत: उजाले से खौफ खा रहे थे और इस समय अँधेरे को अपनी लाठी बनाना चाहते थे।

हमारे फल्या पर इस बार माँदल नहीं गूँजा। आसपास के दोनों फल्यों सोमसिंग का फल्या और बाल्या का फल्या पर भी नहीं। यहाँ तक कि दूर के फल्यों पर भी कोई ढोल या माँदल नहीं सुनाई दिया। मेरे पिता के जेल जाने की खबर आसपास के फल्यों तक पहुँच चुकी थी। हमारे फल्या का मातम आसपास के जंगल में चारों ओर फैल गया था। वे सारे फल्ये हमारे इस दु:ख में शामिल थे। और अपना दु:ख इस त्योहार में माँदल न बजाकर प्रकट कर रहे थे। ये पहाड़ जो भोंगर्या के दिनों में पलाश के फूलने के गीत गाता था, अब चुप खड़े-खड़े जैसे कोई शोकगीत गुनगुना रहा था। पेड़ जो इन त्योहारों के दिनों में अपनी पूरी चंचलता दिखाते थे, अब अपने टूटे-छूटे-बिखरे और मुरझाए फूलों से अपना शोक प्रकट कर रहे थे।

सुरजा काका की झोपड़ी में पड़ा माँदल किसी बीमार वृद्ध की भाँति इस बार अकेलेपन का दुख भोग रहा था और अपने होने को कोस रहा था।

छः

चर्च वाले सेंट जोसेफ स्कूल में अब पढ़ने के लिए रुमजा काका का लड़का भँवर भी आ गया था। रुमजा काका, सुरजा काका से बड़े थे और मेरे पिता से छोटे इसलिए उन्हें मझले काका भी पुकारा जाता था। तीन महीने पहले जब दादा आये थे तो उसे भी भर्ती करा गये थे। वह तकरीबन अब पाँच साल का हो गया था लेकिन उसके जन्म की भी सही-सही तारीख किसी को याद नहीं थी। सिवाय इसके कि पाँच साल पहले जब बारिश का मौसम शुरू हुआ था, तब उसका जन्म हुआ था।

भँवर को स्कूल में अच्छा नहीं लगता था। वह हमेशा उदास-उदास रहता था। अच्छा तो हमें भी नहीं लगता था। पहाड़ हमें भी याद आते थे। जंगल हमारे सपनों में भी आता था। यों तो यह चर्च जंगल में ही था लेकिन हमारी दुनिया चर्च की बाउंड्रीवाल तक सीमित थी, जिसे हमने अकेले कभी नहीं लाँघा था। हमें सिर्फ अपने फल्या के साथी ही नहीं याद आते। धवलई और चितकबरी गाय भी याद आती। वाकड़ई भैंस भी याद आती। फल्या के आसपास मँडराने वाला काल्या कुत्ता

भी याद आता था। हमारे खयालों में डोंगरिया देव आते और कालबयड़ी का ताल भी।

और अपने इस भ्रम से हम कभी नहीं निकल पाये कि वे भी हमें याद करते होंगे और हमसे कुछ ज्यादा ही आँसू वे भी हमारे लिए बहाते होंगे।

भँवर को भर्ती कराने के तकरीबन तीन महीने से ज्यादा होने को आ रहे थे। हमें अपने घर वालों की याद अब ज्यादा सताने लगी थी। भँवर अब खूब रोने लगा था। गवरी को भी घर की रह-रहकर याद आती थी। और वह भी जब तक मेरे पास आकर रोने लगी थी। ऐसा कभी नहीं हुआ कि हमसे महीने दो महीने कोई मिलने ही न आये। कोई आये न आये, दादा तो जरूर आ ही जाते थे। मगर इस बार वे भी नहीं आए। हम रोज प्रतीक्षा करते और हमारी प्रतीक्षा का कुछ भी प्रतिफल हमें नहीं मिलता था। जैसे हमारी प्रार्थनाएँ व्यर्थ जा रही थीं, वैसे ही हमारी प्रतीक्षा भी। यह प्रतीक्षा हमारे भीतर चिड़चिड़ाहट भरने लगी थी। मेरा मन पढ़ने में नहीं लगता था। मैं बात-बेबात हॉस्टल में किसी न किसी से उलझ जाता था और फिर हॉस्टल की मेट्रन और हमारी गणित की टीचर सिस्टर मार्था मुझे डाँट देती थीं।

अन्ततः हमारी प्रतीक्षाएँ और प्रार्थनाएँ किसी तरह उड़कर शायद हमारे फल्या तक पहुँच गयी होंगी कि एक दिन दादा हमसे मिलने आये।

दादा के चेहरे पर न तो हमसे मिलने आने की उत्सुकता थी, न उनके चेहरे पर कोई प्रसन्नता। इस बार वे अपने साथ हमारे लिए कुछ खाने को भी नहीं लाये थे। मेरे लिए यह अचरज की बात थी। राल्या और गवरी के लिए भी। इतने सालों में ऐसा पहले कभी नहीं हुआ था। मैं दादा के चेहरे से उनका दुःख तो पढ़ गया लेकिन वह दुःख क्या था, यह नहीं जान पाया।

दादा ने हम सबके हालचाल जाने। मैंने उन्हें बताया कि भँवर जबसे स्कूल आया है, अकसर रोता रहता है। दादा ने भँवर को डपटने के बजाए उसके माथे पर लाड़ से हाथ फेरा मगर कुछ नहीं बोले। मैंने उन्हें बताया कि ये गवरी भी अब रोने लगी है तो उन्होंने गवरी की कलाई पकड़कर अपने पास बिठाया और उसके गाल पर अपना प्यार दिया। और उसे गले से लगा लिया। फिर उनकी आँखों में आँसू आ गये।

राल्या और मैं दोनों ही दादा को इस तरह रोते देखकर मन-ही-मन परेशान हो गये। दादा ने अपने जीवन में दुखों के पहाड़ झेले थे। और वे खुद पहाड़ हो गये थे। किसी पहाड़ को इस तरह फूटते हुए देखा तो यकीन हो गया कि जरूर कोई ऐसी बात है जिसने उन्हें उस समय तोड़ रखा था। दादा को इस तरह रोते मैंने अपने पिता के जेल जाने के समय देखा था।

कुछ देर की खामोशी के बाद मैंने दादा से धीरे से पूछा, "दादा क्या हुआ?"

"कुछ नहीं!" दादा ने बहुत संक्षिप्त में धीरे से जवाब दिया।

लेकिन मैं जानता था, जरूर कोई बात थी। कुछ ऐसी बात जिसकी वजह से उनका चमकता चेहरा सूखा पड़ा था। जिसकी वजह से वे इतने दिनों बाद हमारी सुध लेने आये थे।

"तो फिर इतने दिनों बाद क्यों आये?" गवरी ने उलाहना दिया।

"आप सब हमें भूल गये हो?" राल्या ने भी दादा से अपना भोला रोष प्रकट किया।

दादा किसी मूर्ति की तरह तटस्थ बने रहे। उनके चेहरे पर हमारे उलाहनों के प्रति एक किस्म की उदासीनता दिख रही थी। वर्ना तो वो हमारे इन उलाहनों को सुनकर हँस पड़ते या मुस्कराने लगते।

भँवर तो अभी बहुत छोटा था लेकिन मैं और राल्या अब समझदारी की उम्र में थे। राल्या मुझसे महीने दो महीने बड़ा या छोटा होगा। हाँ, स्कूल रिकॉर्ड में हम दोनों की जन्म तारीख एक ही लिखी हुई थी। उस हिसाब से हम दोनों ही अभी चौदह से ज्यादा उम्र के हो रहे थे। और मेरी तो नहीं पर राल्या की हल्की-हल्की मूँछें भी फूट रही थीं। गवरी भी अपनी उम्र से अधिक समझदार थी। वह भी साढ़े ग्यारह साल की हो गयी थी।

दादा ने अपनी आँखें जमीन में कहीं गड़ा रखी थीं जैसे वे किसी गहरी सोच में गुम थे।

मैंने उनकी इस तन्द्रा को तोड़ते हुए पूछा, "क्या हुआ था दादा? इतने दिनों बाद क्यों आए? और फल्या पर सब कैसे हैं?"

जवाब में दादा की आँखें भर आयीं। फिर वे अपनी आँखों की गीली कोरों को पोंछते हुए बोले, "सुरजा कहीं गायब हो गया है!"

"सुरजा काका गायब हो गये।" मैंने अचरज के साथ दोहराया जैसे मुझे अपने सुने हुए पर यकीन नहीं आ रहा था या मैंने कुछ गलत सुन लिया था।

"दो-ढाई महीने हो गये हैं लेकिन उसका कुछ पता नहीं चल रहा है।" दादा ने बताया।

"लेकिन इस तरह बिना बताए कहाँ गये होंगे! ऐसे भला कहीं कोई गायब होता है क्या? कुछ बात हो गयी थी क्या?"

"पता नहीं बेटा! मुझे तो कुछ समझ में नहीं आ रहा लच्छू कि ये सब क्या हो गया। मैंने आसपास के फल्यों में तलाशा मगर उसका कुछ पता-सुराग नहीं लगा। किसी ने भी नहीं देखा उसे। और ऊपर से बटका भी मर गया।" दादा ने बहुत गहरी पीड़ा के साथ बताया।

मैं, राल्या, गवरी सब हैरान हो गये। बटका डेढ़ेक साल का था और रुमजा

काका का लड़का था। छेनिया, काबरी और गजरी का छोटा भाई। उसके इस तरह मरने की खबर ने हमें दुःख से भर दिया था। और उस पर सुरजा काका का गायब होना।

राल्या और गवरी सगे भाई बहन थे और सुरजा काका उनके पिता थे। अपने पिता के इस तरह गायब होने की खबर सुनकर वे रो पड़े। मैं उनका दर्द समझता था। मेरे पिता भी तो जेल में थे। और उस गुनाह की सजा काट रहे थे, जो उन्होंने किया ही नहीं था। अपने पिता को खोना या अपने पिता का किसी विपत्ति में फँस जाना, क्या दुःख देता है, इस दुःख से मैं वाकिफ था। फिर सुरजा काका मुझे भी उतना ही लाड़ करते थे, जितना गवरी और राल्या को।

दादा ने रोते हुए राल्या और गवरी को गले से लगा लिया। और चुप कराने की कमजोर कोशिश करते रहे जबकि उनकी आँखें भी डबडबा रही थीं।

''बटका को क्या हो गया था? कैसे मर गया?'' मैंने भरे मन से दादा से पूछा।

''भूख! बेटा भूख! पहाड़ों पर इन दिनों भूख पसरी हुई है। और डायन की तरह मासूमों को खा रही है।'' दादा थके हुए स्वर में बोले।

फिर दादा ने बातों-बातों में बताया कि उधर फल्या में इन दिनों खाने-पीने की बहुत दिक्कतें हैं। पिछले दो सालों से बारिश कम हो रही थी और पिछले साल तो बहुत कम हुई थी इसलिए बारिश के दिनों में मक्का और दूसरी फसलें बहुत कम आयी थीं। इतनी कम की अगले चार महीने भी नहीं चल पायी थीं। इन दिनों जंगल के किसी घर में अनाज का एक दाना नहीं बचा है। पिछले चारेक महीने से तो लोग जंगली सुअरों और दूसरे छोटे-मोटे जानवरों को ही मारकर खा रहे थे। अब तो जानवर भी नहीं बचे हैं। लोग किसी तरह घास-फूस खाकर जिन्दा हैं। आसपास के सभी फल्यों में यही हालात हैं।''

मुझे कुछ सूझ नहीं रहा था कि पहाड़ों पर ये कैसा अकाल का साया फैला हुआ था और इस तरह सुरजा काका कहाँ गायब हो सकते थे?

अगर आसपास कहीं होते तो हमें खबर लग जाती क्योंकि जो पहाड़ थे, हमारे अपने थे, उनमें सुरजा काका होते तो वे शर्तिया बता देते। लगभग पूरा जंगल ही हमारा घर था। घर में होते तो हमें खबर लग जाती। पेड़-पौधों और जंगली जानवरों से हमारा रिश्ता था, उनको खबर होती तो वे हमसे क्यों छिपाते?

सुरजा काका के इस तरह गायब होने ने दादा को इस उम्र में एक बड़ा आघात दिया था। बड़ा बेटा निरपराध होकर जेल में सजा काट रहा था और अब सबसे छोटा कहीं गायब हो गया था।

मैं उनके दुःख का सिर्फ अनुमान लगा कर ही काँप गया कि दादा कितने बड़े

दु:ख का पहाड़ अपने कन्धों पर उठाये हुए होंगे। उनकी बूढ़ी हड्डियाँ कहीं इन दु:खों के पहाड़ों को सहते-सहते टूट ना जाएँ? इतने बड़े फल्या की जवाबदारी अब उन्हीं के कन्धों पर थी। उनके पास फल्या में अब बहुओं, बच्चों की देखरेख करने और उनका पालन-पोषण करने के लिए सिर्फ उनका मझला बेटा रुमजा काका थे और वे खुद थे।

दादा ने फिर हमसे स्कूल की पढ़ाई और हमारी तबीयत आदि के बारे में पूछा और चले गये। दादा से बिछुड़ते समय गवरी फिर रोने लगी थी और भँवर भी। दादा उन्हें रोता ही छोड़कर चले गये। ऐसा कभी नहीं हुआ था।

दादा तो चले गये लेकिन हमारे मन में तरह-तरह की शंकाएँ छोड़ गये। मुझे कुछ समझ नहीं आ रहा था कि एक अच्छा भला आदमी इस तरह पहाड़ों से कहीं गायब कैसे हो सकता था?

सात

मेरी आँखों में मासूम बटका के लिए थोड़े आँसू बचे थे। तब वह महज डेढ़ साल का रहा होगा और पहाड़ों की भीषण भूख सह नहीं पाया था।

बटका को मैंने पिछले भोंगर्या की छुट्टियों में देखा था। एक तो पहले ही हड्डी-हड्डी शरीर था बेचारे का। ऊपर से पहाड़ों पर भुखमरी का मौसम। कैसे दम मारती उसकी देह।

पहाड़ों पर भुखमरी कोई नयी बात नहीं थी। पहाड़ों के पास इसका सदियों का संचित अनुभव था। भूख भीतर से मजबूत बनाती थी। जो भूख सह जाता, पहाड़ों पर कायम रहता था। जंगल ने हमें सिखाया था कि भूख पवित्र बनाती है। हाँ, भूख ने हमारी देहों पर चिलचिलाती धूप से अपने सबक लिखे थे जो हमारी नींदों में भी हमारे साथ चलते थे।

यह जानकर कि पहाड़ों पर अकाल और दुर्भिक्ष का मौसम था। मेरी चिन्ताएँ बढ़ गयी थीं। राल्या और मैं परेशान रहने लगे। दादा ने इस बार आकर बहुत बुरे-बुरे समाचार दिए थे। हमारा पढ़ने से मन उखड़ गया था। हमारे दिल-दिमाग पहाड़ों पर छायी भुखमरी से जूझते अपने लोगों में कहीं खो गये थे। मेरा तो मन किया कि चर्च स्कूल छोड़-छाड़कर अपने फल्या में लौट जाऊँ, जहाँ मेरे अपने लोग उन दिनों एक कठिन समय का सामना कर रहे थे।

यदि ऐसे कठिन समय में मैं उनके साथ रहूँगा तो जरूर कुछ सहारा होगा। उनकी भूख के लिए मैं कुछ भी करूँगा, मगर उन्हें मैं भूखा नहीं सोने दूँगा। ऐसा ही

कुछ सोचते-सोचते अपने हॉस्टल से चलकर मैं चर्च तक चला आया। चर्च में अब मैं बिना किसी असहजता के आ जा सकता था। अपने हॉस्टल की तरह यह भी मेरी शरणस्थली थी।

मैं उदास और दुःखी था। अपने फल्या के लोगों के लिए परेशान था। और जब मुझे फल्या और फल्या के लोगों की या माँ की और दादा की याद आती थी, तब अकसर मैं चर्च में चला आता था? चर्च में आना मुझे जाने कौन-सी शक्ति देता था? मेरे भीतर मची हलचल न जाने कैसे यहाँ आकर धीरे-धीरे थम जाती थी। ऐसे ही किसी कमजोर क्षण में फिर मैं अपनी उसी शरणगाह में आया था। और प्रभु ईसामसीह की मूर्ति के समक्ष खड़ा उन्हें याचना भरी नजरों से देख रहा था। मूर्ति को देखते-देखते मेरी आँखों में आँसू आ गये। ये बटका के लिए सुरक्षित बचाकर रखे गये आँसू थे। फिर सुरजा काका की याद आयी और सामने बड़े से क्रास पर टँगे प्रभु यीशु से उनके सुरक्षित होने के लिए मन ही मन गुहार लगायी। फिर मुझे वह दिन याद आ गया, जब मेरे पिता के जेल जाने की खबर सुनकर दादा डोंगरिया देव के मन्दिर में दोपहर से शाम ढले तक चुपचाप बैठे रहे थे। उस दिन की स्मृति मेरे मन से कभी नहीं जा सकती थी। सम्भव था कि प्रभु यीशु के समक्ष ऐसे ही विचारों और दुख के अथाह सागर में मैं भी खड़ा था और यकीनन मेरा चेहरा भी दादा के उस चेहरे-सा निरीह और लाचार लग रहा होगा।

मैं देर तक चर्च में बैठा रहा। चुप...खामोश...गुमसुम। मुझे हॉस्टल में न पाकर राल्या भी चर्च चला आया। उसे मालूम था अगर मैं हॉस्टल में नहीं था, तो चर्च में ही मिलूँगा। या ज्यादा-से-ज्यादा अस्पताल में, मारिया सिस्टर के पास, जो वहाँ नर्स थी।

राल्या के पीछे लगे गवरी भी चली आयी थी। हम तीनों ही चर्च में गुमसुम और उदास खड़े थे। राल्या और गवरी अपने पिता के लिए दुःखी हो रहे थे। उनका दुःख जायज था। अपने पिता का इस तरह गायब होना, किसी को भी भीतर से तोड़ सकता था।

"फाल्या चलें?" राल्या ने धीरे से प्रस्ताव रखा तो मैं हैरान नहीं हुआ, जो थोड़ा अचरज था, वह यह कि यही बात मैं सोच रहा था। बस मुझसे पहले राल्या ने प्रस्ताव रख दिया था यानी राल्या भी मेरी तरह फल्या और अपने लोगों के दुःख जानकर भीतर ही भीतर कसमसा रहा था।

"मैं भी तुझे कहने ही वाला था।" मैंने अपनी इच्छा जता दी और सहमति भी।

"गवरी भी चलने का कह रही है?" राल्या ने गवरी की तरफ देखकर कहा।

"नहीं, गवरी को यहीं रहने देते हैं। हमें न पाकर भँवर परेशान होगा। गवरी

रहेगी तो उसे सहारा रहेगा।'' मैंने राल्या को समझाया तो उसे यह बात ठीक लगी। हालाँकि गवरी चलने की जिद करने लगी लेकिन उसे किसी तरह समझा दिया।

''फादर जाने देंगे?'' राल्या ने अपनी अगली चिन्ता सामने रखी।

''फादर से पूछता कौन है?'' मैंने तटस्थता के साथ निर्णय लेते हुए बोला।

राल्या मेरा आशय समझ गया था।

फिर हम दोनों गवरी को यह कहकर कि हम फल्या जा रहे हैं और वहाँ के लोगों के हालचाल जानकर जल्दी ही लौट आएँगे। तुम यहीं रुकना और भँवर का खयाल रखना।

और हम दोनों चुपके-चुपके चर्च वाले प्रांगण को फाँदकर अपने फल्या के लिए निकल भागे थे। मुख्य दरवाजे से निकलते तो यह भी सम्भावना थी कि हमें कोई देख लेता। चर्च मुख्य द्वार के सामने था ही। कैंटीन से भी इस मुख्य दरवाजे पर आने-जाने वालों को देखा जा सकता था और अस्पताल के गेट पर भी कोई-न-कोई ड्यूटी पर तैनात नर्स अपने स्टूल पर बैठी, इस गेट पर एक निगाह रखती ही थी।

इसलिए हम दोनों स्कूल कैंटीन के पीछे की तरफ पहले गये और फिर वहाँ से दीवार फाँदकर बाहर आ गये। हालाँकि गवरी को हमने बताया दिया था कि अगर कोई हमारे बारे में पूछे तो बता देना कि हम फल्या गये हैं और जल्द ही लौट आएँगे। हम पूछ कर जाते तो यकीनन फादर हमें जाने नहीं देते बल्कि हम पर सख्त निगाह रखते और हमें हॉस्टल से भी बाहर नहीं निकलने देते। हमें यह भी यकीन था कि वापस लौटेंगे तो फादर की डाँट सुनने को मिलेगी और कोई सजा भी। फादर से अधिक तो मारिया सिस्टर हमारे कान मरोड़ेगी और सौ उठक-बैठक लगवाएगी और बाद में जब हम सजा से थक जाएँगे तो हमें बैठकर लाड़ से समझाएगी, समझाइश देगी। लेकिन हमें किसी सजा की कोई परवाह नहीं थी। हमारे दिलो-दिमाग में अपने फल्या के लिए चिन्ताएँ उमड़-घुमड़ रही थीं और दौड़कर, भागकर और अगर उड़ना हमें आता तो उड़कर हम अपने फल्या में जल्दी से जल्दी जाना चाहते थे।

फल्या के रास्ते से हम अच्छी तरह वाकिफ थे। हर साल छुट्टियों में इन्हीं रास्तों से तो हम आते-जाते थे। ये रास्ते भी अब हमें पहचानने लगे थे। थोड़ा इधर-उधर हुए कि वे खुद हमें बताते कि इस तरफ से नहीं, इस तरफ से जाओ।

अकाल ने पहाड़ के चेहरे को खुरदरा बना दिया था। कील-मुहाँसों की तरह बड़े-बड़े पत्थर और चट्टानें दूर-दूर से ही पहाड़ों पर, बयड़ियों पर देखी जा सकती थीं।

एक ठहरा हुआ सन्नाटा पूरे जंगल में बेखौफ विचर रहा था। हमारे दौड़ते-भागते पाँवों के चलने या लगभग दौड़ने की आवाजें सूखी पड़ी पत्तियों के कुचलने

की चरमराहट से दनादन टूट रही थीं।

सूरज अपनी सम्पूर्ण तपिश के साथ इन पहाड़ों पर कोई जुल्म ढा रहा था। जैसे मेरे पिता किसी और के अपराध की सजा भुगत रहे थे, ऐसे ही ये पहाड़ और जंगल और इसकी आबादी दूसरों के किए पापों का शायद कोई दंड भुगत रही थी।

हम जब फल्या में पहुँचे तो हमें देखकर छज्जु, सेवन्ती, गजरी, छेनिया, सोमला सब खुश हो गये। और भूखे होने के बावजूद शोर मचाने लगे। बबलई काकी और माँ भी हमें देखकर बहुत प्रसन्न हुई। बाटी काकी भी शोर सुनकर धीरे-बागे अपने झोपड़े से बाहर आयीं, वे बहुत बीमार लग रहीं थीं। और बीमार थीं भी। माँ ने बताया कि पिछले पन्द्रह दिनों से खाट पकड़ रखी थी। चलने-फिरने में तकलीफ थी और बार-बार चक्कर आते थे। रुमजा काका और दादा कहीं जंगल में गये हुए थे। इतनी भुखमरी के हालात में भी फल्या के सभी लोग हमें देखकर खुश थे। यह हमारे लिए प्रेम और स्नेह का सबसे बड़ा उदाहरण था। हमें उनका यह प्रेम अपने स्कूल में भी बहुत याद आता था। छज्जु और काबरी सूखकर काँटा हो गये थे। सोमला की भी पसलियाँ साफ नजर आ रही थीं। छेनिया भी पहले से ज्यादा झटका गया था। माँ के गाल की उभरी हुई हड्डियाँ देखकर मुझे जो दुःख हुआ उसे मैं बता नहीं सकता। उस समय मैं किसी न किए अपराधबोध से भर गया कि यहाँ मेरे फल्या के लोग भूख से लड़ रहे थे और वहाँ मैं चर्च स्कूल में आराम से रह रहा था।

थोड़ी ही देर बाद दादा फल्या पर आ गये थे। शायद आसपास की किसी बयड़ी पर होंगे और वहीं से अपने फल्या पर हो रही हलचल को भाँप लिया होगा या हमें देख लिया होगा।

दादा आये और पहले हम दोनों को देखकर खुश हुए। मुस्कराए और हमें गले लगा लिया। मगर कुछ ही देर बाद फिर हैरान होकर पूछने लगे, ''फल्या कैसे आना हुआ लच्छू? अभी चार दिन पहले तो मैं तुमसे मिलने आया था?'' दादा के प्रश्न में उलाहना भी था और शिकायत भी और साथ ही साथ थोड़ी-सी हिदायत भी।

लेकिन मुझे न जाने क्या हुआ? या शायद फल्या के हालात देखकर मगर लेकिन मुझे रोना आ गया। मेरी आँखें भर आयीं। अपने चौदह साल के जवान होते पोते की आँखों में आँसू देखकर दादा की आँखें भी भर आयी। फिर क्या था, माँ की आँखों में तो पहले से आँसू रुके हुए थे। बबलई काकी भी अपने आँसू किसी तरह दबाकर बैठी थीं। वे सब भी फूट पड़े और सुबकने लगे।

यह भूख से पैदा रुदन था, जिसे देखकर पहाड़ों का कलेजा फट रहा था। जंगल भी इस रुदन में शामिल था और अपने बचे हुए पत्ते झरा रहा था।

आठ

धूप आती और दिन भर जले हुए जंगल की देह झुलसाती। आसमान से जैसे उन दिनों कोई कहर बरस रहा था। जंगलों में दूर तक खाने को कुछ नहीं था। अधिकांश जंगली जानवर तो इस तरफ के जंगलों से गायब हो चुके थे। बहुत सारे जानवर तो एक-दूसरे को मारकर खत्म हो चुके थे। और बहुत से जानवरों को भुखमरी के चलते लोग मारकर खा चुके थे। खाने को अब जंगली और सूखी घास-फूस भी ढूँढ़ने पर थोड़ी मिलती थी।

राल्या और मैं यह जानकर उदास थे कि चितकबरी गाय और वाकड़ई भैंस पहले ही दम तोड़ चुकी थी। फल्या के आसपास मँडराने वाला काल्या कुत्ता अब कहीं नजर नहीं आता था। किसी तरह धवलई गाय अपनी सम्भावित मृत्यु से लड़ रही थी। सारा जंगल आसमान में बादल के टुकड़ों को तलाश रहा था, पर कहीं कोई उम्मीद नजर नहीं आ रही थी। दादा हर समय आसमान को कोसने लगे थे। उसे सरापते। कभी अपने किए, न किए अपराधों के लिए डोंगरियादेव से क्षमा माँगते। जंगल में मची इस भीषण त्रासदी के लिए कोई उपाय पूछते। किसी तरह वर्षा कराने का आह्वान करते। मगर जिस तरह डोंगरियादेव का रंग उड़ गया था, उससे तो लगता था कि वे भी इन पहाड़ों की चिलचिलाती धूप सहन नहीं कर पाये थे और फिलहाल कहीं और का रुख कर चुके थे।

मैं और राल्या कालबयड़ी के सूखे हुए ताल के पास बैठे थे। हम पिछले कई मिनटों से बैठे थे और हमारे बीच न के बराबर कोई बात हुई थी। हमारे पास बातों का भी अकाल था। हमें खोजता-खोजता सोमला भी वहाँ आ गया था। सोमला भी हमारी हम-उम्र का था और इन दिनों उसकी पसलियाँ साफ नजर आने लगी थीं। बाल्या का फल्या में रहने वाला गणस्या भाई और तिरस्या भी कुछ देर बाद वहाँ आ गये। हम सब युवा होती उम्र के लड़के थे और अपने फल्या के लोगों को भूख से लड़ते हुए देखने के लिए जैसे शापित थे। गणस्या हम सब से उम्र में काफी बड़ा था, यही कोई बीस बाइस का होगा। उम्र में बड़ा होने के कारण हम उसके नाम के आगे भाई लगाते थे।

"हमें कुछ तो करना होगा जिससे एक समय का खाना तो हमारे घरों में आ सके।" गणस्या भाई बोला। हालाँकि बोला कुछ जोश में था लेकिन बात में उसकी लाचारी भी साफ झलक रही थी।

"क्या?" सोमला ने संक्षिप्त में पूछा।

"कुछ भी! जिससे हमारे घरों में खाना आये! हमारे घर के बच्चों के पेट में दो दाने आये!" गणस्या भाई कठोर होता हुआ बोला।

"क्या करें? तुम ही बताओ?" राल्या ने पूछा और किसी सन्देह से गणस्या भाई की तरफ देखा।

"हम रहजनी करेंगे!" गणस्या भाई ने जैसे फैसला सुनाया।

रहजनी का सुनते ही हमारे चेहरे भक्क से रह गये। सोमला मेरी तरफ, मैं राल्या की तरफ, और राल्या मेरी तरफ देखने लगा। हम सब एक दूसरे को देखने लगे। और गणस्या भाई हम सब के चेहरे भाँपता रहा, फिर आगे जोश में आकर बोला, "हमारे पास बस यही विकल्प बचा है। हम अपने मासूम भाई-बहनों को भूख से मरने नहीं देंगे। हमारे घरों की स्त्रियाँ और बूढ़े क्या हमारे सामने भूख से यों ही मरते रहेंगे और हम उन्हें मरते देखते रहेंगे!"

गणस्या भाई की बातें अब हमारे भीतर जोश भर रही थीं। हम सब इस बात पर सहमत हुए कि अब हमारे सामने 'रहजनी' ही एक विकल्प बचा था।

तब गणस्या भाई ने सुझाया कि हम सब शहर से बिस्टान कस्बे की ओर जाने वाले रास्ते पर अँधेरे में रहजनी करेंगे। इस रास्ते से रात में जो भी गुजरेगा, हम उन्हें पकड़ेंगे और उसे लूट लेंगे। इस तरह रातभर में जो भी, जितना भी पैसा मिलेगा उससे अनाज और खाने का सामान खरीद लेंगे।

सभी को गणस्या की बात पसन्द आयी। और सबने तय किया कि आज ही शाम को उस रास्ते को देखकर आया जाए और रहजनी के लिए सुनसान जगह और छुपकर बैठने लायक उपयुक्त जगह तय कर ली जाए, फिर रात को हम सब इस काम को अंजाम देंगे।

राल्या और मैं तो सपने में भी रहजनी के बारे में सोच नहीं सकते थे। सोमला भी नहीं, उसे भी मैं बचपन से जानता था। तिरस्या भी हमारे साथ ही इन पहाड़ों पर कभी-कभी अपने फल्या से खेलने आ जाया करता था या अपने साथियों के साथ खेलते हुए मिल जाता था, उसने भी रहजनी जैसा कोई काम पहले किया होगा या कर सकता था, यह कहना मुश्किल है। गणस्या भाई हम सबमें उम्र में बड़े थे। उन्हें रहजनी का कोई अनुभव हो मुझे तब तक मालूम नहीं था।

गणस्या भाई के साथ हम सब रहजनी के लिए सही जगह देखने के लिए बिस्टान कस्बे की तरफ निकल पड़े थे। हम सब उत्साह से भरे थे और हमारे दिमाग में सिर्फ और सिर्फ भूख भरी थी। अपने फल्या के लोगों को बचाने की जिद आज हमसे रहजनी करवा रही थी।

हम बिस्टान कस्बे से शहर जाने वाले उस पूरे रास्ते पर पैदल चले और हमने एक मोड़ के आगे की जगह तय की, जहाँ छुपकर हमें रात के अँधेरे में बैठना था और रहजनी करनी थी। उस जगह से पीछे तक और दूर तक खेत थे और उन खेतों के बाद पहाड़ियाँ शुरू हो रहीं थीं। किसी भी तरह की परेशानी आयी तो भागने में

सुविधा थी।

गणस्या भाई जिस तरह हमें रहजनी के लिए इस समय नेतृत्व कर रहे थे, मुझे भरोसा हो गया कि यकीनन उनके पास रहजनी का पहले से कोई अनुभव रहा होगा। लेकिन अभी उनसे इस बारे में बात करने का समय नहीं बल्कि सामने जो भूख का राक्षस खड़ा था, उससे मुकाबला करने का समय था।

नौ

हम खुश थे कि हम अपने मकसद में कामयाब रहे थे और हम सब के हिस्से ज्यादा नहीं तो कम-से-कम उतना उतना तो आया था कि अगले कुछ दिनों तक हमारे घरों में चूल्हे जल सके।

हम उम्मीद से भरे थे। हम भूख के राक्षस को पराजित कर लौटे थे। और उस समय किसी योद्धा की तरह खुद को गौरवान्वित महसूस कर रहे थे।

रहजनी में जो नकदी हमारे हाथ लगा था, उसे बाँटना हमारे लिए कोई समस्या नहीं थी और हमने उसे बाँट भी लिया था। मुश्किल था तो उन सामानों को बेचना जो हमने लूटा था। तीन घड़ियाँ, चार सोने की अँगूठियाँ और दो चाँदी की, एक सोने की और एक चाँदी की चेन और दो चाँदी के कड़े हमारे हाथ लगे थे। गणस्या भाई ने बताया कि वो इन्हें बिकवा सकता है। मेरे मन में गणस्या भाई के लिए सन्देह और बढ़ गया था, लेकिन अभी भी यह सब पूछताछ करने का समय नहीं था।

गणस्या भाई और सोमला फिर शहर चले गये, उस लूटे हुए सामान को बेचने के लिए और हम वापस फल्या लौट आये। हमारे पास जो नकदी पैसे थे, उससे हमने कस्बे से अनाज और दूसरी खाने की चीजें खरीद ली थीं।

भारी-भरकम अनाज से भरा झोला लिये हम दोनों अपने फल्या पहुँचे और उस अनाज के थैले को झोपड़े में रख दिया। माँ मुझे देखती रह गयी। कुछ पूछती इससे पहले ही दादा झोपड़े के अन्दर आये और सन्देह से हमारी तरफ देखने लगे। दादा के इस तरह देखने से मैं सिटपिटा गया।

"क्या है झोले में?" दादा ने अपना सन्देह कुछ कड़क आवाज में पूछा।

"गेहूँ हैं। खाने के लिए लाया था कस्बे से!" मैंने हड़बड़ाकर जवाब दिया।

"किससे लाया? पैसे कहाँ से आये?" दादा ने प्रश्न दागे।

"वो कस्बे से लाये थे। एक बनिए से कुछ कह-सुन के ले आये।" बीच में कूदते हुए राल्या ने बोला।

लेकिन दादा ने एक पूरी उम्र देखी थी। इतना आसान नहीं था उनसे झूठ बोलना। वे हमारे झूठ को बोलते ही ताड़ गये।

"सच सच बताओ। कहाँ से लाये?" दादा गुस्से में आ गये थे। भूख से पीड़ित उनका गुस्सा उनके चेहरे को थोड़ा भयावह बना रहा था।

हम चुप खड़े थे। हमारे सर झुके हुए थे। हमारी आँखें धरती के सातवें तल को घूर रही थीं। और हमारे मन व्यथित थे।

लेकिन शायद दादा समझ गये होंगे। उन्होंने वह अनाज का झोला उठाया और बाहर बबूल के झाड़ के नीचे बँधी धवलई गाय के आगे डाल दिया।

हममें गुस्सा नहीं था। हम शर्मिन्दा थे। दादा ने अनाज के झोले को बाहर धवलई गाय को खिला दिया था। दादा ने अपने फल्या के भूखे बच्चों को बेईमानी से हासिल यह अनाज खिलाना पसन्द नहीं किया था।

इस तरह दादा ने बिना कुछ कहे, हमें जिन्दगी का एक और सबक सिखा दिया था। शाम को दादा जंगल से किसी पेड़ के पत्ते लेकर आये थे जिन्हें पानी में उबालकर और फिर कूटकर उसमें थोड़ा-सा नमक और मिर्च डालकर खाया जा सकता था। हालाँकि वे खाने में लगभग स्वादहीन थे लेकिन हमारी भूख उन्हें भी हजम कर गयी थी और न जाने क्यों हमें पसन्द आये थे।

सोमला अगले दिन सुबह आया था और उसके पास अच्छी खासी रकम थी, जो हमारे हिस्से आयी थी।

वह खुश था। बहुत खुश। और चाहता था कि ऐसी रहजनी हम एकआध बार और कर लें तो हमारी मुश्किलें दूर हो सकती थीं, तब तक फिर बारिश आ ही जाएगी और बारिश के बाद रहजनी करने की कोई आवश्यकता नहीं पड़ेगी।

हम दु:खी थे। बहुत दु:खी। और चाहते थे कि ऐसी रहजनी अब हम कभी न करें। हमने अपने दादा के साथ ही नहीं स्वयं के साथ भी धोखा किया था। हमें दादा ने एक बड़ा सबक सिखाया था और हम उसे आजीवन याद रखना चाहते थे। वह सबक हमारे मन-मस्तिष्क पर जैसे गुद गया था। जैसे हमारे हाथों की कलाई पर हमारे नाम गुदे हुए थे।

हमने सोमला को सारा घटनाक्रम सुनाया कि किस तरह दादा ने हमारे अनाज का झोला धवलई गाय को खिला दिया था। सोमला सुनकर दुखी हुआ। फिर शर्मिन्दा हुआ। और फिर उसके चेहरे पर अपने किए का पछतावा भी साफ नजर आने लगा।

हम तीनों ने तय किया कि हम अब कभी जीवन में रहजनी नहीं करेंगे। किसी अदृश्य की शपथ लेकर हमने मन-ही-मन यह संकल्प लिया था। हमने यह भी तय किया कि हम हमारे हिस्से का यह पैसा गणस्या भाई को वापस नहीं करेंगे। बल्कि

इस पैसे को कहीं गाड़कर सुरक्षित रख देंगे और बाद में इस पैसे से डोंगरियादेव के झोपड़े की दीवारों को पक्का करवा देंगे। हम तीनों इस पर सहमत थे।

जब दो दिनों बाद गणस्या भाई से वहीं कालबयड़ी के सूखे ताल पर मुलाकात हुई तो हमने उसे नहीं बताया कि हमने उन पैसों का क्या किया या बाद में क्या करेंगे? लेकिन हमने उसे साफ-साफ बता दिया कि हम आगे कभी रहजनी नहीं करेंगे? गणस्या भाई यह सुनकर दु:खी हुए। परेशान भी। फिर उन्हें लगा कि शायद हम डर गये होंगे।

उसे जो लगे, सो लगे। हमें परवाह नहीं थी। हम अपने तय किए हुए पर तटस्थ थे। हम तीनों। हम अपने निर्णय पर अड़े रहे। हालाँकि गणस्या भाई ने हमें बरगलाने की कोई कोशिश नहीं की। अन्तत: वह भी तो इस अकाल का मारा ही था और जो कुछ भी किया, वह भूख से पीड़ित अपने लोगों को देखकर किया था वरना इन जंगलों ने कभी हमें चोरियाँ करना नहीं सिखाया था। जंगल तो हमें खुद ही उसके पास जो और जितना होता था, दे देता था। हमारे बिना माँगे, हमारे चेहरे देखकर जंगल जान लेता था कि हम क्या चाहते थे? हमारा मन क्या चाहता था?

हम दादा के सामने शर्मिन्दा थे। और दादा हमारी करतूत से शर्मिन्दा थे। हालाँकि दादा नहीं जानते थे कि हमने क्या किया था? लेकिन इतना जरूर जानते थे या अनुमान लगा लिया था कि जरूर कुछ गलत किया था। शाम को जब हम कालबयड़ी ताल से फल्या पर लौटे तो खाने में वही कल वाले पत्ते उबाले हुए थे। थोड़ा-सा नमक और मिर्च डालकर। हमसे जितना खाया गया, हमने खा लिया। और चुपचाप फल्या में यहाँ-वहाँ बैठे रहे या टहलते रहे। जब थोड़ा अँधेरा फैल गया तो मैं अपने दादा की खाट के पास आ गया और चुपचाप बैठ गया।

माँ भीतर से दादा के लिए पानी का गिलास भर के लायी थी। दादा पानी पीकर बोले, ''कल अनार से मिलने जाऊँगा।''

दादा ने मेरी माँ को सम्बोधित करते हुए बोला था। माँ, अपने पति के बारे में सुनकर उन्हें याद कर उदास हो गयीं। मगर कुछ बोली नहीं। वहीं खड़ी रहीं, और अपने घूँघट को मामूली-सा और खींच लिया।

''कुछ कहना है, तो बता दो?'' दादा ने फिर पूछा तो माँ चुप खड़ी रही और फिर सुबकने लगीं। फिर वह अपने झोपड़े में वापस चली गयीं।

दादा घिरते हुए अँधेरे के किसी शून्य में ताकते हुए बोले, ''पिछले कई दिनों से अनार की खूब याद आ रही है। उसे मिले भी चारेक महीने हो गये हैं। सुरजा गायब हुआ उससे पहले उससे मिलने गया था, फिर जाना ही नहीं हो पाया।''

जिस तरह दादा हमसे चर्च वाले स्कूल में मिलने के लिए महीने पन्द्रह दिन में जाते थे। अपने बेटे से मिलने भी महीने दो महीने में चले जाया करते थे।

"मैं भी चलूँ! भाईजी को देखे बहुत समय हो गया है।" मैंने धीमे से कहा।

"तुम दोनों कल चर्च वाले स्कूल वापस चले जाना।" दादा ने जैसे कोई फैसला कर लिया था।

"ले चलो ना दादा। भाईजी को देख लूँगा तो उन्हें भी अच्छा लगेगा।" मैंने बहुत याचना भरे गीले शब्दों में कहा।

दादा कुछ सोचकर बस 'हूँ' बोल दिए। फिर वापस चुप हो गये और अपने उसी शून्य को कहीं ढूँढ़ते रहे, जहाँ वे कुछ समय पहले ताक रहे थे।

मैं चुपचाप आसमान में सितारों को उगते हुए देखता रहा।

दस

हम पर यह किसी रहस्य की तरह उजागर हुआ कि, 'सुरजा काका जेल में हैं।' और इस रहस्य के विस्फोट ने हमारे मन-मस्तिष्क की दीवारों में ढेर सारी दरारें कर दी थीं।

अपने दादा के साथ मैं पिताजी से मिलने के लिए शहर की जेल में आया था। जेल का बड़ा-सा फाटक किसी नरक के द्वार की भाँति हमें घूर रहा था। और ऊँची-ऊँची दीवारें किसी अजाने दम्भ में खड़ी-खड़ी अपनी भीमकाय पर इठला रही थीं। या हम जैसे निरीहों को चिढ़ा रही थी और चिढ़ाती थी।

जेल में पिता से मिलने पहुँचे तो वे हमें देखकर बहुत खुश हुए। खासकर दादा के साथ इस बार मैं आया था, यह जानकर उनकी आँखों में प्रसन्नता के अनेक आँसू आ गये थे, इतने कि वे पोंछ-पोंछ कर परेशान हो गये। अपने पिता को सलाखों के भीतर देखना, मेरे भीतर मवाद पैदा करने लगा। पिता का जेल में होना और उन्हें जेल में देखना, दो अलग-अलग बातें थीं और यह बात मेरी आज समझ में आयी थी। दुनिया के किसी कड़वे सत्य के बारे में बात करना और उसे अनुभूत करने में जमीन-आसमान का अन्तर होता है। दादा के साथ आज जेल में पिता से मिलकर मैंने इस कड़वी सच्चाई को जाना था।

इससे पहले कि हम पिता को बताते कि सुरजा काका कहीं गायब हो गये थे। और पिछले तीन महीने से अधिक समय हो गया था, मगर उनकी कोई खैर-खबर नहीं थी। पिताजी ने हम पर यह रहस्य उजागर किया कि, "सुरजा भी जेल में है। और इसी जेल में है।"

दादा यह सुनकर हैरानी और संशय से मेरे पिता को देखने लगे। और लगभग गश खाने से बचे और वहीं जेल के फाटक की सलाखों को पकड़कर नीचे बैठ गये।

एक लम्बी चुप्पी के बाद पिता बोले, ''जब आपके आने की खबर मिली तो मैंने उसे भी साथ आने को कहा था। मगर वह नहीं आया। वो तो मुझे कह रहा था कि मैं आपको न बताऊँ, उसके बारे में कि वह यहाँ है। लेकिन मैंने उसे मना कर दिया कि नाहक घरवाले परेशान हो रहे होंगे। कम-से-कम उन्हें यह तो मालूम पड़ जाएगा कि तुम जिन्दा हो।''

पिता की बतायी इस बात ने सचमुच हमें राहत दी थी कि सुरजा काका जिन्दा थे। चाहे जेल में ही सही।

''उनको क्यों जेल हो गयी?'' मैंने पिता से अपना संशय प्रकट किया।

तब पिता ने जो बात बतायी वह मेरे लिए भी किसी रहस्य से कम नहीं थी।

''फल्या में चारों तरफ जब अकाल फैला हुआ था और खाने को कुछ नहीं मिलने लगा तो सुरजा परेशान रहने लगा। और उन्हीं दिनों रुमजा के लड़के बटका की मौत हो गयी थी। फिर तो सुरजा को लगा कि इस तरह से तो फल्या के बाकी बच्चे भी मौत के गर्त में चले जाएँगे। इसलिए सुरजा और उसके साथियों ने रहजनी करने की योजना बनायी। लेकिन इन लोगों ने कभी जीवन में रहजनी तो की नहीं थी, पहली ही रहजनी की रात एक साइकिल वाले को लूटने के चक्कर में पीछे आ रहे दूसरे साइकिल सवार ने शोर मचा दिया और इनको वहाँ से भागना पड़ा। अँधेरे में भागने की हड़बड़ी में सुरजा का पैर वहीं किसी पुलिया के पास से फिसल गया था और उसे लोगों ने धर दबोचा था।''

मैं और दादा दोनों पिता से सुरजा काका के जेल जाने के किस्से को ध्यान से सुन रहे थे। फिर पिता ने आगे बताया, ''लोगों ने सुरजा को पकड़कर खूब मारा-पीटा और बाद में पुलिस के हवाले कर दिया। मगर सुरजा ने अपने साथियों के बारे में किसी को कुछ नहीं बताया और ना ही अपना पता बताया। पुलिस ने भी उसे बहुत मारा-पीटा था, मगर उसने नहीं मुँह खोला तो नहीं खोला।''

मेरा मन सुरजा काका से भी मिलने को कर रहा था। दादा का भी कर रहा होगा चाहे वे बोले नहीं। मैं जानता हूँ उन्हें, सुरजा काका में तो उनके प्राण बसते थे। जबसे सुरजा काका गायब हुए थे, तब से वे लगभग टूट से गये थे।

जब मैंने सुरजा काका से मिलने और उन्हें देखने की बात पिता से कही तो वे बोले कि सुरजा नहीं आएगा। उन्होंने भी उसे लाने की बहुत कोशिश की थी। मगर वह नहीं आया। अगली बार जरूर मिलवाऊँगा, तब तक उसे भी किसी तरह समझा-बुझा लूँगा।

मैंने अपने पिता को थोड़ा टटोलते हुए धीरे से पूछा, ''आपको भी नहीं बताया कि उनके साथ कौन-कौन था?''

''गणस्या, तिरस्या और सोमसिंग फल्या के पटेल दाजी के दोनों लड़के

थे।'' पिता ने मुझे नि:संकोच बता दिया।

अब मुझे समझ में आया कि गणस्या भाई मुझसे क्या छुपा रहा था? और इससे पहले भी वो रहजनी में शामिल रहा था। मैंने तय किया कि मैं गणस्या भाई से जरूर पूछूँगा कि उसने हमें या मुझे बताया क्यों नहीं था कि सुरजा काका उनके साथ रहजनी में पकड़े गये थे। और वो जेल में थे। हम सब कितने परेशान हो रहे थे।

जब दादा और मैं जेल से पिता से मिलकर लौट रहे थे, तब हमारी आँखों में नमी भी थी और सुरजा काका के जिन्दा होने की खबर से मिली मन की शान्ति भी थी।

हम धीरे-धीरे अपने फल्या की ओर लौट रहे थे।

रास्ते में हमने देखा कि आसमान में बादलों की आवाजाही बढ़ गयी थी। दु:ख और हताशा के बावजूद मौसम का इस तरह मिजाज बदलना हमारे भीतर एक किस्म का उत्साह भरने लगा। दूर तक एक गहरा कालापन आकाश में भरने लगा। बादलों के आपस में टकराने जैसी आवाजें आने लगी थीं।

हमारे मन प्रसन्नता से भर रहे थे। मेरे दादा की आँखों में पानी उतर आया था। मुझे समझ नहीं आया, यह पानी बादलों की आकाश में आवाजाही की प्रसन्नता से उनकी आँखों में आया था या सुरजा काका के मिल जाने की खबर से। या उनके भीतर अब भी दु:ख का जमा हुआ पानी था, जो खलबली मचा रहा था।

मैंने ऊपर आकाश में नजर उठाकर देखा तो पानी की एक बारीक-सी बूँद सीधी आकर मेरी आँख में गिरी। फिर कुछ बूँदें मेरे चेहरे पर।

ग्यारह

बरसों बाद हमारे फल्या में भोंगर्या की धूम थी। सुरजा काका के माँदल ने पहाड़ों को यह सूचना सबसे पहले दी थी और सारे जंगल में आग की तरह यह खबर फैल गयी थी। पहाड़ों से टकरा-टकराकर माँदल की आवाज संगीत का एक नया कोलाज रच रही थी, जिसमें लय थी। ताल था। रंग था। उल्लास था। जंगल जान गया कि पलाश यों ही नहीं फूले हुए हैं।

सुरजा काका जेल से तकरीबन आठ महीने पहले छूटकर आये थे। और भोंगर्या से कुछ पहले ही मेरे पिता की सजा लगभग एक-तिहाई माफ हो गयी थी और वे फल्या लौट आये थे।

हमारे फल्या में खुशियों ने फिर नये सिरे से दस्तक दी थी।

राल्या और मेरे लिए चर्च वाली स्कूल में अब आखिरी कुछ महीने ही बचे

थे। आगे हमें क्या करना था, हमनें तब तक कुछ भी तय नहीं किया हुआ था। गवरी को एक साल और पढ़ना बाकी था। गवरी अब सत्रह साल की हो गयी थी और चर्च वाले स्कूल में रहकर उसका रंग-रूप खूब निखर आया था। यों भी वह स्कूल और हॉस्टल में सबकी चहेती थी।

समय के साथ राल्या संयमित और गम्भीर हो गया था। कम बोलता मगर अधिक समझता था। और हँसता तो लगभग नहीं के बराबर था।

भँवर समझदार हो रहा था और रोना तो बिलकुल बन्द कर दिया था। चर्च वाले स्कूल में हमारे आसपास के फल्यों से भी काफी बच्चे हो गये थे।

अगले दिन यानी बुधवार को भोंगर्या का हाट धुलकोट कस्बे में लगने वाला था। धूलकोट पहाड़ी में बसा एक अच्छी खासी आबादी का आदिवासी बहुल कस्बा था। इधर जो पाँच-छः बड़े भोंगर्या के मेले थे, उनमें धुलकोट का हाट बहुत मशहूर था। हम सब युवा साथियों ने तय किया था कि धूलकोट के भोंगर्या मेले में हम सब जाएँगे। धूलकोट ही क्या हमने तो यह भी तय कर लिया था कि इस बार भोंगर्या के सभी बड़े मेलों में जाएँगे और खूब मस्ती करेंगे।

शाम से देर रात तक हमारे फल्या में ढोल बजता रहा। पास ही के सोमसिंग फल्या से भी लगभग सभी हमारे फल्या में आ गये थे और पटेल फल्या और बाल्या का फल्या से भी लगभग सभी लोग हमारे फल्या में आये हुए थे।

देर शाम को शुरू हुआ नाच रात के गहराने तक और लगभग हम सभी के थक के चूर हो जाने तक चलता रहा। महुए की देशी शराब जो फल्या में ही भट्ठी पर बनायी गयी थी। अपने ताजे-ताजे स्वाद और महक से हमारी साँसों में उत्साह भर रही थी। हमारे पैरों को थिरकने का जरूरी आत्मबल दे रही थी। मैं यह देखकर चकित रह गया कि पटेल फल्या से आयी युवतियाँ अद्‌भुत खूबसूरत थीं। नानकी और उमी देखने में आकर्षक थीं, बस उन दोनों का रंग जरा मध्यम था। लेकिन नीरु की बात ही अलग थी। रंग साफ और नैन नक्श तराशे हुए-से। मेरे मन में पहली बार किसी लड़की के प्रति आकर्षण पैदा हो रहा था। मैं नीरु को देखने लगा। मेरा मन फिर-फिर देखने को किया। मेरे इस तरह बार-बार देखने से मेरे भीतर एक बेचैनी पैदा होने लगी, जो मेरे लिए एकदम नयी थी। ऐसी बेचैनी से मेरा कभी वास्ता नहीं पड़ा था।

मैं जितना नीरु को देखता, मेरा मन उतना ही मचलता। मन करता बस उसे देखता रहूँ। बस देखता ही रहूँ। मैं जब नीरु को लगभग टकटकी लगाकर देखता और वो मुझे ऐसे देखते हुए देख लेती तो मैं झिझक जाता। और इधर-उधर मुँह छिपाकर झेंपने लगता। लेकिन मेरा मन कहीं चैन नहीं पाता। मैं छिपछिपाकर नीरु को फिर देखने लगता। नीरु फिर भी मेरे इस छिपकर देखने को जाने कैसे ताड़

लेती! और मेरे इस तरह छिपकर देखने को जब वह देख लेती तो मैं और झिझक जाता।

नीरु जब गोल घेरे में अपनी सहेलियों के साथ माँदल की ताल पर नाच रही थी, तो मैं उसके थिकरते जिस्म को देखकर रोमांचित हो रहा था। उसके शरीर की थिरकन मेरे भीतर सिहरन पैदा करने लगी। मैं अपने भीतर उठे इस उबाल से मुक्ति के लिए लगभग छटपटाने लगा। मगर चाहकर भी नीरु की तरफ खुद को आकर्षित होने से रोक नहीं पा रहा था।

मैं किसी तरह अपने इस भ्रम से निजात नहीं पा रहा था कि नीरु मेरे देखे जाने को देख लेती थी। मेरा भ्रम मुझ पर मेरी बेचैनी की तरह हावी था और इस समय तरह-तरह के खयालों के बुलबुले आकर मेरे मन के भीतर कहीं उठ-फूट रहे थे। मेरे विचार खरगोश की तरह इधर-उधर दौड़ते-भागते और फिर नीरु के आसपास आकर ठहर जाते। मेरी आँखें कहीं भी देखें मगर अन्ततः उन्हें नीरु को देखने के बाद ही जैसे चैन मिल रहा था। भोंगर्या की यह पहली शाम थी। और मेरे साथ सुनहरे हादसे रच रही थी।

मेरा भ्रम मुझे बताता कि नीरु भी मुझे देख रही थी। सिर्फ यही नहीं, बल्कि यह भी बताता कि वह देखकर मुस्काई थी। मैं अपने भ्रम की बातों में आता और अकेले में ही मुस्करा देता। मुझे अपना भ्रम भाने लगा।

मगर मेरा यह भ्रम बहुत देर तक भ्रम नहीं रहा। नीरु मुझे देखकर सचमुच मुस्कराई। उसकी मुस्कराहट ने मेरे भीतर कहीं मीठा-सा दर्द पैदा किया जो कुछ देर बाद मुझे अच्छा लगने लगा। उसकी मुस्कराहट जैसे ताजे खिले फूलों की थी, झट उसके चेहरे से मेरे चेहरे पर आ गयी। मैंने महसूस किया कि यह जो फल्या में इतना उत्साह और रंग फैला हुआ है, यह नीरु की मुस्कराहट से उड़कर आया था।

नीरु के जाने के बाद जब थकी-हारी मेरी देह नींद के आगोश में थी, मेरे सपनों में फिर नीरु आयी थी। सिर्फ आयी ही नहीं, वह पूरी रात फिर मेरे साथ मेरे सपनों में रही। कभी मुस्कराती नीरु। कभी शरमाती नीरु। कभी झिझकती नीरु। मैं था। मेरी नींद थी। मेरे सपने थे। और नीरु थी। नीरु, नींद, सपने और मैं फिर सुबह होने तक साथ-साथ रहे।

राल्या और सोमला ने जब सुबह मुझे उठाया तो मुझे यकीन नहीं हुआ था कि नीरु के साथ थोड़ी देर पहले मेरा होना कोई सपना था।

''चल जल्दी नहा-धो ले। धुलकोट मेले में नहीं चलना है क्या? वेस्ता तो तैयार होकर आ भी गया।'' राल्या ने मुझे खाट पर झकझोरते हुए कहा था। वेस्ता उसके पीछे ही खड़ा था। वेस्ता पटेल फाल्या में ही रहता था, जहाँ नीरु रहती थी और रिश्ते में नीरु के बाबा (ताऊ) का लड़का था।

मैं अपनी आँखें मिचमिचाते और मसलते हुए उठा और राल्या के साथ तलैया की तरफ निकल आया था। वेस्ता भी साथ था।

तलैया में नहा-धोकर और बाकी दिनचर्या से निबटकर जब हम फल्या पर वापस आये तब तक बाकी सारे साथी भी तैयार होकर आ चुके थे।

मैंने देखा, गवरी, गजरी और काबरी भी अपनी और सहेलियों के साथ तैयार होकर खड़ी थीं और हँसी-ठिठोली कर रही थीं। उन युवतियों की टोली में नानकी थी, उमी भी थी, लेकिन नीरु नजर नहीं आ रही थी। मैं नीरु को इधर-उधर देखने की कोशिश करने लगा। नीरु को न पाकर मेरा मन निराश हो गया और क्षण-भर के भीतर ही मेरे भीतर हताशा का एक पहाड़ उग आया। यहाँ तक कि मैं कोई बहाना सोचने लगा, जिससे अपने साथियों को कह सकूँ कि मैं धुलकोट के मेले में नहीं जाना चाहता।

"अरे राल्या! पता नहीं क्यों मेरा मन जाने को नहीं कर रहा है?" मैंने राल्या से कहा तो सभी साथी हैरानी से मुझे देखने लगे।

"अभी के अभी अब तुझे क्या हो गया?" बाल्या का फाल्या के साथी वेरसिंग ने पूछा।

"पता नहीं क्यों मेरे पाँव थके-थके से लगे रहे हैं और दर्द भी कर रहे हैं।" मुझे आखिर कोई बहाना मिल गया।

लगभग सभी मुझे सन्देह से देखने लगे। उनके इस तरह देखने से मैं झिझक गया या कहूँ कि हड़बड़ा गया था। मेरी असहजता को भाँपकर तिरस्या बोला, "अभी अभी तो तू अच्छा भला नहा-धोकर आ रहा है। और अभी-के-अभी तेरे पाँव भी दुखने लगे। अभी तो कितनी दूर चलना है, मालूम है?"

"वो रात को ज्यादा नाचना हो गया था ना इसलिए!" मैंने फिर अपने बहाने की पूँछ पकड़ी। तभी मुझे बाटी काकी के टापरे से नीरु निकलते हुए दिखी। सम्भवत: वह किसी काम से या तैयार होने के लिए टापरे में गयी हुई थी। और मैं समझ रहा था, कि वो आयी नहीं थी।

अब मेरा बहाना मुझ पर ही भारी पड़ गया। मैं और अधिक झेंप गया। भीतर ही भीतर सिटपिटाते हुए बोला, "चलो अब तैयार हो गया हूँ तो चलता हूँ। वरना तुम सब लोग बुरा मान जाओगे।"

सारे साथी फिर सन्देह से देखने लगे। और मुस्कराने लगे। उनकी मुस्कराहट मुझे भेद रही थी या भेदने की कोशिश कर रही थी।

"पैर दर्द हो रहे हैं तो रहने दे। अभी तो भोंगर्या के बहुत से हाट बाकी हैं, उनमें साथ चले चलना।" राल्या ने परवाह दिखाते हुए लगभग छेड़ने की कोशिश की क्योंकि कहने के साथ वह मन्द-मन्द मुस्करा भी रहा था।

"नहीं यार चलता हूँ। भोंगर्या साल भर में एक बार तो आता है। तुम सब मेरी फिक्र मत करो। मैंने तो यों ही मामूली दर्द की शिकायत की थी।" और कहकर मैं एक झूठी हँसी हँसने लगा, जिससे कि मेरे भीतर की सिटपिटाहट उजागर न हो।

सारे साथी मेरी बात सुनकर एक साथ हँस पड़े थे।

रास्ते भर हम युवक-युवतियों की टोलियाँ हँसी-ठिठोली करती रही थीं। मैं नीरु को किसी बहाने भी मगर छेड़ना चाहता था। मगर छेड़ नहीं पा रहा था। नीरु ऐसा कोई अवसर ही नहीं दे रही थी। और मैं ऐसा कोई अवसर तलाश नहीं पा रहा था। और फिर नीरु का चचेरा भाई वेस्ता हम साथियों की टोली में था, जिससे एक स्वाभाविक असहजता मेरे भीतर अपने आप कायम हो गयी थी।

मैंने तय किया कि मैं अवसर मिलते ही नीरु से बात करूँगा। फिर शंकाओं से घिर गया कि क्या नीरु भी मुझसे बात करेगी? कहीं ऐसा न हो कि वह बिदक जाए और मना कर दे।

मैं शंकाओं से घिरा ही था कि मेरे भ्रम ने मुझे आ घेरा और बताया, "नीरु भी बात करेगी।" मुझे अपने भ्रम की यह बात तार्किक भी लगी, आखिर नीरु के मुस्कराने में कुछ तो भेद हो सकता था?

रास्ते भर मैं अपने साथियों के साथ रहा लेकिन मेरा मन नीरु के आगे-पीछे लगा रहा। भोंगर्या के मेले में भी हम सब साथी खूब नाचे गाये और मस्ती करते रहे। हम युवक-युवती सभी टोलियों में साथ नाचे। एक-दूसरे के हाथों में हाथ डाले। एक ताल एक सुर में हमारे कदम थिरकते। ढोल और माँदल की आवाजों से पूरा मेला गूँज रहा था।

भोंगर्या के उत्सव की मस्ती पूरे उफान पर थी। बच्चे-बूढ़े-स्त्रियाँ और खासकर युवा सभी इस फाग उत्सव का आनन्द ले रहे थे। युवक-युवतियों की टोलियाँ नाचती-गाती-हँसी ठिठोली कर रही थी। प्रणय के इस उत्सव पर कई नये सम्बन्ध गढ़े जा रहे थे। कई पुराने प्रणय सम्बन्धों को भोंगर्या का यह त्योहार दाम्पत्य में बँधने का अवसर दे रहा था। ऐसे लग रहा था जैसे दूर तक धरती पर आनन्द ही आनन्द था। आकाश में उत्सव का रंग छाया हुआ था और मुझ पर नीरु छायी हुई थी।

नीरु पूरे समय अपनी सहेलियों के साथ रही। वह गवरी और गजरी के साथ होती तो मैं उससे बात करने की कोई कोशिश जरूर करता लेकिन उसके साथ नानकी, उमी और एक-दो सहेलियाँ दूसरी थीं। इसलिए चाहकर भी मैं उससे कोई बात नहीं कर पाया।

काबरी कहीं नजर नहीं आ रही थी। जब उसकी सहेलियाँ उसे खोजने के लिए हमसे पूछने लगीं तो हम सब हैरान हुए। मगर काबरी को मेले में खोजने की कोई कोशिश शुरू करते इससे पहले ही वेरसिंग ने बताया कि वेस्ता भी गायब है।

हमें यह समझते देर नहीं लगी कि जरूर ये दोनों साथ में भागे होंगे। इस तरह भोंगर्या में भागकर शादी करना आम परम्परा थी। हम सब मुस्करा दिए। और वापस अपनी-अपनी मस्ती में लग गये।

तभी सोमला हमारे पास आया और बताया कि मेले के दूसरी तरफ कोई बहुत बड़ा कार्यक्रम हो रहा है। कुछ साधु महात्मा आये हुए हैं। सोमला हम सबको खींचकर उस कार्यक्रम को दिखाने ले गया।

मैंने वहाँ देखा, एक बड़े से मंच पर कुछ साधु और कुछ भगवा वस्त्रधारी लोग बैठे हुए थे। मंच के पीछे टँगे बड़े से बैनर पर 'भव्य हिन्दू समागम' लिखा हुआ था। मंच पर मौजूद एक लम्बी दाढ़ी वाले सन्त महात्मा माइक पर वहाँ मौजूद लोगों को हिन्दू धर्म की दीक्षा दे रहे थे। उन्होंने अपने प्रवचन में कहा, "यह भारत-भूमि दुनिया की सबसे पवित्र जगह है। यहाँ राम, कृष्ण, गौतम ने जन्म लिया है। यहाँ गंगा, गोदावरी, नर्मदा जैसी पवित्र नदियाँ बहती हैं। यहाँ हिमालय जैसे महान पर्वत हैं। काशी, इलाहाबाद, प्रयाग जैसे तीर्थ हैं, जिनमें स्नान करने मात्र से जीवन सफल हो जाता है। मनुष्य मोक्ष का अधिकारी हो जाता है।"

वह महात्मा देर तक हिन्दू धर्म से जुड़ी पुरानी मान्यताओं एवं विशेषताओं पर अपनी बात कहता रहा। मैंने साथियों से कहा, "चलो चलते हैं अब। वहीं मेले में वापस चलते हैं।" मगर राल्या को छोड़ कोई भी नहीं माना। अन्ततः हम वहीं खड़े रहे।

वह सन्त महात्मा माइक पर बता रहा था कि, "इस समस्त सृष्टि की रचना त्रिदेव ने की है। त्रिदेव ब्रह्म है। और ब्रह्म इस संसार, इस ब्रह्मांड की सर्वोच्च शक्ति हैं। समस्त संसार की रचना उसी परब्रह्म ने की है। वही इसे चलाते हैं और इसके जीव-जगत का पालन भी करते हैं। हम सब उसी परब्रह्म की सन्ततियाँ हैं। भ्रम में पड़े हुए लोग ईश्वर को अलग-अलग रूपों में देखते हैं जबकि सत्य में वह अनन्त परब्रह्म का एक रूप होते हैं। चाहे कोई सगुण पूजे या निर्गुण। वह अन्ततः उसी परब्रह्म को पूजता है। सभी पूजन विधियाँ अन्त में उसी परब्रह्म को पाने का जरिया मात्र हैं।"

और भी बहुत से उपदेशों और पौराणिक प्रसंगों को बताने के बाद जब उस सन्त महात्मा का प्रवचन खत्म हुआ तो फिर हिन्दू समागम का कार्यक्रम शुरू हो गया। मंच पर बारी-बारी से पाँच-पाँच लोगों के आदिवासी समूह आते और उन्हें वह सन्त महात्मा अपने हाथों से एक मन्त्र बुदबुदाते हुए तिलक लगाता और उनके गले में एक फूलों की माला डालता। फिर वह महात्मा उन लोगों को पूजा करने के लिए हनुमानजी की एक फोटो भेंट स्वरूप देता। वे आदिवासी उस महात्मा को मंच पर दंडवत प्रणाम करते। और वह महात्मा उन सबको आशीर्वाद देता। उन आदिवासियों

के मंच पर उतरने के बाद पाँच दूसरे आदिवासी मंच पर जाते और फिर वही उपक्रम दोहराया जाता।

जब यही क्रम पाँच-सात बार हुआ तो हमारे बाकी साथी भी उकता गये और हम मेले में वापस आ गये थे।

मैंने नोटिस किया कि वेरसिंग, गवरी पर हर समय नजर रख रहा था। वह उसे देखकर मुस्कराता और किसी तरह उसे छेड़ने का अवसर ताक रहा था। मुझे यह बात नागवार-सी लगने लगी।

शाम ढलने से पहले ही हम मेले से वापसी के लिए निकल पड़े। हम सब पर मेले की थकान हावी थी। लेकिन हमारे मन के भीतर उत्साह भरा था। रास्ते भर हम मेले के अपने अनुभवों को एक-दूसरे के साथ बाँटते रहे। काबरी और वेस्ता तो मेले से पहले ही भागे चुके थे। वेरसिंग भी वापसी में हमारे साथ नहीं था। कहाँ था, इसका खुलासा तिरस्या ने किया। तिरस्या ने बताया कि, "वेरसिंग ने गवरी को अपने साथ भागने के लिए कहा था, मगर गवरी ने साफ मना कर दिया।"

मुझे गवरी का ऐसा करना बहुत अच्छा लगा। मैं सुनकर खुश हो गया। वेरसिंग इसीलिए वापसी में हमारे साथ नहीं आया था। उसे यह डर था कि अब रास्ते भर उसे सब छेड़ेंगे। उसका मजाक उड़ाएँगे।

हम सब साथियों ने वापसी में ही तय कर लिया कि शुक्रवार को बिस्टान में लगने वाले भोंगर्या हाट के लिए सुबह-सुबह जल्दी निकलेंगे। बिस्टान हमारे फल्या से बहुत दूर पड़ता है। लड़कियाँ तो बिस्टान का नाम सुनकर ही मना कर गयीं। कारण सिर्फ यह नहीं था कि बिस्टान के लिए पैदल बहुत चलना पड़ेगा। कारण यह भी था कि बिस्टान के भोंगर्या में छेड़खानी की घटनाएँ पिछले कुछ सालों से बहुत बढ़ गयी थीं। शहरी सीमा के करीब होने के कारण अराजक और बाहरी तत्त्वों का भोंगर्या में आना बढ़ गया था। लड़कियों ने बिस्टान के भोंगर्या हाट में अरुचि दिखाई तो मेरा मन भी बैठ गया। मेरे भीतर अरुचि पैदा होने लगी, जिसे मैंने उस समय प्रकट नहीं किया। लेकिन अच्छी खबर यह थी कि अगले दिन नीरु के फल्या में हम सब भोंगर्या मनाने के लिए जाने वाले थे। मेरी खुशी का ठिकाना नहीं था। जैसे मैं बादलों की किसी सतह पर चल रहा था।

बारह

नीरु के फल्या का नाम पटेल फल्या था। और यह सोमसिंग फल्या के थोड़ी आगे था। काबरी पटेल फाल्या के वेस्ता के साथ ही भागी थी। और वेस्ता नीरु का चचेरा भाई था। इस तरह काबरी अब नीरु की भाभी थी।

मैंने तय किया कि काबरी से किसी तरह बात कर मैं नीरु से उसके मन की बात जानूँगा। मैं नीरु से बात करने के लिए उतावला हुआ जा रहा था। और मेरा उतावलापन मुझे सलीके से साँस भी नहीं लेने दे रहा था। हर समय मेरे भीतर एक बेचैनी के बुलबुले उठ रहे थे और फूट रहे थे।

पटेल फल्या में भोंगर्या का उत्सव खूब उत्साह पर था। भोंगर्या की मस्ती तो थी ही, उस पर वेस्ता और काबरी का नया-नया विवाह हुआ था। इस तरह खुशियों का दोहरा मौका और माहौल था। आसपास के सभी फल्यों से लोग आये हुए थे। यहाँ तक की छीतु के फल्या से भी सभी शामिल थे। छीतु के फल्या और पटेल फल्या में पिछले कुछ समय से बिगाड़ चला आ रहा था। जामसिंग दादा ने दोनों से बात कर इस भोंगर्या से पहले ही अपनी परम्परा अनुसार सबके सामने उनसे लकड़ी तुड़वाकर उनके बीच सुलह करवाई थी।

पटेल फल्या के पटेल दाजी ने इस उत्सव के लिए अपने फल्या में खाने-पीने का अच्छा बन्दोबस्त किया हुआ था। दूर तक महुए की कच्ची शराब की गन्ध फैली हुई थी।

काबरी का नया-नया विवाह हुआ था और वह पूरे समय अपने फल्या की औरतों और लड़कियों से घिरी हुई थी। हालाँकि मैं उसका चचेरा भाई था इसलिए मुझे बात करने में ऐसी कोई कठिनाई नहीं थी लेकिन समस्या बस इतनी थी कि उससे अकेले में कैसे बात करूँ? नयी दुल्हन को एक तरफ ले जाकर बात करना अटपटा खयाल था।

अब मेरी किस्मत अच्छी थी या ऊपरवाले की मेहरबानी, जब खाना चल रहा था तब काबरी से मुलाकात हो गयी थी और उसके आसपास भी कोई नहीं था। इधर-उधर की बातों और हालचाल जानने के बाद मैंने काबरी को धीरे से टटोला,

"ये नीरु कितना हँसती है ना काबरी?"

"क्यों तेरा क्या जाता है?" मैं काबरी को बचपन से जानता था, वह इसी तरह एकदम मुँहफट थी।

"यूँ ही पूछ रहा था। कैसी लड़की है ये?" मैंने जानबूझकर खँगालने की कोशिश की।

"क्यों तुझे क्या उसे भगाना है?" काबरी ने मुझे छेड़ते हुए मेरी पूछताछ के

आशय को पकड़ लिया।

मैं काबरी की बात सुनकर सिटपिटा गया। मेरी झेंप अब बहुत कुछ बयान करने लगी। मेरे मुँह से आगे कुछ निकल ही नहीं पाया तो मेरा मन भाँपते हुए काबरी खुद ही बोली, कुछ ऐसा जिसने मेरी आत्मा को प्रसन्न कर दिया।

''बात करनी है उससे?'' काबरी ने पूछा तो मैं हड़बड़ा गया। मेरी प्रसन्नता का अब कोई ओर-छोर नहीं था। जैसे मन माँगी मुराद मिल रही थी।

मैंने 'हाँ' में मुंडी हिलाई और मुस्करा दिया।

''तू उधर बयड़ी के पास पीपल के पीछे चला जा। मैं नीरु को भेजती हूँ। वहीं बात कर लेना।'' काबरी ने अपने टापरे के पीछे की बयड़ी की तरफ इशारा करते हुए मुस्कराकर कहा और नीरु को बुलाने चली गयी। काबरी को इस समय मेरा मन हजार-हजार शुक्रिया कर रहा था।

मैं काबरी के बताये हुए पीपल के पेड़ के पास आकर खड़ा हो गया और नीरु की प्रतीक्षा करने लगा। सच कहूँ तो उस समय मेरा हलक जैसे सूखने लगा था। मुझे शिद्दत से पानी पीने की इच्छा हुई, लेकिन फिर पानी पीने का विचार स्थगित कर दिया, यह सोचकर कि कहीं मैं पानी पीने जाऊँ और मुझे न पाकर नीरु वापस चली जाए। मैं अपने सूखे गले में किसी तरह थूक इकट्ठा करने लगा जिससे गले को कम से कम गीला कर सकूँ। मेरे पूरे शरीर में सिरहन-सी होने लगी। नीरु से मिलने का सोच-सोचकर कुछ नयी तरह की तरंगें मन के भीतर उठने लगीं और फिर मन के किनारों पर जोर-जोर से हिलारे मारने लगी। एक बेचैनी थी जो सतत बढ़ती जा रही थी। 'नीरु के आने पर उससे क्या बात करूँगा?' 'कैसे बात शुरू करूँगा?' जैसे बड़े सवाल मन में उठे तो मन निरुत्तर हो गया। मन को जैसे तैसे समझाया तो फिर प्रतीक्षा खलने लगी। इस बात ने मन को आ घेरा कि 'नीरु अभी तक क्यों नहीं आयी?' 'कहीं उसने आने से इनकार तो नहीं कर दिया?' फिर मन ने खुद को दलील दी कि 'काबरी ने कहा है तो वह किसी बहाने उसे इधर भेज ही देगी।'

मैं अपने अरमानों को अपनी हथेली पर लिये नीरु की प्रतीक्षा कर रहा था। मेरी नजरें उसके फल्या के टापरे की तरफ लगी हुई थीं कि शायद नीरु आते हुए दिख जाए। और मेरी प्रतीक्षा को सुकून मिला, जब नीरु को अपनी ओर आते देखा।

नीरु जैसे-जैसे पीपल के पास आ रही थी, उसकी चाल धीमी पड़ती जा रही थी और मेरे दिल की धड़कनें तेज। मैंने महसूस किया कि मेरे पैरों में मामूली कम्पन शुरू हो गया थी। नीरु आयी और पीपल के पीछे थोड़ी दूर पर मुँह फेरकर खड़ी हो गयी, इस प्रतीक्षा में कि मैं कोई बात शुरू करूँगा। मगर मेरी तो डिक्की ही नहीं फूट रही थी। मैं बात शुरू करने के लिए जरूरी सिरा तलाशने में उलझ गया। मेरी मति जैसे काम ही नहीं कर रही थी। कुछ सूझ ही नहीं रहा था।

अन्ततः नीरु ने पहल की, ''क्यों बुलाया?''

''वो...वो...बात करनी थी।'' बड़ी मुश्किल से मेरा मुँह खुला।

''क्या बात करनी थी?'' नीरु ने सपाट शब्दों में कहा जिसमें मुझे मामूली तल्खी की गन्ध आयी। मैं उस तल्खी को सूँघने में व्यस्त हो गया तो बीच में चुप्पी चली आयी।

''जल्दी बोलो। मुझे वापस जाना है। कहीं किसी को मालूम पड़ गया तो सब क्या सोचेंगे। बोलो नहीं तो मैं जा रही हूँ।'' नीरु ने जाने उकताकर कहा था या मुझे उकसाते हुए कहा था, पता नहीं।

''नीरु...तुम मुझे अच्छी लगती हो। मतलब बहुत अच्छी लगती हो।'' मैंने बहुत संयमित होकर कहा और अपने भीतर की झिझक को लगभग एक तरफ छिटकने की कोशिश की।

नीरु को मेरे शब्द शायद बहुत भाए होंगे, वह धीमे से मुस्कराई थी और शरमा भी गयी थी।

''क्या तुम मुझे पसन्द करती हो?'' मैंने कोशिश करके पूछ लिया।

''लच्छू तुम बहुत अच्छे हो। लेकिन मैं किसी और को पसन्द करती हूँ। और तुम इस बात का बुरा मत मानना। मैं अगर यहाँ आयी तो काबरी भाभी के कहने पर आयी हूँ। तुम उनके भाई लगते हो इसलिए मैं उनका कहना टाल नहीं पायी, लेकिन तुम जैसा सोचते हो, वैसा कुछ भी नहीं है।'' नीरु ने सीधे-सीधे अपनी बात कह दी। उसके शब्द मुझे काँटे की तरह चुभे जबकि उनमें कहीं कोई तल्खी नहीं थी।

चाहता तो था कि नीरु से पूछूँ कि, 'कौन है जिसे तुम पसन्द करती हो?' मगर पूछ नहीं पाया। चाहता तो था कि नीरु को कहूँ कि, 'मैं तुम्हें सबसे ज्यादा पसन्द करता हूँ, उससे भी ज्यादा जिसे तुम पसन्द करती हो।' लेकिन नहीं कह पाया। चाहता तो था कि नीरु को बताऊँ कि 'मैं उसके बिना रह नहीं पाऊँगा।' लेकिन बता नहीं पाया।

कुछ क्षण नीरु ने प्रतीक्षा की, कि शायद मैं कुछ बोलूँगा लेकिन मैं तो उसके शब्दों को सुनकर सन्न खड़ा था। आखिर वह चली गयी। नीरु चली गयी और मैं उसे जाते हुए नहीं देखना चाहता था। और मैंने नहीं देखा। मेरी हिम्मत ही नहीं हुई कि मैं पीछे पलटकर देख भी सकूँ।

नीरु चली गयी तो मैं फिर उसके फल्या पर न जाते हुए सीधे अपने फल्या में वापस आ गया। मेरे फल्या पर कोई नहीं था, सब नीरु के पटेल फल्या पर गये हुए थे। हमारे फल्या तक उसके फल्या में बज रहे माँदल और ढोल की आवाजें आ रही थीं। कुछ देर पहले मैं उन्हीं धुनों पर नाच रहा था। झूम रहा था। लेकिन अब वे आवाजें मेरे भीतर एक किस्म का अवसाद उपजाने लगीं। मेरे भीतर उन आवाजों से

जैसे घृणा पैदा होने लगी।

मेरे भीतर एक हलचल मची हुई थी, जो मेरे भीतर के सारे तटबन्ध तोड़कर बाहर आना चाहती थी और अन्ततः आँखों के रास्ते बाहर आयी। शाम के धुँधलके में मैंने देखा, आकाश में पहला तारा निकल आया था और मेरी आँखों से भी एक मोटी आँसू की बूँद गिरी थ़ी। अभी आकाश में बहुत से तारों का निकलना बाकी था।

तेरह

हॉस्टल में मेरा मन नहीं लग रहा था और परीक्षाएँ सर पर थीं। दस दिन भी नहीं बचे थे परीक्षा को। यह चर्च स्कूल में मेरा अन्तिम वर्ष था। और राल्या का भी। इसके बाद हम क्या करेंगे? अभी हमें मालूम नहीं था। कुछ भी तय नहीं था। लेकिन दोनों ने तय किया था कि हम परीक्षा के बाद फादर से और विलियम सर से सलाह करेंगे कि हमें क्या करना चाहिए? किस क्षेत्र में जाना चाहिए और इसके लिए हमें क्या करना होगा? कैसे करना होगा? लेकिन हाल-फिलहाल तो मुझे परीक्षाओं के तनाव और नीरु की यादों से लड़ना था।

मैं नीरु को भूलना चाहता था और उसे न याद करने की कोशिश करने लगा था। यह मेरी कोशिशों का परिणाम था या मेरी कमजोरी, नीरु बार-बार मेरे खयालों में आ जाती। मुझे कोई ऐसी तरतीब समझ में नहीं आ रही थी जिससे मैं नीरु के खयालों को छिटककर एक तरफ कर दूँ। मैं उसके विचारों को निकालकर घने जंगल में कहीं फेंक दूँ।

नीरु के इनकार ने मेरे लिए भोंगर्या के उत्साह को खत्म कर दिया था। बाद के किसी भोंगर्या हाट-मेले में मैं नहीं गया। मेरा मन ही नहीं किया। राल्या ने बहुत जिद भी की थी, और साथियों ने भी खूब मान-मनौव्वल की थी, मगर मैं बहाने बनाकर टाल गया था।

नीरु का 'इनकार' मेरे भीतर कहीं गचक रहा था। काँटे की तरह चुभ रहा था। मैं अपनी तमाम कोशिशों के बावजूद अपने मन को नीरु से विलग नहीं कर पा रहा था और अपनी इस असमर्थता पर खीज रहा था। मेरी असमर्थता मुझमें निराशा भर रही थी।

मैं अपने भीतर एक किस्म की छटपटाहट महसूस करने लगा तो चर्च की तरफ चला आया था।

चर्च में आया तो देखा, फादर वहीं थे।

मैं चर्च में अपने लिए एकान्त की खोज में आया था। फादर का वहाँ होना, मुझे असहज कर गया। फिर भी मैं आगे की एक बेंच पर चुपचाप बैठ गया और फादर को बाइबल की पंक्तियाँ पढ़ते हुए देखने लगा।

मैंने फादर के चेहरे को गौर से देखा। समय के साथ अब वे बूढ़े हो रहे थे लेकिन उनमें ऊर्जा अब भी बची थी, जो उनके चेहरे पर नजर आ रही थी।

कुछ देर बाद फादर ने बाइबल बन्द की और मेरी तरफ देखकर बोले, ''लक्ष्मण, यीशु ने सबके लिए जीवन का एक लक्ष्य तय कर रखा है। संसार का कोई जीव निरुद्देश्य नहीं जन्मा है। वह परमपिता परमेश्वर चाहता है कि सब उसका बताये मार्ग पर चलकर अपने जीवन का लक्ष्य प्राप्त करें।'' फादर ने मेरे चेहरे पर छायी उदासी को भाँपने की कोशिश करते हुए कहा था। ऐसा मुझे लगा।

''फादर हम यह कैसे जानें कि हमारा लक्ष्य क्या है?'' मैंने फादर को जिज्ञासा दिखाते हुए पूछा।

''तय तो तुमको ही करना है। यह अधिकार स्वयं परमेश्वर ने तुमको दिया है। उसने तुम्हारे सामने सारा रास्ता खोल रखा है। बस इत्मीनान से तुमको उन रास्तों पर विचार करना है। हर रास्ता तुमको कहीं ले जाता है। कुछ अच्छा रास्ता है। कुछ बुरा रास्ता है। कुछ सरल रास्ता है। कुछ कठिन है। लेकिन चयन की सुविधा सिर्फ तुम्हारे हाथ में है।'' फादर आध्यात्मिक होते हुए बोले।

मैं चुपचाप खड़ा उन्हें ध्यान से सुन रहा था और उनके कहने में आशय खोज रहा था। फिर फादर आगे जोड़ते हुए बोले, ''यीशु अपने सभी बच्चों को बराबर प्यार देता है। लेकिन उनके निजी जीवन में कोई दखल नहीं देता। वह सबको आजादी देता है। सब अपनी मर्जी से जीवन का रास्ता चुनते हैं और उस रास्ते पर चलते हैं। लेकिन जो यीशु के रास्ते पर चलता है, यीशु उसकी उँगली कभी नहीं छोड़ता।'' फादर ने जैसे गूढ़ार्थ खोलना शुरू किए। मुझे फादर की बातें बड़ी रहस्यमय लग रही थीं। मैं उनकी बातों में अपने जीवन का लक्ष्य खोजने की कोशिश करने लगा। मैं उनकी बतायी बातों के रहस्य की तह में उतरने की कोशिश करने लगा और अपने जीवन के आगे के रास्ते के बारे में और अपने हाल-फिलहाल की समस्याओं के बारे में सोचने लगा।

मैंने कुछ संशय के साथ पूछा, ''फादर हमें कैसे मालूम होगा कि हमने जो मार्ग चुना है, वह सही है?''

''लक्ष्मण, संसार मानवों का एक महासमुद्र है। उसकी सेवा की तरफ बढ़ाया गया हर कदम तुमको परमेश्वर की ओर ही ले जाएगा। वह प्रत्येक रास्ता उचित है, जिसमें सच्ची सेवा और परमपिता परमेश्वर के प्रति सम्मान है।'' फादर ने स्पष्ट

करते हुए कहा।

फादर की बात में गहरायी थी और मैंने तय किया कि मैं उनकी बातों पर गम्भीरता से और इत्मीनान से विचार करूँगा। उन समस्त मार्गों पर विचार करूँगा जो मेरे सामने खुले थे।

मैं चर्च में आया तो था अपने भीतर की उदासी लिए लेकिन फादर की बातों ने मेरे भीतर उस जमा उदासी को एक तरफ छिटकते हुए आगामी जीवन के लक्ष्यों के प्रति सतर्क रहने और उचित मार्ग तय करने को प्रेरित किया था।

''लेकिन फादर वह मार्ग हमें कौन सुझाएगा?'' मैंने फादर से उत्सुकता दिखाते हुए पूछा जो अपनी बात कहकर चर्च से लगभग निकलने ही वाले थे।

फादर रुके और मुस्कराए फिर अपने हाथों में थामी हुई बाइबल को चूमते हुए बोले, ''यहीं तुम्हारे सब सवालों का जवाब मिलेगा। यह परमपिता परमेश्वर की दी हुई किताब है। संसार का ऐसा कोई प्रश्न नहीं जिसका हल बाइबल में नहीं। यह पवित्र किताब तुमको रास्ता दिखाएगी और भविष्य के लिए ताकत देगी। मेरे बेटे बाइबल को पढ़ो। बार-बार पढ़ो और जीवन को समझने का कोशिश करो।'' कहकर फादर चले गये।

फादर के जाने के बाद मैं देर तक चर्च में वहीं बेंच पर बैठा रहा और फादर की कही हुई बातों पर विचार करने लगा। मैंने देखा प्रभु यीशु जो सूली पर टँगे हुए थे, उनके चेहरे पर एक अजीब किस्म की शान्ति थी। मैंने महसूस किया कि थोड़ी देर पहले पूरे चर्च में फैली मन को कचोटने वाली खामोशी अब धीरे धीरे छँट रही थी। और एक अपूर्व अलौकिक शान्ति फैल रही थी, जो आहिस्ता-आहिस्ता मेरे भीतर उतर रही थी।

चौदह

मैं बाइबल के पन्ने उलट रहा था और अपने मन की शान्ति खोज रहा था। अपने भविष्य का रास्ता ढूँढ़ रहा था। अपने मन को मथने वाले प्रश्नों के हल चाहता था।

ऐसा नहीं था कि बाइबल पहली बार पढ़ रहा था। जबसे चर्च स्कूल में था बाइबल हमारी शिक्षा का एक अहम हिस्सा रहा था। हमें बाइबल की पंक्तियाँ रटायी गयी थीं। प्रभु यीशु के जीवन संघर्ष और उपदेशों से हमें बार-बार वाकिफ कराया जाता रहा था। हमारे पाठ्यक्रम की पुस्तकें भले ही हर साल बदलती रहीं। बाइबल हमेशा उनमें शामिल रहा। बाइबल पढ़ना हमें अच्छा लगता था। बाइबल के उपदेशों

की जब फादर गोम्ज अपनी मीठी बोली में बड़े सरल ढंग से व्याख्या करते थे, हमें बाइबल को फिर पढ़ने की इच्छा होती थी। लेकिन यह एक अधूरा सत्य था। सच तो यह था कि मैंने कई बार पहले भी बाइबल को पढ़ने की कोशिश की थी और हर बार वह मुझे बोझिल लगी थी या शायद अपनी समझ से परे। मैं बाइबल के उपदेशों के गूढ़ार्थ तह में नहीं जा पाता था जबकि फादर गोम्ज या विलियम सर या मारिया सिस्टर उसी बाइबल से कोई उदाहरण देते थे तो मैं बाइबल का कायल हो जाता था। स्कूल के फाउंडेशन डे (स्थापना दिवस) पर आयोजित होने वाले सालाना जलसों में भी आने वाले गेस्ट बाइबल से ही खोज-खोजकर अपना भाषण शुरू करते थे और कई बार खत्म भी।

मैं बाइबल में अपने मन की शान्ति का मार्ग खोजने लगा। मगर मैं नाकामयाब रहा। मुझे बाइबल में शान्ति नहीं मिली। बाइबल मेरे भीतर आध्यात्म जगाने की असफल कोशिश करती थी जबकि मेरे भीतर आध्यात्म की नहीं बल्कि खुद को जानने और अपनी मन की शान्ति पाने की भूख थी।

यद्यपि राल्या बाइबल के प्रति अधिक उत्सुक था। वह कभी-कभी अकेले होने पर बाइबल पढ़ता था। इतने वर्षों तक बाइबल स्कूल में हिस्सों हिस्सों में पढ़ाई जाती रही थी और बाइबल से प्रेरक प्रसंग सुनाए जाते रहे थे, इसलिए बाइबल के प्रति हमारे मन-मस्तिष्क में अतिरिक्त श्रद्धा थी। बाइबल हमारे भीतर जिज्ञासा पैदा करने लगी थी। हमारे भीतर अपने लिए आकर्षण पैदा करने लगी थी। मैं अपने मन की शान्ति उसमें खोज रहा था और राल्या अपने जीवन का लक्ष्य।

पन्द्रह

जिस दिन परीक्षाएँ खत्म हुईं उसके अगले ही दिन राल्या ने मुझे किसी निर्णय की तरह बताया कि वह आगे चर्च के लिए काम करेगा।

हम विलियम सर से मिले थे। दरअसल विलियम सर ने ही परीक्षा खत्म होने के अगले दिन हमें चर्च में मिलने के लिए बुलाया था। यों हमने भी उनसे मिलने का पहले से सोच रखा था।

विलियम सर चर्च स्कूल में हमें वर्षों से पढ़ा रहे थे। वे बहुत संयमित और मितभाषी थे और किसी आदर्श की तरह वे हमें आकर्षित करते थे। इतना कि जब शुरू-शुरू में चर्च स्कूल में आया था तो कभी-कभी सोचता था कि मैं भी बड़े होकर उनकी तरह कोई शिक्षक बनूँगा और फिर अपने सपनों में मैं देखता कि मैं एक शिक्षक हूँ और इसी चर्च स्कूल में बच्चों को पढ़ा रहा हूँ। मेरे ये सपने ठीक उसी

तरह के थे जैसे मैंने चर्च वाले अस्पताल में उस डॉक्टर के समर्पण और काम को देखकर देखे थे, जिसने गवरी का इलाज किया था।

''लक्ष्मण, रालसिंग'' विलियम सर हम दोनों को सम्बोधित करते हुए बहुत स्नेह से बोले थे, ''मेरे बच्चों, इस स्कूल में तुम्हारा शिक्षा पूरा हो गया है। अब तुम्हारा सामने अपना भविष्य है। तुमको अपना मनमाफिक काम करना है। लेकिन जो भी काम करो इतना जरूर याद रखना कि उस काम से तुम्हारा मन प्रसन्न रहना चाहिए। मन पर कोई बोझ नहीं होना चाहिए। ये स्कूल, ये चर्च तुम्हारा अपना घर है। तुमको जब इसका कोई जरूरत हो, बेझिझक आ जाना। जीजस तुम्हारा साथ है। हर रास्ते पर। हर हाल में।''

हम विलियम सर को बहुत गम्भीरता से सुन रहे थे। फिर उन्होंने हमसे पूछा, ''आगे क्या चाहता है तुम? कुछ सोच रखा है?''

राल्या और मैं दोनों एक-दूसरे का मुँह देखने लगे। फिर मैंने अपने मन की असमंजसता जाहिर करते हुए कहा, ''दरअसल, हम आपसे इसी बारे में मिलना भी चाह रहे थे। हमें कुछ समझ नहीं आ रहा है कि हमें क्या करना चाहिए।''

''मेरे बच्चो! कोई भी काम जिसमें तुम्हारा हित हो। तुम्हारा परिवार का हित हो। सबका हित हो। अच्छा है। ऐसा काम जिसमें लोगों का सेवा हो। ऐसे काम जिससे तुम्हारा मन को शान्ति मिले। हर वह काम जो तुमको जीजस के रास्ते पर ले चले, अच्छा है। पवित्र है।'' विलियम सर आध्यात्मिकता के सहारे बोल रहे थे। हम उनके कहे में आशय खोजने लगे। लेकिन हमें अपने भविष्य के लिए कोई साफ-साफ रास्ता नहीं दिखाई दे रहा था।

मैंने अपना संशय प्रकट करते हुए पूछा, ''सर आप हमें बताइए कि हम आगे क्या करें?''

''तुम चाहो तो अपना पढ़ाई आगे जारी रख सकता है। या फिर कोई काम धन्धा करके अपने परिवार का मदद कर सकता है। कहीं भी नौकरी कर सकता है। तुम्हारा सामने बहुत सारा विकल्प है। तुम चाहो तो परमपिता परमेश्वर के लिए भी काम कर सकता है। अपने और अपने लोगों के जीवन का उद्धार कर सकता है।'' विलियम सर ने जब विकल्प सुझाये तो हमारे सामने छायी धुन्ध कुछ-कुछ हटने लगी।

राल्या ने पूछा, ''परमेश्वर के लिए हम क्या काम कर सकते हैं? कैसे अपना उद्धार कर सकते हैं? कैसे लोगों का उद्धार कर सकते हैं?''

''चर्च के लिए काम करके मेरा बच्चा। चर्च परमपिता परमेश्वर का घर है। चर्च से लोगों को जोड़कर तुम अपना भी भला करेगा और लोगों का भी। गरीबी, अशिक्षा से जूझ रहा लाखों लोगों को परमपिता परमेश्वर का रास्ता दिखाकर, उन्हें

यीशु के मार्ग पर लाकर, तुम न सिर्फ अपना जीवन सुधारेगा बल्कि उन सबका जीवन में क्रान्तिकारी परिवर्तन ला सकेगा?'' विलियम सर ने कहते हुए हमारी आँखों में देखा, जहाँ उन्हें अपने कहे के प्रति समर्थन और आवश्यक उत्साह नजर आया। वे आगे जोड़ते हुए बोले, ''अभी तुम्हारा पहाड़ों पर कितना कितना लोग अशिक्षित है। कितना लोग गरीबी में जी रहा है। कितना कितना तो भुखमरी है वहाँ। लोगों में अन्धविश्वास है। ये सब अपना जीवन को नष्ट कर रहा है। उन्हें परमेश्वर की कृपा का कोई अनुभव नहीं हो पाता है। क्या तुम्हारा ये फर्ज नहीं बनता कि जैसा तुम्हारा जीवन सुधरा, उनका भी जीवन सुधरे। उनका जीवन में भी खुशहाली आये। वे भी परमेश्वर का दया को महसूस करे? वे अपने जीवन का लक्ष्य प्राप्त करे।''

विलियम सर की बातें हमें प्रेरणा से भर रही थीं। हमें चर्च के लिए और उस परमपिता परमेश्वर के लिए काम करने को प्रेरित कर रही थीं। खासकर राल्या बहुत उत्साहित दिख रहा था। राल्या ने उसी उत्साह में आकर कहा, ''सर, मैं भी आपकी तरह सेवा करूँगा। लोगों के जीवन में परिवर्तन लाऊँगा। मैं चर्च के लिए काम करूँगा।''

''सर मैं आगे पढ़ना चाहता हूँ। कॉलेज करना चाहता हूँ।'' मैंने अपने मन की इच्छा जाहिर करते हुए कहा था।

विलियम सर कुछ चिन्तित होते हुए कुछ क्षण के बाद बोले, ''बहुत अच्छा मेरे बच्चे। तुम आगे की शिक्षा के लिए शहर के किसी कॉलेज में एडमिशन ले सकते हो और अपनी शिक्षा जारी रख सकते हो।''

''लेकिन सर वो तो बहुत खर्चीला होगा ना!'' मैंने अपना संकोच जाहिर किया।

''खर्चीला तो होगा मेरे बच्चे। और फिर रहने और खाने का खर्च अलग।'' विलियम सर ने कहा तो मेरे चेहरे पर एक निराशा उतर आयी।

इस निराशा को भाँपते हुए विलियम सर धीरे से बोले, ''लेकिन तुम चाहो तो राजधानी के क्रिश्चियन कॉलेज में पढ़ सकते हो। लेकिन वहाँ सिर्फ क्रिश्चियन कम्युनिटी का बच्चा पढ़ता है।''

मेरे चेहरे पर खुशी, अचरज और उत्साह एक साथ लौट आये थे।

सोलह

मैं अपने इन पहाड़ों को जी भरकर देख लेना चाहता था। जंगल की ताजा तस्वीरें अपनी आँखों में कैद कर लेना चाहता था। अपने फल्या के सभी लोगों और

आसपास के फल्या के साथियों से मिलकर विदा लेना चाहता था।

चर्च स्कूल की पढ़ाई के दौरान मैं अपने फल्या से दूर जरूर था, लेकिन इन पहाड़ों और जंगल से दूर नहीं था। अब महानगर में जाना था। जहाँ न ये पहाड़ होंगे, न ये जंगल होगा। न फल्या के अपने लोगों का साथ होगा। दादा भी महीने-दो महीने में अब मिलने नहीं आ सकेंगे। इन पहाड़ों की, जंगल की, अपने लोगों की कोई खैर खबर देने वाला नहीं होगा।

एक तरफ महानगर में जाने की उत्सुकता थी और दूसरी तरफ मन में इन पहाड़ों से दूर होने का गम। महानगर के क्रिश्चियन कम्युनिटी कॉलेज में पढ़ने का उत्साह था तो अपने लोगों से और इन जंगलों से लम्बी जुदाई की चिन्ता। जैसे मेरी दोनों आँखें दो अलग-अलग सपने देख रही थीं। एक आँख में चमक थी तो दूसरी में डबडबाहट।

सिर्फ मेरी ही नहीं। फल्या पर लगभग सभी की यही स्थिति थी। दादा के चेहरे पर मेरे बड़े शहर में पढ़ने का गर्व छलछला रहा था और मेरे फल्या से बहुत दूर जाने का दुःख भी नजर आ रहा था। माँ के चेहरे पर मेरे बड़े शहर में जाने और रहने की चिन्ता से जन्मी व्याकुलता थी।

मेरे पिता भी माँ की तरह चिन्तित थे। लेकिन इन समस्त चिन्ताओं के बावजूद उनके भीतर मेरे लिए, मेरे भविष्य के लिए अनेक सुखद आशाएँ थीं।

दादा, माँ, पिता कोई भी मेरे सामने अपना दुःख प्रकट नहीं कर रहे थे लेकिन मैं जानता था मेरी तरह वे भी दुःखी थे। मुझसे ज्यादा दुःखी थे। मैं तो यकीनन इतना भी जानता था कि ये पहाड़ भी मेरे लिए दुःखी हो रहे थे। और जंगल भी। लेकिन सभी अपना दुःख छिपाने का जैसे जतन कर रहे थे। और मेरे बड़े शहर जाने के उत्साह को प्रकट कर रहे थे।

मैं चाहता था कि राल्या भी मेरे साथ महानगर के कॉलेज में आगे की पढ़ाई करे और मैंने उससे इस बारे में बात भी की थी लेकिन वह जैसे निर्णय कर चुका था, बोला, "लच्छू, मैं तो अब चर्च के लिए काम करूँगा। हमारे लोग परमेश्वर की अनुकम्पा को कभी पा ही नहीं पाते हैं क्योंकि वे उसके मार्ग पर जाते ही नहीं। क्योंकि उन्हें कोई यह बताता ही नहीं कि परमेश्वर को पाने की सही राह कौन-सी है? उसे पाने और उसकी कृपा को महसूस करने के क्या तरीके हैं? लच्छू अभी मुझे इन पहाड़ों पर बहुत काम करना है। हमारे इन फल्यों के बच्चों को चर्च स्कूल तक पहुँचाना है। बीमार होने पर लोगों को चर्च अस्पताल जाने के लिए प्रेरित करना है। लोगों को चर्च तक ले जाना है ताकि वे परमपिता परमेश्वर के अनुग्रह का अनुभव कर सकें। उस परमपिता ने जो हमें जीवन दिया है, उस जीवन के लक्ष्य को प्राप्त कर सकें। अपने निरर्थक जीवन को सार्थक कर सकें।"

मैं राल्या की बातें सुनकर प्रसन्न नहीं था, लेकिन दु:खी भी नहीं था। आखिर इससे किसी तरह इधर के लोगों के जीवन में सुधार तो आएगा और वे शिक्षा और स्वास्थ्य के प्रति जागरूक तो होंगे।

राल्या ने तय कर लिया था और उसके मन में उत्साह था कि अब उसे चर्च के लिए काम करना था। उसे परमपिता परमेश्वर के लिए काम करना था। उसे अपने जीवन का लक्ष्य मिल गया था। वह अपने जीवन में अब उस परमेश्वर की राहों पर चलकर औरों के जीवन में परिवर्तन लाना चाहता था।

हम दोनों का कोई विधिवत बपतिस्मा तब तक नहीं हुआ था लेकिन हमें मालूम था कि हम ईसाई हो चुके थे। विलियम सर ने मुझे बताया था कि क्रिसचैन कॉलेज में प्रवेश के लिए ईसाई होना जरूरी था। और मुझे इससे कोई फर्क नहीं पड़ता था कि मैं ईसाई हूँ या हिन्दू हूँ। वास्तव में तो मेरा कोई धर्म ही नहीं था। मैं तो अपने दादा की बात में ही यकीन रखता था कि हमारा धर्म 'पहाड़' है।

विलियम सर ने हमें बताया था कि हम दोनों का विधिवत बपतिस्मा जरूरी है। उन्होंने कहा था, "तुम अपने फल्या से लौट आओ फिर कुछ और लोगों के साथ बपतिस्मा की सामूहिक रस्म आयोजित की जाएगी। उसी में तुम दोनों का भी बपतिस्मा कर दिया जाएगा।" फिर विलियम सर ने हमें बपतिस्मा के महत्त्व और जरूरत पर बाइबल से खोज-खोजकर प्रसंग सुनाए थे।

राल्या उत्साहित था कि फल्या से लौटने के बाद बपतिस्मा की रस्म होगी और फिर वह विधिवत ईसाई हो जाएगा। मेरे मन में इसे लेकर कोई उत्साह तो नहीं था लेकिन कोई उदासीनता भी नहीं थी। उत्साह था, तो कॉलेज जाने का था। महानगर में पढ़ने का था।

बपतिस्मा तो रस्म भर थी, दरअसल, हम ईसाई तो पहले ही हो चुके थे। बरसों से बाइबल की आयतें सीख रहे थे। पढ़ रहे थे। और हमें पढ़ाई जा रही थी। चर्च स्कूल में प्रवेश के बाद से हर साल हम क्रिसमस को पूरे उत्साह और उमंग से मनाते थे, जैसे हम अपना भोंगर्या मनाते थे। चर्च में हर साल क्रिसमस की गौशाला की झाँकी सजाने में तो हम खुद भी शामिल रहते थे जिसमें यीशु के जन्म की घटना को दिखाया जाता था। हम नियमित चर्च जाते थे और प्रार्थनाएँ भी करते थे। हर शुक्रवार और रविवार को होने वाली सभाओं में हम यीशु के प्रार्थना गीत गाते थे। यीशु के ये गीत हमें बहुत भाते थे। गवरी तो इतना अच्छा सुर में गाना सीख गयी थी कि पूरा चर्च ही उसकी तारीफें करता था। जब वह रविवार को मास प्रेअर में 'यीशु बुलाता है हमें...' गीत सुनाती थी तो चर्च में जमा सारे लोग भावुक हो जाते थे। गवरी खुद उन गीतों को बहुत दिल से गाती थी।

ईस्टर भी हम मनाते थे और सालाना प्रभु-भोज का आयोजन भी बड़े उत्साह

से करते थे। जब तक चर्च स्कूल में हम रहे। उदास हों या प्रसन्न हों, हम चर्च में चले आते थे। चर्च हमारे स्कूल जीवन में एक जरूरी जगह बन गया था। हमारी अन्तिम शरणस्थली। और यह सच भी था कि हमें वहाँ जाना अच्छा लगता था।

इस तरह हम पहले से ईसाई हो चुके थे। बस हमारा विधिवत ईसाई होना यानी बपतिस्मा होना बाकी था। हमने फल्या में किसी को नहीं बताया था कि हम लगभग ईसाई हो चुके थे और शीघ्र ही हमारा विधिवत बपतिस्मा होने वाला था। दादा को भी नहीं बताया था। हालाँकि मैं जानता था, इससे कोई फर्क नहीं पड़ेगा। मुझे उन शहरी लोगों का आना याद आ गया जो आकर हमारे टापरों में हनुमानजी की तस्वीरें टाँग गये थे। क्या फर्क पड़ गया था, उनके आने से। या हनुमानजी की तस्वीर के हमारे टापरे में टँग जाने से? क्या हम घोषित हिन्दू हो गये थे? क्या फल्या के लोगों का जीवन बदल गया था? उन्हें हनुमानजी की कृपा प्राप्त हो गयी थी?

अब हम ईसाई हो रहे थे। दादा को यह जानकर भी क्या फर्क पड़ जाता? मैं सोचने लगा, क्या मेरे ईसाई हो जाने से या होने से मेरे ये पहाड़ ईसाई हो जाएँगे? क्या ये जंगल जो मुझपे अपना प्यार लुटाता है, यह भी 'कंवर्टेड' होकर ईसाई हो जाएगा? क्या जंगल के सारे पेड़-पौधे और वनस्पतियाँ ईसाई हो जाएँगी?

मेरे इन असमाप्त होने वाले सवालों के जवाब मुझे कहीं नजर नहीं आ रहे थे और पहाड़ मुझे देख-देखकर मुस्करा रहा था। जंगल हँस रहा था। पेड़ों पर पत्ते खिलखिला रहे थे।

सत्रह

दादा पहाड़ों के लिए दुःखी थे। पिछले कुछ महीनों से पहाड़ों पर बाहरी लोगों का आना बहुत बढ़ चुका था। आसपास के सब फल्या वालों को इन बाहरी लोगों का इस तरह इन पहाड़ों पर आना खटकने लगा था।

मुझे लगा दादा उन बाहरी लोगों की बातें कर रहे थे जो हमारे फल्यों में आकर हमारे टापरों में हनुमानजी की तस्वीरें टाँग जाते थे। बच्चों को हनुमानजी की तस्वीर वाले ताबीज बाँट जाते थे। लेकिन उन्होंने बताया कि 'ये दूसरे बाहरी लोग हैं और पहाड़ों पर दिन-दिन भर घूमते हैं। पहाड़ों पर जगह-जगह से खुदाई करते हैं।'

पहाड़ों के लोग कुछ समझ नहीं पा रहे थे और ना ही हिम्मत जुटा पा रहे थे कि उन बाहरी लोगों से कुछ पूछ सके। कुछ लोगों ने पूछने की कोशिश की थी मगर

उनका जवाब इनमें से किसी के पल्ले नहीं पड़ा था।

दादा को भोजाखेड़ी तक बनने वाली सड़क भी खटक रही थी। सिर्फ दादा ही क्या जंगल में फैले तमाम लोगों को सड़क बनने की खुशी से ज्यादा चिन्ता सताने लगी थी। सभी परेशान थे कि अब बाहरी लोग और आसानी से उनके पहाड़ों तक आ जाया करेंगे? उनकी जिन्दगी में बाहरी दखल और बढ़ जाएगा?

जब दादा ने अपनी चिन्ताएँ हमें बतायी तो हम भी सुनकर दुःखी हुए थे और हैरान भी। हालाँकि सड़क बनने की बात पर दुःखी होना मेरी समझ से परे था। लेकिन फिर भी मैंने दादा से कहा, "दादा हम उन लोगों से बात करेंगे? और पूछेंगे कि वे यहाँ क्या कर रहे हैं? जगह-जगह पहाड़ क्यों खोद रहे हैं?"

दादा के चेहरे पर मामूली-सी प्रसन्नता आयी कि अब उनके पोते कम से कम बड़े और समझदार हो गये थे और पढ़े-लिखे भी थे।

मैंने दादा से पूछा, "अभी वे कहाँ पर खुदाई कर रहे हैं?"

"जामसिंग फल्या के पीछे की पहाड़ी पर खोद रहे हैं। आज ही जामसिंग फल्या से झगड़िया पटेल आकर मुझे बता रहा था और परेशान हो रहा था।" दादा ने बताया।

"दादा, कल मैं और राल्या जाकर उन लोगों से बात करेंगे और पूछेंगे कि वे यहाँ क्या कर रहे हैं और क्यों कर रहे हैं? तुम चिन्ता मत करो।"

दादा को हमारी बातों से हौसला मिला और भरोसा भी।

हमने उसी शाम आसपास के फल्यों में अपने साथियों को खबर भिजवा दी, "अगली सुबह सब इकट्ठे होकर उन बाहरी लोगों से मिलकर बात करेंगे और वे क्यों हमारे पहाड़ों पर खुदाई कर रहे हैं, इस बारे में पूछेंगे?"

जैसा कि हमने तय किया था, अगली सुबह हमारे फल्या पर बहुत सारे साथी इकट्ठे हो गये थे। सब उत्साह और जोश से भरे थे।

जामसिंग फल्या पर पहुँचकर हम पहले जामसिंग दादा से मिले। वे खुद भी इन बाहरी लोगों के आये दिन पहाड़ों पर खुदाई से चिन्तित थे। हम सबने मिलकर तय किया कि, हम इन बाहरी लोगों से बात करेंगे। यह बात करने की सारी जवाबदारी मेरे और राल्या के सुपुर्द थी और यह भी तय हुआ, 'हमारी बातचीत से भी नहीं माने तो हम इन्हें अपने पहाड़ों से खदेड़ देंगे, चाहे फिर इसके लिए हमें अपनी तीर-कामठियाँ ही क्यों न उठाना पड़े!'

जामसिंग फल्या के लोगों को मिलाकर हम सौ से ज्यादा लोग हो गये थे और इकट्ठे होकर जामसिंग फल्या के पीछे चल रही खुदाई की तरफ बढ़ रहे थे। इतनी सारी संख्या में हमें आते देख वहाँ खुदाई कर रहे श्रमिक और वहाँ खुदाई करवा रहे लोग हमें दूर से ही देखकर घबरा गये। चूँकि वे श्रमिक हमारी तरह इन्हीं

जंगलों के या कहीं और के जंगलों से आये हुए आदिवासी लग रहे थे, इसलिए वे अपने कुदाली-फावड़े पटककर वहीं खड़े हो गये। लेकिन उनसे काम करवा रहे लोगों के हाथ-पाँव थर-थर काँपने लगे थे। और वे शायद उन श्रमिकों से पूछ रहे थे, ''ये सब लोग इतने गुस्से में इकट्ठे उनकी तरफ क्यों आ रहे हैं?''

वे श्रमिक भी हकबकाए थे और संशय से घिरे थे। उन्हें भय और सन्देह ने घेरा हुआ था। वे इस अन्देशे में थे कि कहीं हम उन्हें भी अपने गुस्से का शिकार ना बना लें।

हम जैसे-जैसे उन लोगों के करीब हो रहे थे, उनके पैरों में कम्पन बढ़ती जा रही थी। मैंने बाकी लोगों से वहीं खड़े रहने को कहा। फिर राल्या, वेस्ता, वेरसिंग को लेकर उन लोगों के पास आया। हमारे बाकी साथी थोड़ी दूर पर खड़े रहे।

जब हम उन बाहरी लोगों के पास पहुँचे तब उनके चेहरे भय से काँप रहे थे। उनके पैरों की थरथराहट थमने का नाम नहीं ले रही थी। उनके चेहरे पसीने से तरबतर हो रहे थे।

''ये खुदाई कौन करवा रहा है?'' मैंने उन श्रमिकों को देखकर पूछा।

वे श्रमिक अपने पीछे खड़े एक व्यक्ति की तरफ देखने लगे जो अपने पहनावे से अत्यधिक शहरी लग रहा था और सर पर एक अँग्रेजी हैट पहना हुआ था।

वह शहरी आदमी अब और अधिक डर गया।

मैंने उसे देखते हुए कठोरता से पूछा, ''ये खुदाई तुम करवा रहे हो?''

वह शहरी भयभीत था और जैसे उसकी डिक्की बन्द हो गयी थी, उसने सिर्फ किसी तरह मुंडी 'हाँ' में हिलायी, फिर जल्द ही 'ना' में हिला दी।

''क्यों करवा रहे हो यह खुदाई? क्या हो रहा है यहाँ?'' राल्या ने भड़कते हुए पूछा।

राल्या के बढ़ते तेवर देखकर उस हैट पहने हुए शहरी व्यक्ति की थरथराहट और बढ़ गयी। उसके पीछे तीन और लोग खड़े थे। सभी डर से सहमे हुए से लग रहे थे। उनमें से एक हिम्मत करके बोला, ''हम सरकारी आदमी हैं। यहाँ सरकार ने हमें भेजा है।''

''सरकार ने! कौन सरकार?'' वेस्ता चिल्ला पड़ा। वेस्ता के प्रश्न पर उनमें से कोई कुछ नहीं बोला।

''सरकार क्यों खुदाई करवा रही है।'' मैंने वेस्ता की अपेक्षा कुछ नरमी बरतते हुए पूछा।

हैट पहने उस शहरी व्यक्ति के पीछे खड़े आदमी ने मेरी भाषा और बात करने के लहजे से समझ लिया कि, मैं इनमें पढ़ा-लिखा हूँ और उनकी बात समझ सकता हूँ। इसलिए वह कुछ कदम आगे आया और बोला, ''भाई साहब, इन पहाड़ों पर

हमारी रिसर्च टीम पिछले कुछ सालों से लगातार खनिज तत्त्वों की खोज कर रही है और हमें यहाँ कई जगहों पर बाक्साइट होने के सबूत मिले हैं।''

''बाक्साइट।'' मेरे मुँह से अचरज की तरह निकला।

''हाँ, बाक्साइट। और हम अपनी टीम के साथ इन पहाड़ों पर उन सारी जगहों को चिह्नित कर रहे हैं, जहाँ-जहाँ बाक्साइट है या हो सकता है।''

मैंने अचरज से उसी पहाड़ को जिस पर खुदाई हो रही थी, उसके शिखर को सिर उठाकर देखा। मैंने देखा कि पहाड़ रो रहा था। मैं उसके आँसुओं की भाषा समझता था।

सिर्फ मैं ही नहीं, जंगल का हर आदमी उन पहाड़ों की भाषा से वाकिफ था। सब पहाड़ की आँखों में आँसू देख चुप कैसे रहते? फिर क्या था, वे शहरी लोग उन जंगलों की अदेखी-अनगढ़ पगडंडियों के रास्तों पर किसी तरह अपनी जान बचाकर भाग रहे थे।

अठारह

गवरी को रोना बहुत जल्दी आता था और उस दिन भी उसे बहुत रोना आ रहा था। हम दोनों उसे चुप कराने की भरसक कोशिशें कर रहे थे। उसे समझा रहे थे, ''अगले साल तो तुम्हारी पढ़ाई भी पूरी हो जाएगी। सिर्फ एक साल की तो बात है।'' लेकिन वो अपना रोना बन्द करे तो कुछ बात उसे समझ पड़े। हमने उसे बताया, ''चर्च स्कूल में भँवर भी तो रहेगा। तुम दोनों को एक-दूसरे का सहारा रहेगा और एक साल तो यों ही देखते-देखते गुजर जाएगा।''

''अब तुम इतनी बड़ी हो गयी हो। इस तरह रोना तुम्हें शोभा देता है क्या?'' मैंने समझाइश की तरह गवरी से कहा।

''और फिर दादा तो महीने दो महीने में चर्च स्कूल आते रहेंगे। तुम इतना घबरा क्यों रही हो? चलो अब चुप करो, ये रोना-धोना बन्द करो।'' राल्या ने पुचकारते हुए कहा।

''चल गवरी उठ अब। तुझे कल प्रार्थना-सभा में यीशु की नयी प्रार्थना सुनाना है। याद है ना। उसकी तैयारी कर ले। ज्यादा रोएगी तो तेरी आवाज बैठ जाएगी और सब लोग हँसेंगे।'' मैंने गवरी के दोनों कन्धों को सहारा देकर उठने के लिए कहते हुए बोला।

गवरी अपने बचे-खुचे आँसू पोंछते हुए बोली, ''लच्छू भैया, मुझें अब चर्च स्कूल में नहीं पढ़ना? और फिर पढ़कर हम करेंगे भी क्या?''

''कितना समझाएँ तुझे हम। अरे एक साल की तो बात है पगली। फिर तो ये चर्च स्कूल खुद तुझे भगा देगा।'' कहकर मैं जोर से हँस दिया ताकि माहौल को हल्का-फुल्का कर सकूँ और मैं सफल भी रहा। मेरी बात सुनकर गवरी के चेहरे पर हल्की-सी मुस्कराहट आ गयी।

''भैया तुम बड़े शहर पढ़ने चले जाओगे तो फिर फल्या लौटकर नहीं आओगे। तुम्हें भी शहर की हवा लग जाएगी।'' गवरी ने अपने मन का भ्रम और शंका जाहिर की और इस बहाने एक उलाहना भी दिया।

''अरे पगली, मैं तुम सबको छोड़कर क्या रह पाऊँगा? क्या मुझे तुम्हारी याद नहीं आएगी? क्या मैं अपने फल्या को भूल सकता हूँ? गवरी, मैं इस जंगल को जीवन में कभी नहीं भूल सकता। मैं जहाँ भी रहूँ, इन पहाड़ों की याद मुझे बार-बार खींचकर वापस ले आएगी।'' कहते-कहते मैं कुछ भावुक हो गया।

''भैया, भोंगर्या में तो आओगे ना?'' गवरी ने पूछा तो मैं मुस्करा दिया और बोला, ''हर साल आऊँगा। भोंगर्या के बगैर क्या मैं रह पाऊँगा? तुम सबकी याद मुझे भी सताएगी।'' मैं थोड़ा गम्भीर होकर बोला।

''चलो अब ये सब बातें छोड़ो। गवरी अब तू जा और नया प्रार्थना-गीत याद कर ले। तुझे कल सुनाना है।'' राल्या ने बीच में फिर आने वाली सम्भावित गम्भीरता को तोड़ते हुए कहा।

गवरी चली गयी तो हम दोनों उठकर चर्च में चले आये।

उन्नीस

अगले दिन शुक्रवार था और हमारा बाकायदा बपतिस्मा होना था। हम बाकायदा ईसाई होने वाले थे। लेकिन हमें ये नहीं मालूम था कि बाकायदा हमें नये नाम भी दिए जाएँगे। ईसाई नाम।

हम इतने सालों से चर्च स्कूल में थे। सम्भव था कि बहुतों का बपतिस्मा हुआ होगा लेकिन हमने कभी अपनी आँखों से बपतिस्मा होते हुए नहीं देखा था। हाँ, बाइबल में जरूर हमने पढ़ रखा था और कई बार पढ़ाते हुए हमारे टीचर्स ने उस प्रक्रिया के बारे में हमें बताया था।

''तू भी मेरे साथ कॉलेज आगे पढ़ने चलता तो अच्छा होता राल्या!'' मैंने धीरे से राल्या को फिर टटोला था।

''नहीं लच्छू, मैंने सोच लिया है। हमारे फल्यों में लोग बहुत अशिक्षा और गरीबी में जी रहे हैं। दुनिया की सबसे पिछड़ी हुई संस्कृति हमारी ही है। अब जितनी

देर होगी, उतना ही नुकसान हमारा होगा। आखिर तो हमें ही आगे आना होगा। हमारे लोगों के लिए हमें ही काम करना होगा। यही एक रास्ता है।'' राल्या ने चिन्तित होते हुए कहा। राल्या की चिन्ताएँ वाजिब थीं और मैं भी सहमत था। मैं खुद चाहता था कि फल्या के लोगों के लिए काम करूँ लेकिन उससे पहले चाहता था कि अपनी शिक्षा पूरी कर लूँ, क्योंकि किसी धन्धे के लिए हमारे पास न कोई जमा पूँजी थी, न हमारे पास कोई काबिलियत। थोड़ी अच्छी शिक्षा प्राप्त करके ही कोई अच्छी नौकरी पायी जा सकती थी। इसलिए मैंने राल्या से कहा, ''फिर भी यदि कॉलेज करने के बाद कुछ करेंगे तो ज्यादा कुछ कर पाएँगे। ज्यादा अच्छे से कर पाएँगे।''

''नहीं लच्छू, अपने लोगों के दु:खों को अपने सीने में रखकर न पढ़ पाऊँगा, न वहाँ जी पाऊँगा। मैं जितना अपने इन लोगों और फल्यों से दूर रहूँगा, मेरा यह दु:ख उतना ही बढ़ता जाएगा। और फिर मैं इन लोगों को गरीबी और अशिक्षा से ही मुक्ति नहीं दिलाना चाहता बल्कि परमपिता परमेश्वर के मार्ग पर ले जाना चाहता हूँ, जो हमारी और इन सबकी मुक्ति का सच्चा मार्ग है। मैं अज्ञान के अन्धकार से निकालकर इन लोगों को परमेश्वर के उपकारों का प्रकाश दिखाना चाहता हूँ।'' राल्या पूरी गम्भीरता से बोल रहा था।

''हाँ राल्या, हमारे लोग अज्ञान और अशिक्षा के दलदल में सदियों से पिस रहे हैं। उनका जीवन जैसे वहीं ठहरा हुआ है। दुनिया का तमाम विकास एक तरफ है और हमारे लोगों का ठहरा हुआ जीवन दूसरी तरफ। हम दुनिया की आखरी आबादी हैं, जिसकी परवाह के लिए न कोई सरकार है, न कोई भगवान।'' मैंने कहा।

''लच्छू, भगवान तो है और सभी के लिए है। हमारे लिए भी है लेकिन हम ही उसकी पहचान नहीं कर पा रहे हैं। उसके अनुग्रह को पाने के लिए हमें पहले उसकी राह पर आना पड़ेगा। हम पत्थरों के आगे सिर पीटते हैं, दुखी होने पर उन्हें कोसते हैं। इस तरह हमारे भीतर का मवाद तो बाहर निकल जाता है लेकिन हमारी आवाज कहीं नहीं पहुँचती। हम उस परमपिता परमेश्वर की शरण में जाने के बजाय किसी अन्धकार में भटकते रहते हैं।'' राल्या उसी गम्भीरता में बोला था।

मेरे पास ऐसे सैकड़ों सवाल थे, जो अब भी मेरे लिए अनसुलझे थे लेकिन मैं राल्या से उस समय धर्म को लेकर कोई बहस नहीं करना चाहता था, इसलिए मैंने और अधिक तर्क-वितर्क करना उचित नहीं समझा और बाद में एक लम्बी चुप्पी साध ली।

शून्य एक भरोसा है
अपने कहे के समर्थन में
मैंने एक उड़ती हुई चिड़िया
की तरफ इशारा किया
चिड़िया जिसके लिए उसका शून्य ही
आज का भरोसा
कल की आश्वस्ति है
अपने शून्य में ही अपना दिगन्त देखती है

शून्य क्या है?
उनसे पूछिए
जिनके पास शून्य भी नहीं होता।

शून्य एक भरोसा है
और यह उतना ही सच है
जितना यह कि
भरोसा एक शून्य नहीं।

एक

हम विधिवत ईसाई हो चुके थे। यानी हमारा बपतिस्मा हो चुका था। बपतिस्मा ने सिर्फ हमें नया धर्म ही नहीं दिया था। नये नाम भी दिए थे। राल्या अब रोजर हो गया था और कॉलेज में प्रवेश के लिए मेरा नाम अब लारेंस हो गया था।

राल्या को चर्च वालों ने सिर्फ नया नाम ही नहीं दिया था, नया काम भी दिया था। राल्या को अब अपने और अपने आसपास के फल्यों में प्रभु यीशु के आदर्श जीवन और उपदेशों को लोगों तक पहुँचाना था। उन्हें चर्च से जोड़ना था, जिससे वे

अपने जीवन में शान्ति और उस परमपिता परमेश्वर का अनुग्रह प्राप्त कर सकें। राल्या को बकायदा इसके लिए मासिक वेतन देना तय हुआ था। वैसे फादर ने उसे बताया था कि यह वेतन नहीं है, बल्कि परमेश्वर की राह पर चलने का उसी के द्वारा दिया गया प्रतिफल है। अनुग्रह राशि है। राल्या खुश था। उसे न सिर्फ परमेश्वर की अनुभूति हो रही थी बल्कि उसकी बतायी राह पर चलने का प्रतिफल मिलने वाला था।

राल्या ने जब मुझे उत्साहपूर्वक बताया कि उसे फादर तीन महीने के लिए केरल भेज रहे हैं, जहाँ उसे ईसाई धर्म की गहन शिक्षा और कुछ जरूरी प्रशिक्षण दिए जाएँगे, तो मैं चिन्तित हो गया था। मगर मैंने अपनी चिन्ता राल्या पर जाहिर नहीं की थी। मैं उसके उत्साह को ठंडा नहीं करना चाहता था। इसलिए अपनी चिन्ता जाहिर करने के बजाय मैंने उससे पूछा, "कितना पैसा मिलेगा तुझे हर महीने?"

"अभी तो तीन हजार रुपये मिलेंगे लेकिन मैं जितने लोगों का बपतिस्मा करवाऊँगा, उनके लिए प्रति व्यक्ति एक हजार मुझे अतिरिक्त अनुग्रह राशि मिलेगी। फादर बता रहे थे कि धीरे-धीरे यह अनुग्रह राशि बढ़ती जाएगी।" राल्या उसी उत्साह में बोला था।

"राल्या एक बात समझ में नहीं आती है?" मैंने संशय जताते हुए पूछा।

"क्या?" राल्या ने सशंकित होकर मुझे देखते हुए पूछा।

"यही कि इन लोगों के पास इतना पैसा आता कहाँ से है?"

"मतलब?"

"मतलब यह कि इतना बड़ा चर्च है। अस्पताल भी इतना बड़ा बना रखा है और उस पर लोगों के इलाज के लिए कोई पैसा वगैरह भी नहीं लेते हैं। इतना बड़ा स्कूल भी उसमें चला रहे हैं और उसमें भी सभी बच्चों को मुफ्त में पढ़ा रहे हैं। उन्हें रहने, खाने और पहनने को कपड़े दे रहे हैं। कितना पैसा इसमें लगता होगा? और उस पर इतने सारे कर्मचारियों, चर्च, अस्पताल और स्कूल से जुड़े लोगों का हर महीने का खर्च? इतना पैसा आखिर आता कहाँ से है?" मैंने अपनी शंका जाहिर करते हुए पूछा।

"सब उस परमपिता परमेश्वर की कृपा से होता है लच्छू। उसकी राह पर जो चलते हैं, उनके लिए वह खुद रास्ता बनाता है।" राल्या किसी आध्यात्मिक सन्त की तरह बोला। मैं जानता था, कि वह उतना ही बता पाएगा, जितना वह जानता होगा। मैंने राल्या को और अधिक नहीं टटोलने के बजाय विषयान्तर करते हुए उसे बताया कि, "परसों मैं कॉलेज के लिए निकल जाऊँगा।"

"अकेले जाएगा?" राल्या ने पूछा।

"नहीं, चार और लड़के हैं और एक लड़की भी है जो हमारे साथ क्लास में

थे, उसी में से।''

''कौन-कौन?''

''वही रवैल, नाट्या, गुसाई और संकेत।''

''और लड़की कौन? वो सीमई?''

''हाँ, वही। पर अब उसका नाम सुजैन हो गया है।'' और मैं हँस दिया। मेरे बताते ही राल्या भी हँस पड़ा।

हमारी हँसी से हमारे बीच उभरी गम्भीरता कहीं दूर छिटक गयी।

''और बाकियों के नाम क्या-क्या हो गये हैं?'' राल्या उसी तरह हँसते हुए पूछने लगा।

''कैसे कैसे तो नाम थे। मुझे तो रवैल का नाम याद है। उसका नाम अब पीटर है।'' और मैं जोर से लगभग ठहाका लगाते हुए हँसा था।

''तुझे तेरा नाम तो याद है कि नहीं?'' कहकर राल्या भी ठहाके लगाकर हँसने लगा।

हम दोनों देर तक बैठे-बैठे हँसते रहे थे।

दो

क्रिसचैन कॉलेज में आया तो यहाँ घर की याद सताने लगी। अपने फल्या की याद आने लगी। माँ, पिता, दादा सब मुझे याद आते। राल्या और गवरी भी याद आते। अपने पहाड़ और जंगल की याद मुझसे कभी दूर नहीं जाती थी।

सच कहूँ तो मैं इस कॉलेज को छोड़कर भागने की सोचने लगा था। अपने फल्या से दूर तो मैं चर्च स्कूल में भी रहा था। लेकिन वहाँ वह स्कूल हमारे पहाड़ों पर ही कहीं था। उसी जंगल का हिस्सा था। स्कूल में पढ़ने वाले सारे साथी भी हमारी ही जंगल की सन्तान थे और फिर फल्या के हाल-चाल समय-समय पर मिल जाया करते थे। कोई मिलने आ जाया करता था। लेकिन यहाँ तो सारा माहौल ही पराया था।

क्रिसचैन कॉलेज बहुत बड़ा था। यदि हमारे चर्च स्कूल, चर्च और अस्पताल को इकट्ठा भी कर दें तो इसका एक-चौथाई नहीं होगा और ऊपर से यह दो मंजिला भव्य इमारत थी।

कॉलेज के माहौल को देखकर हम सारे चर्च स्कूल के साथी हतप्रभ थे। और निराश भी। जबसे यहाँ आये थे, कोई हमसे ज्यादा बात नहीं करता था। और हम किसी से बात करने की कोशिश करते तो वह हमसे बचने की कोशिश करता और

लगभग टाल जाता।

कॉलेज के टीचर्स भी हमसे बहुत कम बात करते थे और क्लास में हमसे कुछ पूछते भी नहीं थे। हॉस्टल कॉलेज कैम्पस में था और वहाँ हमें कॉमन हाल रहने को मिला हुआ था, जिसमें हमें सोने के लिए एक-एक पलंग और कपड़े-किताबें रखने के लिए एक-एक अलमारी मिली हुई थी। हमारा खाना भी अलग से होता था और हमारे कपड़े भी हम खुद ही धोते थे और खाने के बाद अपने बर्तन भी। हमारे लगभग सारे काम हम खुद ही करते थे, जबकि बाकी हॉस्टल के बच्चों के साथ ऐसा नहीं था। धीरे-धीरे मेरी समझ में आ गया कि हॉस्टल के कॉमन हॉल में हम आदिवासी से 'कन्वर्टेड' ईसाइयों को रखा जाता था और शेष कमरों में अलग से बाकी दूसरे ऊँचे दर्जे के ईसाइयों को। यह सारा भेदभाव इसी को लेकर था।

हॉस्टल में रहकर धीरे-धीरे मेरा यह भ्रम दूर हो गया कि सिर्फ ईसाई होने से मेरी जात बड़ी हो गयी थी।

कॉलेज के माहौल में मैं एक किस्म की घुटन महसूस करने लगा। मेरा मन पढ़ने में कम लगने लगा था। मैं हर समय अपने भीतर एक असुरक्षा भी महसूस करता था और छटपटाहट भी।

मेरी यह छटपटाहट मुझे किसी कैद की तरह लगती। जैसे मैं किसी जेल में था। मेरा मन बाहर जाने, बाहर निकलने के लिए तड़पने लगा। मुझे अपने फल्या की आजादी याद आती। मुझे अपने जंगलों का वो खुला जीवन याद आता और मैं कभी-कभी अकेले में रोने लगता था। ज्यादातर रात के अँधेरे में जब नौ बजे के बाद हॉस्टल के कॉमन हॉल की लाइट्स बन्द हो जाती थीं।

क्रिसचैन कॉलेज के उन शुरूआती दिनों के अनुभव से ही मैं यह समझ गया था कि धर्म बदलकर हम जाति व्यवस्था से छुटकारा नहीं पा सके थे। मेरे सामने मेरे भ्रम की एक-एक दीवारें रोज टूटतीं। रोज दरकतीं। और रोज मेरे भीतर कुछ टूटता। कुछ दरकता। मेरे भीतर दरारें पैदा करता था।

एक दिन मैंने पीटर से कॉलेज पार्क में बातचीत करते हुए कहा था, ''यार पीटर, यहाँ अब मन नहीं लगता।''

अकेले में मिलने पर हम चर्च स्कूल से आये सभी साथी एक दूसरे को अपने मूल नामों से आपस में पुकारते थे लेकिन पीटर को अपना नया नाम खूब पसन्द आया था जबकि पीटर को छोड़कर हम बाकी साथियों को हमारे नये नाम किसी 'चिढ़ावनी' की तरह लगते थे, जिसे सुनकर हमें चिढ़ आये। लेकिन पीटर के मामले में ऐसा नहीं था, उसे अपने मूल नाम रवैल की जगह पीटर कहलाना ज्यादा पसन्द आया था। कोई उसे रवैल या रवैलसिंग बोलता तो वह झट टोक देता था, ''मेरा नाम पीटर है।''

''मन तो मेरा भी नहीं लगता यार! क्या जिन्दगी है? इसी कॉलेज में पूरे समय पड़े रहो। बस इस भव्य इमारत को घूरते रहो।'' पीटर ने इमारत को सचमुच घूरते हुए कहा।

''अभी तो यहाँ हमें दो ही महीने हुए हैं। तीन साल काटना है हमें यहाँ।'' मैंने कुछ निराश मन होते हुए कहा।

''तीन साल तो अपने बाप से भी नहीं रहा जाएगा यहाँ लच्छू।'' पीटर ने झुँझलाते हुए कहा और आगे जोड़ा, ''मैं तो किसी दिन भाग जाऊँगा।''

''भाग तो हम किसी भी दिन सकते हैं पीटर। लेकिन भागना कोई विकल्प नहीं होता।'' मैंने जैसे पीटर को नहीं खुद को समझाते हुए बोला।

मुझे नहीं पता, पीटर मेरा आशय समझ पाया या नहीं लेकिन वह मेरे जवाब को सुनकर चुप जरूर हो गया था।

''इससे तो हमारा चर्च स्कूल अच्छा था। वहाँ के टीचर हमसे बात करते थे। हमारी तकलीफों में हमारे साथ होते थे। वहाँ ऐसा माहौल नहीं था।'' पीटर अपने चर्च स्कूल के दिनों को याद करके बोला।

''क्योंकि वहाँ हम सारे आदिवासी थे। हमें पढ़ाने वाले टीचर्स भी हमारी तरह 'कन्वर्टेड' थे। वहाँ के स्टॉफ और दूसरे लोग भी हमारी तरह थे। इसीलिए वे हम लोगों से घुल मिल गये थे। हमारे साथ उठते-बैठते और रहते थे। इसलिए हमें कभी इस तरह के अनुभवों से गुजरना नहीं पड़ा जैसा हम इस कॉलेज में देख रहे हैं।'' मैं जैसे पीटर को नहीं खुद को भी यह रहस्य समझाने की कोशिश कर रहा था। अब मेरी समझ में जैसे सबकुछ आ रहा था। हम दोनों फिर देर तक चुप बैठे रहे।

हमारे बीच घिरती चुप्पी अपना आकार बढ़ाती इससे पहले ही सीमई वहाँ आ गयी। सीमई का नाम अब सुजैन हो गया था। आते ही वह हमारे सामने धीरे-धीरे सुबकने लगी।

हम दोनों हैरान हुए कि अब इसे क्या हो गया। यह आते ही रोने क्यों लगी?

''क्या हो गया?'' मैंने सीमई से पूछा।

सीमई ने रोना जारी रखा जैसे उससे कुछ बोला ही नहीं गया।

''कुछ बता तो सही। किसी ने कुछ बोल दिया क्या? किसी लड़के ने परेशान किया क्या?'' पीटर कुछ ताव में आ गया था।

सीमई ने अपनी चुन्नी से अपने आँसू पोंछे और सिसकियाँ रोकने की कोशिश करते हुए 'हाँ' में मुंडी हिलायी फिर कुछ क्षण बाद जब उसकी सिसकियाँ धीमी पड़ीं तो बोली, ''समाजशास्त्र वाले जोसेफ सर ने आज सबके सामने मुझे डाँटा और हँसी उड़ायी।''

''किसलिए? क्या हो गया था?'' मैंने झट जिज्ञासा दिखाते हुए पूछा।

"क्लास शुरू न हो जाए इसलिए मैं जल्दी-जल्दी चलते हुए अपने क्लास की तरफ जा रही थी। सामने से कुछ लड़के नहीं हटे तो मैं गर्दन नीची किए हुए दूसरी तरफ से तेजी से निकली लेकिन मैं देख नहीं पायी कि उस तरफ से जोसेफ सर आ रहे थे। मैं उनसे टकरा गयी। मेरे टकराने से उनके हाथ में पानी की बाटल थी, जो गिर गयी थी। मैंने झट वह बाटल उठाकर उन्हें देने की कोशिश की।"

"तो तूने सॉरी बोल देना था।" मैंने उसे बीच में टोककर कहा।

"मेरे बाटल उठाते ही वो भड़क गये थे। मुझे फटकारते हुए बोले, "तुम आदिवासी कभी नहीं सुधरेगा। गले में क्रास टाँग लेने से और नाम बदल लेने से तुम लोगों का दिमाग नहीं बदल जाएगा। तुम हमारे बराबर नहीं आ जाएगा। तुमने हमारा बाटल को छुआ कैसे? तुम्हें नहीं पता यह पानी मैं पीने के लिए अपना घर से भरके लाता है और सिर्फ यही पानी पीता है। यहाँ कॉलेज में तुम जैसा पता नहीं कितना और छोटा जात का लोग आता है। यहाँ का पानी मैं कैसे पी सकता है। अब तुमने यह बाटल छू दिया। अब मैं क्या पीएगा दिनभर?" मैं और पीटर सीमई की यह बात सुनकर क्रोधित हुए और दुःखी भी लेकिन हम कर भी क्या सकते थे?

सीमई बताते बताते फिर भावुक हो गयी थी। अपने कहे में आगे जोड़ते हुए बोली, "मैंने उन्हें सॉरी कहा तो उन्होंने मुझे घूरकर देखा और 'इडियट' कहते हुए बोले, 'कुछ नहीं हो सकता तुम्हारा!' जोसेफ सर के जोर-जोर से डाँटने से आसपास बहुत सारे लड़के-लड़कियाँ इकट्ठे हो गये थे। सब के सब मुझे देखकर हँसने लगे और मेरा मजाक उड़ाने लगे।"

पीटर मेरी अपेक्षा अधिक क्रोध में था, वह बोला, "चल सीमई, मेरे साथ चल हम प्रिंसिपल से बात करेंगे। इस तरह ये लोग हमें जब-तब कैसे अपमानित कर सकते हैं?"

क्रोध तो मुझे भी आ रहा था लेकिन मैं जानता था प्रिंसिपल हमें किसी तरह टरका देगा। और फिर टीचर की शिकायत करने से नुकसान भी हमारा था। मैंने पीटर को शान्त करते हुए धीरे से समझाया, "जरा ठंडे दिमाग से काम लो पीटर! जोसेफ सर की शिकायत करेंगे तो हमारा ही नुकसान होगा। हो सकता है क्लास में जान-बूझकर कठिन चीजें हमसे पूछे और हमें सबके सामने अपमानित करे। हमारी हँसी उड़ाए। परीक्षा में हमारे नम्बर काट ले। पानी में रहकर मगरमच्छ से बैर कोई ठीक बात तो नहीं।"

मेरी बात सम्भवत: पीटर को जँची और सीमई को भी। पीटर के पैर वहीं खड़े-खड़े ठिठक गये। फिर वह बोला, "तो क्या इसी तरह हम अपने ये अपमान सहते जाएँगे? क्या हम कुछ नहीं कर पाएँगे?"

मेरे पास पीटर के प्रश्नों का कोई जवाब नहीं था। सीमई की आँखों में भी

कुछ ऐसे ही प्रश्न थे। मैं अनुत्तरित-सा खड़ा किसी शून्य में देखने लगा।

तीन

सर्जन हमारे साथ हॉस्टल के कॉमन हॉल में रहता था। यानी वह भी हमारी तरह 'कन्वर्टेड' था। मजेदार तो यह कि उसका नाम पहले भी सर्जन ही था। अँग्रेजी से लगने वाले नाम के कारण उसका नाम नहीं बदला गया था। सर्जन ने एक बार बताया कि उसका असली नाम तो सुरजन था, लेकिन फल्या के लोग उसे सर्जन, सर्जन कहकर बुलाते थे। धीरे-धीरे उसका नाम सर्जन ही पड़ गया।

सर्जन बहुत बातूनी किस्म का लड़का था। हर वक्त कुछ-न-कुछ बचर-बचर करता रहता था। किसी से भी बात करने लग जाता। उसकी इस आदत के कारण कॉलेज में वह हमेशा डाँट खाता था। कॉलेज के दूसरे ईसाई लड़के उसे झिड़क दिया करते थे। टीचर्स जब-तब उसे डाँट दिया करते थे। लेकिन वह अपनी आदत से जैसे मजबूर था। वह हॉस्टल में आकर हम लोगों का माथा खाते रहता था। हममें से हर कोई हैरान था कि इतना बोलने पर इसका मुँह क्यों नहीं दुखता? सर्जन हर रविवार को अपनी बहन से मिलने जाता था। उसकी बहन इसी महानगर में रहती थी।

एक दिन उसने मुझसे पूछा, "तुम भी मेरे साथ चलोगे, मेरी बहन के घर?"

मैं वैसे भी कॉलेज के माहौल और कैम्पस के भीतर रहकर कई दिनों से किचवा गया था। मैंने झट हामी भर दी थी। सर्जन खुश हो गया। मैं भी खुश था कि किसी बहाने ही सही, यहाँ से बाहर निकलने को तो मिलेगा।

रविवार को सुबह से ही सर्जन ने मुझे आकर बता दिया, "जल्दी नहा धो लेना। नौ-साढ़े नौ तक निकल चलेंगे। बहन ने वहीं पर खाने का बोल रखा है।" मैं खुद रविवार का बेसब्री से इन्तजार कर रहा था।

सर्जन के बहनोई का घर कॉलेज से ज्यादा दूर नहीं था और शहर की बहुत पॉश कॉलोनी में था। थोड़ी ही देर में हम पैदल चलते-चलते पहुँच गये थे।

जब हम सर्जन के बहनोई के घर के पास आये तो मैंने देखा, उनका घर एक छोटा-मोटा डुप्लेक्स बंगला ही था। बाहर नेम प्लेट लगी हुई थी 'प्रोफेसर पी.एस. जमरा'।

सर्जन ने बताया था कि उसके बहनोई शहर के ही शासकीय कॉलेज में व्याख्याता हैं। सर्जन घर में बेतकल्लुफी से अन्दर घुस गया। मैं भी उसके पीछे-पीछे।

अन्दर आया तो सर्जन की बहन उसे देखकर मुस्कराती हुई बोली, ''आ गया तू। मैं अभी सोच ही रही थी तेरे बारे में। साथ में कौन है? तेरा दोस्त है?''

''ये मेरे कॉलेज में मेरे साथ है जीजी। इसका नाम लारेंस है।'' कहते हुए मेरी तरफ देखा फिर मुस्कराया और आगे बोला, ''लारेंस तो कॉलेज में दिखावे का नाम है जीजी। असली नाम तो लच्छू है, लच्छू।'' और कहकर वह हँस पड़ा। मैं भी मुस्करा दिया था।

हमारी आवाज सुनकर भीतर के कमरे से सर्जन के बहनोई प्रोफेसर जमरा बाहर आ गये। प्रोफेसर जमरा एक बत्तीस-पैंतीस साल के आकर्षक व्यक्तित्व के आदमी लगे। बड़े ही सौम्य लहजे से वे मुस्कराए और हमारे सामने सोफे पर बैठ गये।

उनसे कुछ पूछने से पहले ही सर्जन शुरू हो गया, ''जीजाजी ये लारेंस है। मेरे साथ कॉलेज में है और हम हॉस्टल में भी साथ ही रहते हैं। बहुत अच्छा लड़का है। पढ़ने में भी काफी तेज है। वैसे तो कॉलेज में इसका नाम लारेंस है, लेकिन हम तो इसे लच्छू ही कहते हैं।''

प्रोफेसर जमरा ने मुस्कराते हुए सर्जन की बात सुनी फिर वे मेरी तरफ देखकर बोले, ''कहाँ के रहने वाले हो लारेंस।''

''मैं चिरिया के आगे पहाड़ों से लगे दुरसिंग फल्या में रहता हूँ।''

''अच्छा...अच्छा...उधर पहाड़ों पर तो नहीं पर चिरिया तक तो मैं एक बार तकरीबन बारह-पन्द्रह साल पहले गया था। अब तो मुझे याद भी नहीं आ रहा किस काम से गया था। खैर, तुम सुनाओ इस सर्जन की बटर-बटर से तुम परेशान तो नहीं होते ना?'' उन्होंने मुस्कराते हुए पूछा।

उनकी बात सुनकर हम सभी हँस पड़े। सर्जन तो झेंप भी गया।

''जीजी...चिंकी और बंटी नजर नहीं आ रहे हैं? कहाँ हैं दोनों शैतान?'' सर्जन ने किचन की तरफ आवाज लगाते हुए पूछा। किचन हॉल से सटा हुआ था।

''अन्दर हैं, टीवी पर कार्टून देख रहे होंगे और क्या? दिन भर कार्टून भले और ये बच्चे भले। न जाने इन पुतलों को देखने में इन बच्चों को क्या मजा आता है।'' सर्जन की बहन किचन में से ही कुछ चिढ़ती हुई बोलीं।

सर्जन उठकर हॉल के पीछे की तरफ वाले कमरे में दोनों बच्चों के नाम पुकारता हुआ चला गया।

मैं सर्जन की बहन के घर में तरतीब से जमे सामानों और दीवारों पर टँगी तस्वीरों को देखने लगा। मैंने देखा सारी चीजें करीने से जमी हुई थीं। घर साफ-सुथरा और रंग-रोगन भी बहुत सलीके से किया हुआ था। एक लकड़ी की अलमारी के काँच लगे दो खाँचों में किताबें जमी हुई थीं और एक खाँचे में कुछ शील्ड्स और

फ्रेमिंग किए हुए सम्मान-पत्र रखे हुए थे।

अलमारी के ऊपर बच्चों की दो तस्वीरें बहुत ही आकर्षक फ्रेम में रखी हुई थीं। सामने की दीवार पर एक बड़ी-सी पेंटिंग टँगी हुई थी। पेंटिंग में रंगों का इस्तेमाल तो बहुत बढ़िया दिख रहा था लेकिन उसमें क्या बना हुआ था, यह बहुत स्पष्ट नहीं था। कभी लग रहा था, यह पहाड़ों पर बारिश जैसा कोई दृश्य होगा। तो कभी लगा, कि यह किसी जलजले का दृश्य होगा। फिर लगा, सम्भवत: यह कहीं जंगल में सूखे का दृश्य तो नहीं। मेरा मन किया कि मैं खुद ही उनसे पूछ लूँ।

तभी मेरी नजर हॉल से लगे पीछे वाले कमरे की दीवार पर टँगी तस्वीर पर पड़ी, उसी कमरे में सर्जन बच्चों के पास गया था, उस कमरे के दरवाजे के ऊपर उस तस्वीर में प्रोफेसर जमरा बहुत ही आकर्षक मुद्रा में बाँसुरी बजा रहे थे। तस्वीर देखते हुए मैंने पूछा, ''आप बाँसुरी बजा लेते हैं।''

''हाँ, मुझे बचपन से ही बाँसुरी बहुत अच्छी लगती थी। तुम भी बजा लेते हो?''

''नहीं। बाँसुरी तो मुझे भी बहुत अच्छी लगती थी और मैं उसे बजाना भी चाहता था, लेकिन बहुत कोशिश के बाद भी अच्छी तरह बजाना नहीं सीख पाया। हाँ, मेरा छोटा भाई छज्जु खूब अच्छी बजा लेता है। मेरे सुरजा काका भी बाँसुरी बजाने में माहिर हैं। उन्हें बजाते देख देखकर ही तो मेरा भाई सीख गया था।'' मैंने बताया।

''अपने काका से तुमने क्यों नहीं सीखा?''

''मैंने काका को कई बार कहा था, पर वे बोलते कि बाँसुरी सिखाई नहीं जाती, देखते-देखते और बजाते-बजाते कोई भी बाँसुरी सीख जाता है।''

मेरी बात सुनकर प्रोफेसर जमरा धीरे से मुस्करा दिए। सर्जन भीतर बच्चों के कमरे में गया तो वहीं मशगूल हो गया था।

''नहीं, बाँसुरी भी सीखी जाती है। सिखाई जाती है। मेरे खुद के पास कुछ बच्चे आते हैं बाँसुरी सीखने।'' मेरे लिए यह नयी बात थी क्योंकि अपने पहाड़ों पर तो मैंने जिसे भी बाँसुरी बजाते देखा, वह खुद सीखा था। शिक्षित होने से मुझे यह तो मालूम था कि संगीत की शिक्षा होती है और बाकायदा इसका प्रशिक्षण होता है लेकिन बाँसुरी बजाने के लिए भी ऐसा कुछ प्रशिक्षण और कक्षाएँ होती हैं, यह मेरे लिए बिलकुल नयी जानकारी थी।

''आप बाँसुरी बजाना सिखाते हैं?'' मैंने चहकते हुए पूछा।

मेरा उत्साह देखकर प्रोफेसर जमरा मुस्कराते हुए बोले, ''हाँ और सिर्फ बाँसुरी ही नहीं, मैं केसियो, हारमोनियम, पियानो और वायलिन बजाना भी सिखाता हूँ, लेकिन चूँकि समय कम मिलता है इसलिए रोज शाम को एक-एक घंटे की दो

क्लासेस ही ले पाता हूँ।''

मैं यह जानकर अचरज में रह गया था कि प्रोफेसर जमरा इतने सारे वाद्य-यन्त्रों को बजाना जानते थे।

तभी किचन से ट्रे में पानी के गिलास लिये सर्जन की बहन गीता जीजी बाहर हॉल में आयी। एक बार फिर मुझे देखकर मुस्कराईं और पानी का गिलास देते हुए पूछा, ''तुम्हें कॉलेज में अच्छा लगता है?''

''पहले तो रमता नहीं था लेकिन अब अच्छा लगने लगा है।'' मैंने आहिस्ते से कहा।

''मैंने तो इस सर्जन को पचास बार बोला होगा कि यहीं हमारे पास रहकर कॉलेज आया-जाया कर, पर ये सुनता ही नहीं।''

तभी सर्जन अपनी छोटी भांजी चिंकी को गोद में उठाये बाहर आ गया। उसने अपनी जीजी की बात सुन ली थी इसलिए आते ही बोला, ''अरे जीजी, कॉलेज यहाँ से दूर ही कितना है। जब मन करता है, आ तो जाता हूँ।''

सर्जन ने जैसे बात को टालने की कोशिश की थी। इसीलिए विषयान्तर करते हुए बोला, ''अरे जीजी, पिताजी आने वाले थे ना। तुमने गाँव से असली शहद और घी बुलवाया था। कब तक आएँगे?''

''आज कल में आएँगे और क्या? चलो अब तुम दोनों हाथ-मुँह धो लो। खाना तैयार हो चुका है।'' कहकर सर्जन की बहन फिर प्रोफेसर साहब की तरफ देखकर बड़ी अदा से बोली, ''आप भी उठिए जनाब, सर्जन के साथ खाना खा लीजिए।'' और बोलकर हँस पड़ी। प्रोफेसर साहब मुस्कराते हुए खड़े हो गये। मैं और सर्जन दोनों ही यह देख-सुन धीरे से मुस्करा दिए।

खाना खाते हुए और खाना खाने के बाद भी मेरे भीतर बाँसुरी बजाना सीखने की इच्छा फिर उमड़ने लगी। मेरा मन बाँसुरी बजाना सीखने के लिए मचलने लगा लेकिन मैं किसी तरह अपने मन की यह बात सर्जन के बहनोई प्रोफेसर जमरा को बता नहीं पा रहा था।

खाना खाने के बाद जब हम वापस हॉल में आकर बातें कर रहे थे, तो प्रोफेसर जमरा की बातों ने फिर मेरे भीतर बाँसुरी बजाना सीखने की ललक को जगा दिया। मैंने हिम्मत करके धीरे से पूछ ही लिया, ''क्या मैं भी बाँसुरी सीख सकता हूँ।''

''हाँ...हाँ, क्यों नहीं? तुम भी सीख सकते हो।''

प्रोफेसर जमरा से यह सुनकर मेरी प्रसन्नता का ठिकाना नहीं रहा था। मेरा मन तो खुशी से चिल्लाने को कर रहा था, लेकिन किसी तरह मन को काबू में रखे रहा फिर कुछ सोचकर मैं उदास हो गया और मेरा चेहरा मुर्झाने लगा, जिसे शायद प्रोफेसर जमरा ने भाँप लिया था, इसीलिए बोले, ''क्या हुआ? अचानक चुप क्यों

हो गये?''

''वो... कुछ नहीं। मैं आपसे बाद में, छुट्टियों में सीख लूँगा।'' मैंने हड़बड़ाकर जवाब दिया था।

''अरे भाई, अगर तुम पैसे-वैसे का सोच रहे हो तो फिक्र मत करो। मैं कोई तुमसे पैसे थोड़े लूँगा। संगीत तो मेरा शौक है और मैं सिखाता भी अपने शौक से हूँ। तुम कुछ चिन्ता मत करो।'' प्रोफेसर जमरा बहुत शालीनता के साथ बोले थे। फिर मेरे मन को हल्का करने की गरज से आगे बोले, ''फिर भी तुम्हारा मन करे मुझे पैसे देने का, तो जब तुम्हारी कोई नौकरी लग जाए तो मुझे ब्याज सहित दे देना, बस।'' और कहकर वे एक शालीन हँसी हँसने लगे।

उनकी बात सुनकर में भी मुस्करा दिया।

शाम को सर्जन की जीजी के घर से लौटे तो मेरा मन फूला नहीं समा रहा था। किसी अदृश्य बाँसुरी की धुन मेरे कान में बज रही थी। मैं खयालों में खुद को बाँसुरी बजाते हुए देखने लगा। यहाँ तक कि उस रात को बाँसुरी मेरे सपनों में भी आयी थी। मैं अपने फल्या के पीछे की सबसे ऊँची बयड़ी पर बैठकर बाँसुरी बजा रहा था। मेरी बाँसुरी की धुन सुनकर सारे फल्या वाले चकित थे। पहाड़ चकित थे। जंगल चकित था। सारे पंछी चकित होकर झूम रहे थे। खुद सुरजा काका भी मेरी बाँसुरी की धुन सुनकर चकित थे।

थोड़े-बहुत झंझटों के बाद हॉस्टल वालों ने मुझे संगीत सीखने जाने के लिए इजाजत दे दी थी। इस शर्त के साथ कि शाम को आठ बजे खाने से पहले मैं हॉस्टल में किसी भी तरह वापस आ जाऊँ।

मैं प्रोफेसर जमरा के यहाँ अब बाँसुरी सीखने जाने लगा था। शाम को छः बजे वाली बैच में हम कुल सात सीखने वाले आते थे। बाँसुरी सीखने वाला मैं अकेला ही था। बाकी चार केसियो सीख रहे थे और दो वायलिन बजाना सीख रहे थे। केसियो सीख रहे बच्चों में दो लड़कियाँ थीं और दो लड़के। दोनों लड़कियों की उम्र में काफी अन्तर था। एक महज आठेक साल की थी तो दूसरी अठारह-उन्नीस की लड़की थी। दोनों लड़के बारह-चौदह के आसपास के थे। वायलिन बजाना सीखने आने वाले दोनों लड़के थे और वे दस से भी कम उम्र के थे। कुल मिलाकर पूरी बैच में बीस के ऊपर का मैं था और लगभग मेरी उम्र की यानी अठारह-उन्नीस की निकहत थी, जो केसियो बजाना सीख रही थी। बाकी सब छोटे बच्चे थे।

अगर मैं कहूँ कि मुझे निकहत को देखकर नीरु की याद नहीं आयी थी, तो यह सरासर खुद से बोला गया एक झूठ होगा। लेकिन यह भी सच था कि इतने महीनों में नीरु फिर कभी मेरे सपनों में भी नहीं आयी थी। मेरे सपनों में हरहराता पहाड़ आता था। सरसराता जंगल आता था। जंगल की नामालूम-सी चिड़िया आती

थी, लेकिन नीरु नहीं आती थी।

लेकिन निकहत को देखकर न जाने क्यों इस बार अचानक नीरु की याद आ गयी थी। निकहत देखने में बहुत सुन्दर थी। उसका रंग इतना साफ था कि लगता था इस रंग ने कभी सूरज के ताप को देखा नहीं होगा। उसके गोरे रंग में एक हल्की गुलाबी आभा थी, जो मुझे बहुत आकर्षित करती थी। हालाँकि मैं क्लास में उसकी तरफ बहुत झेंप के साथ देखता था, लेकिन निकहत मेरे इस कभी-कभार के देखने को देख लेती थी और मैं नजरें झुका लेता था।

प्रोफेसर जमरा के यहाँ आते हुए मुझे लगभग सप्ताह भर हो गया था और इस दरमियान हमारी यानी निकहत से मेरी कभी कोई बात नहीं हुई थी। लेकिन एक दिन हम सब प्रोफेसर साहब के घर पर बैठे उनका इन्तजार कर रहे थे। प्रोफेसर साहब शायद किसी काम से घर पर नहीं लौटे थे। हमारे बैच के सभी छोटे बच्चे आपस में बातें कर रहे थे। सिर्फ मैं और निकहत चुप थे। हम दोनों एक-दूसरे को कभी-कभी देख लेते और कभी-कभी हमारा एक-दूसरे को देखना हम देख लेते।

पता नहीं क्या सोचकर मगर निकहत ने बात शुरू की, ''आपका नाम लारेंस है ना?''

''हाँ! और आपका निकहत! है ना!''

हमें एक दूसरे का नाम मालूम था। प्रोफेसर जमरा सिखाते समय हमें हमारे नामों से पुकारते थे, इस तरह हमें एक-दूसरे का नाम पहले से मालूम था।

''आप किस कॉलेज में पढ़ते हैं?''

''क्रिसचैन कम्युनिटी कॉलेज से इंग्लिश ऑनर्स कर रहा हूँ। और आप?''

''हम गवर्नमेंट पी.जी. कॉलेज से बी.एससी. कर रहे हैं।''

''फर्स्ट ईअर है।''

''हाँ, और आपका?''

''मेरा भी।''

''आप बाँसुरी बजाना क्यों सीख रहे हैं? आपको यह इतनी अच्छी लगती है।''

''हाँ, हमारे इधर बहुत से लोग इसे बजाना जानते हैं लेकिन मैं तब खूब कोशिशों के बाद भी सीख नहीं पाया था। मेरा बहुत मन करता था बाँसुरी सीखने का। जब प्रोफेसर साहब ने बताया कि वे सिखा देंगे तो मैं भला इस मौके को कैसे जाने देता। और आपको केसियो अच्छा लगता है?''

''यों ही घर पर केसियो था। सोचा बैठे-बैठे क्यों ना हम इसे ही बजाना सीख लें। हमारा घर यहाँ से ज्यादा दूर नहीं है। मुख्य सड़क से शिवाजी चौक के उस तरफ मियाँमान मोहल्ले में रहते हैं हम।'' निकहत ने बताया।

मैंने नोटिस किया कि निकहत बहुत शालीनता और नरमी से बात करती थी और खासकर वह 'मैं' की जगह 'हम', 'मेरा' की जगह 'हमारा' और 'मुझे' की जगह 'हमें' बोलती थी। मुझे उसका यह बोलने का अन्दाज बहुत पसन्द आया।

"क्या आप गाती भी हैं?" मैंने धीरे से यों ही टटोलना चाहा।

"हाँ, मगर सिर्फ बाथरूम में।" निकहत ने कहा और खिलखिलाकर हँस पड़ी।

निकहत की हँसी भी उसकी तरह सुन्दर थी। उसके मोतियों जैसे दाँत मुझे बहुत खूबसूरत लगे। मुझे याद करने पर भी याद नहीं आ रहा था कि इतने सुन्दर दाँत मैंने अपने जीवन में कभी किसी के देखे थे। निकहत की हँसी ने मेरे भीतर के बचे-खुचे संकोच को हल्का कर दिया और मैं भी मुस्करा दिया।

"क्या आपके घर में कोई गाता-बजाता है? मतलब संगीत का शौक रखता है?" मैंने बात आगे बढ़ाने की गरज से पूछा।

"नहीं... वो तो अब्बू पिछले साल जयपुर गये थे। जाने क्या सोच के घर यह केसियो ले आये थे। अब घर में किसी को इसकी एबीसीडी तो मालूम नहीं थी। हमने सोचा, क्यों ना हम ही इसकी इब्तिदा करें।" कहते हुए निकहत के चेहरे पर वही हँसी कायम थी।

मैं इब्तिदा का मतलब नहीं समझ पाया था, फिर भी मैंने उससे नहीं पूछा था। और उसने भी यह नोटिस नहीं किया कि उसने एक घोर उर्दू शब्द बोला था। तभी प्रोफेसर जमरा आ गये और फिर हम बचे हुए आधे घंटे अपने अपने इंस्ट्रूमेंट्स पर प्रेक्टिस करते रहे।

उस दिन क्लास से वापस नीचे आया था, तो नीचे आकर निकहत ने जाते समय हाथ हिलाकर हल्के से बाय किया था। मैं सकुचाया जरूर था लेकिन मैंने भी मुस्कराकर 'हाथ' हिलाया था और इतना धीमे 'बाय' बोला था कि मेरे अपने कानों को नहीं सुनाई दिया था।

जब हॉस्टल के लिए वापस आ रहा था तो निकहत की बातें न जाने क्योंकर बार-बार याद आने लगीं। उसका वो गोरा-झम्म हल्का गुलाबी चेहरा आँखों के आगे आकर मेरे चेहरे पर मुस्कान धर जाने लगा। उसकी वो हँसी मेरे कानों में गूँजने और फिर दिल में उतरने लगी थी। मैं उसके सफेद-फक्क मोती जैसे दाँतों को याद कर फिर हैरान हो रहा था। यकीन नहीं हो रहा था कि किसी के दाँत इतने साफ और खूबसूरत हो सकते हैं।

हॉस्टल में आया तो देर रात तक नींद नहीं आयी थी। हालाँकि हॉस्टल के कॉमन हॉल में रात नौ के बाद लाइट बन्द कर दी जाती थी। मुझे जागा जानकर सर्जन देर तक इधर-उधर की फालतू बातें करता रहा था, लेकिन मेरे कान उसकी

बातों को नहीं, निकहत की हँसी को सुन रहे थे।

चार

एक बार खुले तो फिर हम खुलते चले गये।

निकहत और मैं अब अमूमन रोज बात करते। चाहे थोड़ी देर ही सही, जब जैसा अवसर हमें मिलता हम जरूर बात करते। बेझिझक होकर। निकहत जाने से पहले रोज मुझे 'बाय' कहती थी और मैं भी आहिस्ते से 'बाय' बोलकर अपना हाथ हल्के से हिला देता था।

हमारे बीच का संकोच समय के साथ धीरे-धीरे खत्म हो रहा था। मुझे कोई भ्रम नहीं, पक्का यकीन था कि निकहत के मन में भी मेरे लिए कहीं कुछ था। उसकी बातों से, उसके व्यवहार से, उसकी आँखों से मैं यह जानने की कोशिश करता और मेरा मन कहता कि यकीनन उनमें मेरे लिए धीरे-धीरे जगह बन रही थी।

एक दिन प्रोफेसर जमरा जब हमें अपने-अपने वाद्ययन्त्र के लिए एक-एक 'प्रेक्टिस लेसन' देकर अपने कुछ कार्य से दूसरे कमरे में चले गये तो हम दोनों को फिर बात करने का अवसर मिल गया था लेकिन हम दोनों ही कुछ बात नहीं कर पा रहे थे। उस दिन हम दोनों की हालत शायद एक जैसी थी। एक असहजता हमारे बीच घर कर रही थी। अपनी बैच में हम दोनों अब पास-पास बैठते थे। बाकी बच्चे अपने-अपने वाद्ययन्त्रों पर मग्न होकर अभ्यास कर रहे थे। लेकिन हमारे भीतर जैसे बहुत कुछ घटित हो रहा था। हम दोनों ही अपने होंठ चबा रहे थे। हम दोनों ही एक-दूसरे से नजरें मिलाते भी, छुपाते भी। एक-दूसरे से शरमा रहे थे। एक-दूसरे से झिझक रहे थे। हमारे बीच एक अदृश्य चुप्पी उतर आयी थी, जबकि हम समय के साथ खुल गये थे।

हम दोनों चुप थे। असहज थे और भीतर ही भीतर कुलबुला रहे थे। छटपटा रहे थे। बहुत कुछ था, जो कहा जाना था या कहा जा सकता था लेकिन शब्द मुँह तक आकर अटक गये थे। बहुत कुछ था, जो हमारे अनकहे में कहा जा रहा था।

अपना एक हाथ पीछे की तरफ फर्श पर बिछी हुई दरी पर टिकाकर बैठी निकहत मेरी ही तरह किसी उधेड़बुन में खोयी थी, तभी न जाने क्यों कर मैंने अपना हाथ उसके हाथ पर धीरे से धर दिया। हम दोनों चूँकि पास-पास बैठे थे और बाकी बच्चे अपने अपने वाद्ययन्त्रों पर अपने अभ्यास में डूबे हुए थे, कोई यह नोटिस नहीं कर पाया। लेकिन मैंने जैसे ही अपना हाथ निकहत के हाथों पर रखा, एक गर्म

सिहरन मेरे पूरे शरीर में बिजली की तेजी से दौड़ गयी थी। मुझे उसका हाथ बहुत नर्म और बहुत गर्म महसूस हो रहा था। उसके हाथ से होती हुई वह गर्माहट मेरे भीतर कहीं खलबली मचाने लगी। मैं उस खलबली से छुटकारा पाना चाहता था और नहीं भी।

मैंने आहिस्ते से निकहत की तरफ देखा। वह बार-बार अपने होंठ चबा रही थी और जैसे कसमसा रही थी। फिर उसने हौले से मेरी तरफ देखा था और अपनी नजरें झुका ली थीं। मगर अपना हाथ मेरे हथेली के नीचे से नहीं हटाया था। मेरा दिल जोर-जोर से धकड़ रहा था। मैंने महसूस किया कि निकहत की साँसें तेज चल रही होंगी। उसका दिल भी जोर से धड़क रहा होगा। कुछ देर बाद प्रोफेसर जमरा के कमरे में उनके आने की आहट हुई तो निकहत ने झट अपना हाथ वापस खींच लिया और अपनी साँसों को संयमित करने लगी। मैं भी अपने दिल की बढ़ती धड़कनों को काबू पाने की कोशिश करने लगा।

कुछ देर बाद निकहत प्रोफेसर जमरा से पूछकर पानी पीने के लिए किचन में चली गयी। पानी की प्यास तो मुझे भी जोर से लगी थी और होंठ भी सूख रहे थे लेकिन मैं नहीं बोल पाया।

उस दिन जब हम प्रोफेसर जमरा के घर से बाहर आये तो हमेशा की तरह निकहत ने चहचहाते हुए 'बाय' नहीं किया बल्कि 'बाय' ही नहीं किया। वह सिर्फ धीरे से देखकर मुस्कराई भर। मैं उसे जाते हुए देखता रहा। गली के मोड़ पर पहुँचने के बाद उसने फिर एक बार मुड़कर देखा था।

उस दिन मुझे देर तक नींद नहीं आयी थी। निकहत के गर्म हाथों के स्पर्श की अनुभूति मेरे भीतर फिर गर्माहट पैदा कर रही थी। इतनी गर्माहट कि मैंने सुबह अपने अंडरवियर में वह गर्माहट चिपचिपाहट की तरह महसूस की थी।

पाँच

मैं सपने देखता था कि मैं निकहत के साथ किसी खूबसूरत बगीचे में बैठा हूँ। निकहत मेरे हाथों में हाथ डाले बैठी है। कभी मैं सपना देखता था कि निकहत को कॉफी हाऊस में कॉफी पिलाने ले जाता हूँ और हम वहाँ देर तक बैठे रहते हैं। कॉफी हाऊस की टेबल से नीचे हमारे पैर कोई खेल खेलते हैं। कभी मैं सपने देखता था कि मैं निकहत को लेकर आगरा के ताजमहल की सैर कर रहा हूँ। निकहत को मेरे साथ घूमना बहुत अच्छा लग रहा है। वह ताजमहल के सामने मेरे कन्धे पर अपना सिर रखकर कोई तस्वीर खिंचवा रही है।

लेकिन ये सपने थे और हकीकत से अभी कोसों दूर थे। हकीकत तो यह थी कि निकहत कहती भी तो मैं उसे एक कप कॉफी नहीं पिला सकता था। आगरा का ताजमहल तो दूर, इसी शहर में घुमाने या कहीं जाने जितने पैसे भी मेरी जेब में नहीं थे।

मैं शिद्दत से पैसों की कमी महसूस करने लगा था और मुझे यह साफ-साफ समझ आ रहा था कि मुझे अपने प्रेम की इस गाड़ी को आगे बढ़ाना है तो पास में थोड़े पैसों का होना जरूरी था। मैं सोचने लगा कि यदि आज मेरे पास मोबाइल होता तो निकहत मुझे जरूर फोन लगाती। हम दोनों देर तक बातें करते। मीठी-मीठी बातें। ढेर सारी बातें। लेकिन तब मोबाइल एक महँगा ख्वाब था।

मेरी समझ में नहीं आ रहा था कि पैसों की इस समस्या से हाल-फिलहाल कैसे निपटा जाए? कुछ ना सूझा तो पीटर का खयाल आया। मैंने सोचा, क्यों ना पीटर से इस बारे में बात की जाए, हो सकता है, वह कोई उपाय सुझा दे। यही सोचकर मैं पीटर को ढूँढ़ते-ढूँढ़ते लाइब्रेरी चला आया। पीटर लाइब्रेरी में किताबें खोज रहा था। मैं उसे जबरन लगभग खींचकर लाइब्रेरी से बाहर ले आया।

"क्या है लच्छू? क्यों आसमान सर पे उठा रखा है?"

"कुछ नहीं यार पीटर, तुझसे एक जरूरी बात करनी है।"

"जरूरी बात?"

"हाँ, जरूरी बात।"

"बता, क्या है वो तेरी जरूरी बात?"

"यार कुछ तरीका बता, जिससे थोड़े बहुत पैसे आ सकें। मेरा मतलब है कि कुछ हाथ खर्च निकल सके।"

"लेकिन तुझे क्या जरूरत पड़ गयी हाथ खर्च की?"

"अब ये सब मत पूछ। बस तू बता। कोई भी तरीका निकाल यार।"

"देख पच्चीस-पचास की जरूरत है तो मेरे पास हैं। फल्या से निकलने से पहले भाईजी ने दिए थे। वैसे ही रखे हैं, कोई जरूरत ही नहीं पड़ी।"

"नहीं यार, बात पच्चीस-पचास की नहीं है। मुझे कोई छोटा-मोटा काम चाहिए जिससे कुछ पैसा हमेशा पास में बना रहे।"

"लेकिन भले मानुष तुझे जरूरत क्या है? क्या तेरे घरवालों ने तुझे कमाने के लिए बोला है? दिक्कत क्या है? साफ-साफ क्यों नहीं बताता?"

"यार अब तुझे क्या बताऊँ?" और मैं पीटर को बताने में झिझकने लगा।

मेरी झिझक को भाँपकर पीटर ने मुझे टटोलते हुए पूछा, "बोल यार! दोस्तों से कैसी झिझक? हमें नहीं बताएगा तो किसे बताएगा?"

"चल मैं तुझे बताता हूँ, पर तू पहले वादा कर कि किसी को भी नहीं

बताएगा।''

''किसी को नहीं बताऊँगा, तेरी कसम बस।''

''सीमई को भी नहीं।'' और मैं हँस दिया। मैं जानता था, पीटर मन-ही-मन सीमई को चाहता था। चाहे उसने इस बारे में हमें नहीं बताया था।

''उसे भी नहीं।'' और वह भी हँस दिया।

''वो क्या है यार! मैं एक लड़की से प्यार करने लगा हूँ।''

''प्यार? किसे? इसी कॉलेज में है क्या?'' पीटर ने अचरज और उलझन के साथ पूछा।

''नहीं।'' मैंने इनकार में मुंडी हिलाई और फिर बोला, ''वो इस कॉलेज की नहीं है।''

''तो फिर कहाँ की है? तेरे फल्या तरफ की?'' पीटर ने आशंकित होते हुए पूछा।

''नहीं, नहीं, वो इसी शहर में रहती है।'' मैंने कहा तो पीटर अब अधिक अचरज में पड़ गया।

''इसी शहर में!'' पीटर ने आश्चर्य से दोहराया।

''हाँ, मैं शाम को संगीत क्लास जाता हूँ। वहीं पर वो भी आती है।''

''तो क्या उसने पैसे माँगे हैं?''

''नहीं, नहीं।'' मैंने तत्काल प्रत्युत्तर दिया।

''तब फिर प्यार में पैसा कहाँ से आ गया।''

''पैसा अब हर जगह आता है पीटर। ये हमारे पहाड़ों का सरल जीवन नहीं है, जहाँ जरूरतें कम होती हैं। इच्छाएँ सीमित होती हैं। और दिखावा तो बिलकुल नहीं होता है। ये शहर है, शहर। ये इच्छाएँ पैदा करता है। जरूरतें बढ़ाता है, इतनी जिनका कोई अन्त नहीं। कोई सिरा नहीं।''

''तू साफ-साफ क्यों नहीं बताता? इतना घुमा-फिरा कर क्यों बता रहा है?'' पीटर जैसे कुढ़ते हुए बोला।

''साफ साफ ही तो बता रहा हूँ।''

''अच्छा चल पहले ये बता कि वो लड़की भी तुझसे प्यार करती है? या तू ही बावला हुआ जा रहा है?''

''हाँ, वो भी करती है।''

''उसने बताया तुझे।''

''अब तू इतनी अन्दर मत जा। बस, मुझे पता है कि करती है।'' मैंने कुछ चिढ़ते हुए कहा।

''ठीक है भाई, ठीक है। तू इत्ता बिचके मत।'' पीटर ने कहा तो मैं मुस्करा

दिया फिर बोला, ''चल तू आगे बता।''

''यों ही यार पीटर! उसके साथ होता हूँ तो मन में खयाल आता है कि उसे कॉफी पिलाने ले जाऊँ? या कहीं शहर में घुमाने ले जाऊँ? लेकिन जेब में तो फूटी कौड़ी नहीं होती है। बुरा लगता है मन में। अगर किसी दिन उसने चाय या कॉफी पिलाने को कह दिया तो मैं क्या करूँगा?'' मैंने अपनी परेशानी पीटर को बतायी।

''हूँ, तो ये बात है।'' कहकर पीटर मुस्कराया, फिर बोला, ''तेरी बात तो सही है। प्यार में इन सब चीजों के लिए मन तो करता ही है।'' मुझे लगा जैसे पीटर ने अपने मन की पीड़ा का भी बखान किया था। हालाँकि उसका मामला मुझसे बहुत अलग था। सीमई उर्फ सुजैन इसी कॉलेज कैम्पस में थी। उसका गर्ल्स हॉस्टल भी इसी कैम्पस में था। और वे दोनों हमारे उधर के पहाड़ों के ही रहने वाले थे। हाँ, यह था कि उनके फल्या अलग-अलग और थोड़ी दूरी पर थे। और यह भी कि पीटर ने सीमई को कभी खुलकर अपने दिल की बात नहीं बतायी थी। जहाँ तक मेरा अनुमान था, पीटर के मन में सीमई के लिए आकर्षण इधर कॉलेज आने के बाद ही जनमा था।

''क्या सोच रहा है?'' मैंने पीटर से कहा, जो किसी गुनतारे में खो गया था।

''तेरे ही बारे में सोच रहा हूँ। एक तरीका हो सकता है अगर तुम किसी तरह कोई पार्ट-टाइम जॉब कर लो।''

''पार्ट-टाइम जॉब? लेकिन ऐसा कौन-सा जॉब है?

''कुछ भी जैसे छोटे बच्चों को कहीं पढ़ाना शुरू कर दो। या फिर किसी ऑफिस या फैक्ट्री में कोई काम मिल जाए। अरे हाँ, तुम चाहो तो सवेरे अखबार बाँटने का काम कर सकते हो?''

''हाँ, ये ठीक रहेगा। अखबार बाँटने का काम बहुत सवेरे-सवेरे रहता है। मैं सुबह सात-साढ़े सात तक फ्री हो जाऊँगा। इस तरह कॉलेज के समय में भी दिक्कत नहीं होगी। क्या आइडिया दिया यार पीटर! मान गये गुरु!'' मैं खुशी से चहक उठा।

''लेकिन हॉस्टल वाले इतनी सवेरे जाने की इजाजत देंगे?'' पीटर ने सबसे बड़ी अड़चन बतायी।

मैं कुछ चिन्तित जरूर हुआ फिर बोला, ''मैं उन्हें कह दूँगा कि गाँव में परिवार को पैसों की बहुत दिक्कत आ रही है। खाद-बीज की जरूरत के लिए पैसे इकट्ठे करना है। थोड़ा रोना-गाना करूँगा तो मान जाएँगे। इससे पहले भी तो संगीत क्लास के लिए मैंने उन्हें आखिर मना ही लिया था।''

''लेकिन अखबार बाँटने के लिए साइकिल लगेगी। उसका क्या करेंगे?'' पीटर ने अगली दुविधा के बारे में बताया।

मेरे लिए हॉस्टल वालों से परमीशन लेने से बड़ी दुविधा साइकिल की थी। अब मेरे माथे पर भी चिन्ता की लकीरें आ गयीं। हम दोनों बैठे-बैठे इस समस्या के हल के बारे में सोचने लगे।

थोड़ी देर बाद पीटर धीरे से बोला, "क्या ऐसा नहीं हो सकता कि अखबार की एजेंसी वाले ही साइकिल भी दे दें। अगर हम बात करें तो शायद वे मान जाएँ या कुछ दूसरी व्यवस्था कर दें।"

तभी जैसे मुझे कुछ याद आया और मैं पीटर की तरफ देखकर खुशी से लगभग फुदकते हुए बोला, "इन्तजाम हो गया पीटर। इन्तजाम हो गया। वो सर्जन के बहनोई प्रोफेसर जमरा के घर साइकिल है और उनके घर में फालतू ही पड़ी रहती है। वैसे भी उनके पास तो मोटरसाइकिल और कार भी है। अगर मैं बात करूँगा तो वो जरूर कुछ समय के लिए दे देंगे।"

"तो तू आज ही बात कर लेना और वापस आने के बाद याद करके मुझे बताना, क्या हुआ? ठीक है?"

हम दोनों खुश थे कि हमने कोई विकल्प खोज लिया था।

उस शाम को जब मैं प्रोफेसर जमरा के यहाँ आया था तो बहुत खुश था। निकहत ने मेरे चेहरे पर इस खुशी को सम्भवतः भाँप लिया होगा लेकिन हमें उस दिन क्लास में बात करने का कोई अवसर नहीं मिला। जब क्लास खत्म हुई, तब बाहर आते ही निकहत ने धीरे से छेड़ा, "क्या बात है, आज तो बड़े खुश नजर आ रहे हैं?" कहकर वह हल्के से मुस्कराई थी।

"यों ही, कोई है जो मेरे ख्वाबों में दाखिल होकर मुझे खुश कर जाता है।" मैंने थोड़ा रोमांटिक होते हुए कहा।

"कौन है वो खुशनसीब! हमें नहीं मिलवाएँगे?" निकहत ने इठलाते हुए कहा।

"है कोई... आपसे भी मिलवाएँगे। जरा सब्र तो करें।" मैंने भी उसी अन्दाज से इठलाते हुए कहा।

"उनसे मिलने के लिए हम ताउम्र इन्तजार करेंगे।" निकहत बोली।

"इतना भी इन्तजार नहीं करना पड़ेगा। बहुत जल्द मिलवाऊँगा।"

"हमें इन्तजार रहेगा।" निकहत रहस्यभरी मुस्कान के साथ बोली थी। फिर कुछ क्षण रुककर बोली, "अब हम जाते हैं। कहीं देर हो गयी तो अम्मी की डाँट मुफ्त में मिल जाएगी।"

और फिर वह पलटने से पहले धीरे से 'बाय' बोलकर चली गयी।

रोज की तरह गली के नुक्कड़ पर जाकर उसने फिर पलटकर देखा था।

उसके जाने के बाद मैं प्रोफेसर जमरा से साइकिल की बात करने के लिए

वापस उनके घर में आ गया था। प्रोफेसर जमरा ने मेरी अखबार बाँटने की इच्छा जानकर खुशी-खुशी मुझे वह साइकिल दे दी। हालाँकि साइकिल की हालत बहुत अच्छी नहीं थी, लेकिन बहुत खराब भी नहीं थी। हाँ, रखे-रखे जाम जरूर हो गयी थी।

रास्ते भर मेरा मन प्रोफेसर जमरा को लाख-लाख शुक्रिया करता रहा। यह मेरे लिए सिर्फ साइकिल नहीं थी, जैसे मन माँगी मुराद थी। मेरे पैरों को अतिरिक्त पंख मिल गये थे जैसे। रखे-रखे खटारा हो रही उस साइकिल को अपने हाथों में पकड़े मैं कुछ यों शान से चल रहा था, गोया मेरे हाथों में साइकिल नहीं उड़नखटोले का स्टेयरिंग आ गया हो। उस साइकिल को चलाने के लिए मेरे पैर मचलने लगे, लेकिन साइकिल में अभी थोड़ा रिपेयरिंग का काम होना बाकी था। और रिपेयरिंग जितने पैसे तो पीटर के पास थे।

छः

मैं काफी अच्छे-से बाँसुरी बजाना सीख गया था लेकिन अब मुझे बाँसुरी बजाना सीखने की खुशी नहीं बल्कि संगीत क्लास के खत्म होने की चिन्ता सताने लगी थी। मुझपे यह डर हावी होने लगा था कि प्रोफेसर जमरा एक दो दिन में कहीं मुझे यह न कह दें कि 'अब तुम अच्छी खासी बाँसुरी बजा लेते हो। तो अब क्लास में आने की आवश्यकता नहीं।' इससे पहले कि प्रोफेसर साहब संगीत क्लास आने के लिए मना कर दें, मैं चाहता था कि मैं कोई ऐसा बहाना ढूँढ़ लूँ जिससे यहाँ मेरा आना लगातार चलता रहे। यहाँ आना बन्द हो गया तो निकहत से मिलना बन्द हो जाएगा। निकहत से न मिल पाने का सोचकर ही मन उदास हो गया था।

मैं ऐसे ही किसी गुनतारे में था, जब निकहत ने धीरे से मुझे टोका था, "क्या हुआ? उदास क्यों दिख रहे हैं?" प्रोफेसर जमरा हमें अपना-अपना अभ्यास देकर अपने कमरे में गये हुए थे, तो मौका देखकर निकहत ने पूछा था।

मैं एक नकली मुस्कान के साथ बोला, "कुछ भी तो नहीं।"

"कुछ तो है जो हमसे छिपाया जा रहा है।"

"क्लास खत्म होने के बाद बाहर बात करते हैं।" मैंने धीरे से कहा और बाँसुरी बजाने का अभ्यास करने लग गया। निकहत भी अपने केसियो के की-बोर्ड पर एक धुन के अभ्यास में व्यस्त हो गयी। वह कोई उदासी की धुन बजा रही थी। मैं अपनी बाँसुरी बजाना छोड़ केसियो के की-बोर्ड पर चलती उसकी उँगलियों को देखने लगा। निकहत भी अब केसियो पर कुछ धुनें बजाना सीख चुकी थी। लेकिन

सिर्फ वही धुनें जिनकी स्वरलिपि प्रोफेसर जमरा ने उसे सिखाई थी।

जब क्लास खत्म हुई तो निकहत से प्रोफेसर जमरा के घर के बाहर बात हुई थी। मेरी उदासी ने निकहत के चेहरे को भी अपनी चपेट में लिया था। बाहर आते ही निकहत बोली, "हाँ, अब बताइए। क्या बात है?"

निकहत का प्रश्न सुनकर पहले तो मैं इधर-उधर देखने लगा। मैं यह निर्णय नहीं कर पा रहा था कि निकहत को बताऊँ कि नहीं बताऊँ? फिर कुछ सोचकर बोला, "निकहत, मुझे लगता है मेरी क्लास अब खत्म हो जाएगी?"

"मतलब! अब तुम नहीं आओगे?"

"नहीं, मैं तो आना चाहता हूँ लेकिन मेरा बाँसुरी का कोर्स शायद खत्म हो रहा है। इसलिए मुझे लगता है प्रोफेसर जमरा अब किसी भी दिन मुझे कह देंगे कि तुम्हारा कोर्स खत्म हो गया है।"

"तो इसलिए देवदास की तरह मुँह लटका रखा है आपने?"

"संगीत क्लास के साथ मेरा बहुत कुछ खो जाएगा।"

"क्या खो जाएगा?" निकहत बोली।

"बहुत कुछ जिसे खोने से डरता हूँ। बहुत कुछ जिसे पाने की तमन्ना है। बहुत कुछ जिसके बगैर अब रहना मुश्किल है। मुश्किल क्या, शायद मुमकिन ही नहीं।"

"सीधे-सीधे क्यों नहीं कहते। इतना फिल्मी होने की क्या जरूरत है?"

"डर लगता है।"

"किसका डर?"

"कोई अजान डर है।"

"अपने डर पर काबू पाइए। हो सकता है आपका डर बेवजह हो।"

"तो कह दूँ। किसे खोने से डरता हूँ?"

"कह दो।"

"तुम्हें।" मैंने एक शब्द में अपने दिल की बात कह दी।

निकहत मेरा शब्द सुनकर आँखें झुकाये खड़ी रही। फिर धीरे से अपनी आँखें उठाकर उसने मेरी तरफ देखा। मेरी आँखों से आँखें मिलायीं और वापस झुका लीं। मैंने नोटिस किया, निकहत मन्द-मन्द मुस्करा रही थी और शरमा भी रही थी।

फिर मैं अपनी बात को आगे बढ़ाते हुए बोला, "हाँ, निकहत मैं तुम्हें खोने से डर रहा हूँ। बिकाज आई थिंक आई एम इन लव विथ यू।" बहुत स्पष्ट होने के लिए मैंने अँग्रेजी का सहारा लिया।

निकहत कुछ न बोलते हुए सिर्फ अपने होंठ काटती रही थी। उसके चेहरे पर खुशी थी और इकरार की आश्वस्ति थी। फिर भी मैंने उससे पूछा, "तुम भी तो कुछ बोलो।"

जवाब में वह मुस्कराते हुए बोली, ''अभी हम चलते हैं। किसी और दिन कहेंगे।''

और वह चली गयी। हमेशा की तरह उसने गली के मोड़ पर जाकर पीछे पलटकर देखा और मैं उसके इस देखने को देखने के लिए रुका रहा।

सात

मैं रोज सवेरे पाँच बजे अखबार बाँटने जाता और लगभग दो घंटे में अपना काम खत्म कर वापस हॉस्टल आ जाता था। महीने भर बाद जब इस काम से पैसे मिले तो मेरी प्रसन्नता का कहीं कोई ओर-छोर नहीं था। हालाँकि अखबार बाँटने से बहुत ज्यादा पैसे नहीं मिले थे, लेकिन जितने मिले थे, वे मेरे लिए काफी थे और मेरी आवश्यकता से अधिक ही थे।

अब मेरी जेब में कुछ पैसे हो गये थे। इन पैसों के हाथ में आते ही जो सबसे पहला खयाल मुझे आया, वह यह था कि मैं निकहत के लिए कुछ खरीद लूँ। लेकिन क्या खरीदूँ? कुछ समझ नहीं आ रहा था। फिर यह सोचकर कि चलो इस बारे में भी पीटर से ही बात करता हूँ, शायद वह कुछ सही चीज बता पाये।

पीटर हॉस्टल में ही मिल गया। मैं उसे अकेले में बात करने की गरज से बाहर खींच लाया।

''क्या हुआ? अब क्या नयी मुसीबत खड़ी हो गयी?'' पीटर बाहर आते ही बोला।

''मुसीबत ये है कि मैं उसे कुछ देना चाहता हूँ, लेकिन क्या दूँ, समझ में नहीं आ रहा है?'' मैंने पीटर से अपनी उलझन साझा की।

''उसे? उसे किसे?'' पीटर ने पूछा।

''अरे उसे ही। मेरी संगीत क्लास वाली को।'' मैंने पीटर को उसका नाम अभी तक नहीं बताया था और मैं यह जानबूझकर छिपा रहा था।''

''पैसे हैं तेरे पास? अच्छा हाँ, तेरे काम के तुझे मिले होंगे।''

''हाँ, यार उसे कुछ देने का मन करता है। लेकिन एक लड़की को क्या देना चाहिए? कुछ समझ में नहीं आ रहा।''

''तू एक काम कर, आज आठ तारीख हो गयी है, छः दिन बाद वेलेंटाइन-डे आ रहा है। उस दिन उसे एक अच्छे वाला ग्रीटिंग कार्ड दे देना।'' वाकई पीटर ने एक अच्छा विचार सुझाया था। मुझे तो वेलेंटाइन-डे का कुछ खयाल ही नहीं था।

"वाह पीटर! क्या आइडिया दिया है यार! मान गये!" मैंने खुश होते हुए कहा। पीटर मुस्करा दिया।

फिर मैंने पीटर को धीरे से टटोला, "तू भी इस बार सीमई को मेरा मतलब है सुजैन को बोल डाल।"

"अरे नहीं, नहीं, हमारे बीच ऐसा कुछ भी नहीं है। अगर कुछ होता तो तुझे बताता नहीं क्या?" पीटर ने कह तो दिया लेकिन उसके चेहरे पर मैंने कोई दबा हुआ दर्द भाँप लिया था, लेकिन उस समय मैं उसे अधिक कुरेदना नहीं चाहता था। और फिर कॉलेज का समय भी हो रहा था।

उसी दिन शाम को जब मैं प्रोफेसर जमरा के यहाँ क्लास खत्म होने के बाद निकहत से मिला तो मैंने उसे धीरे से बोला, "मुझे कुछ कहना है?"

"कहिए।"

"यहाँ नहीं।"

"फिर कहाँ?"

"क्या हम कहीं बाहर नहीं मिल सकते?"

"मुश्किल है।" कहकर निकहत ने इनकार में अपना सिर हिलाया।

"वेलेंटाइन-डे को भी नहीं आ सकती?"

वेलेंटाइन-डे का सुनकर निकहत के चेहरे पर अचरज और खुशी साथ उतर आये थे। उसके इसी अचरज से मुझे लगा कि यकीनन वह भी वेलेंटाइन-डे के आने के बारे में भूल गयी होगी।

"हम कल बताएँगे इस बारे में।"

"मुझे इन्तजार रहेगा।"

"अभी हम जाएँ?"

"इतनी जल्दी किस बात की है?"

"डर लगता है।"

"डर कैसा?"

"कहीं किसी ने देख लिया तो ...।"

"तो देखने दो।"

"आप तो पिटेंगे, हमें भी पिटवाएँगे।" कहकर वह धीरे से हँस दी।

उसकी हँसी फैली तो पहले मेरे भीतर दाखिल हुई और सारी जमी हुई उदासी को बाहर खींच लायी। फिर आसपास बिखरकर उसकी हँसी ने माहौल को खुशमिजाज कर दिया।

आठ

मेरे लिए यह पहला वेलेंटाइन था और मैंने निकहत के लिए एक बहुत ही खूबसूरत कार्ड खरीदा था। साथ में एक ताजा गुलाब भी जिसे मैंने कार्ड के ऊपर सेलोटेप से चिपका दिया था।

हमने तय किया था, वेलेंटाइन-डे पर हम नेहरू पार्क में सुबह ग्यारह बजे मिलेंगे और मैं नियत समय से पहले आकर निकहत का इन्तजार कर रहा था। नेहरू पार्क में आज रोजाना से अधिक भीड़ थी और अमूमन सभी युवक-युवतियाँ थे, जो पार्क में यहाँ-वहाँ पेड़ों के पीछे या पार्क के ओने-कोने में बैठे थे।

मैं पार्क के मुख्य गेट के आसपास टहलने लगा था। पार्क में मौजूद युवक-युवतियों की इस तरह की भीड़ मेरे भीतर असहजता पैदा कर रही थी और उत्तेजना भी। मैं यह सोच-सोचकर मुदित हो रहा था कि थोड़ी देर बाद जब निकहत आएगी, मैं भी इसी पार्क के किसी कोने में निकहत से बात कर रहा होऊँगा। मेरे भीतर की उत्तेजना अन्ततः मेरी असहजता पर भारी पड़ती और उसे खारिज कर एक तरफ कर देती।

मैं शिद्दत से निकहत का इन्तजार कर रहा था। मेरे हाथ में कोई घड़ी नहीं थी लेकिन हर क्षण मेरे भीतर टूट कर एक हल्की आवाज कर रहा था। मैं उन टूटी आवाजों को मन-ही-मन जैसे गिन रहा था। मेरी गिनती मन में आये किसी दूसरे विचार से टूटती और फिर नये सिरे से गिनती शुरू हो जाती।

आखिर मेरी प्रतीक्षा का अन्त हुआ, जब निकहत को मैंने आते देखा। निकहत ने हल्के गुलाबी रंग का सलवार सूट पहना हुआ था। उसके आते ही मैं उसके पास आया और पार्क में बैठने की कोई सही जगह देखने लगा। निकहत भी इधर-उधर देखने लगी। मेरी तरह उसे भी पार्क में इस तरह युवा प्रेमी जोड़ों की भीड़ असहज कर रही थी। लेकिन वह कुछ नहीं बोली।

कुछ देर पार्क में यों ही जगह खोजते-खोजते घूमते रहे फिर एक जगह की तरफ इशारा करके निकहत बोली, "वहाँ चलते हैं।"

पार्क में आकर बैठे तो पहले मैंने अपनी साँसों को सँभाला। और शायद निकहत ने भी। फिर मैंने धीरे से वेलेंटाइन-कार्ड निकाला जिसे मैंने अपने शर्ट के अन्दर डाल रखा था और निकहत को देते हुए बोला, "तुम्हारे लिए।"

"शुक्रिया।" निकहत का चेहरा उस कार्ड को देखकर खिल उठा।

"खोलकर नहीं देखोगी?"

"बाद में देखूँगी।"

"मैंने उसमें अपना दिल निकालकर रखा है।"

"तब तो हम बहुत एहतियात से खोलेंगे।"

"और कुछ लिखा भी है?"

"जो लिखा है, कहते क्यों नहीं?"

"कह दूँ?"

"हम बेताब हैं, सुनने के लिए।"

"चलो मैं कहता हूँ, तुम अपनी आँखें बन्द करो।"

"हम सुनते हुए आपको देखना भी चाहते हैं।"

"आय...लव...यू। आय लव यू निकहत।"

"आय लव यू टू लारेंस।"

चाहता तो था कि निकहत को गले लगा लूँ, लेकिन हम पार्क में अकेले नहीं थे। चाहता तो मैं बहुत कुछ था लेकिन पार्क की असहजता मुझ पर हावी हो रही थी। मैंने निकहत का हाथ अपने हाथ में थाम रखा था।

निकहत ने धीरे से अपने सर को मेरे कन्धे पर टिका दिया और किसी शून्य में देखकर सोचने लगी।

मैंने उसे टोका, "क्या सोच रही हो?"

"कुछ नहीं।"

"फिर कुछ बोलती क्यों नहीं?"

"हम क्या बोलें?"

"कुछ भी। अपने बारे में। अपने सपनों के बारे में।"

"हमारे सपनों में अब सिर्फ आप आते हैं।"

"मेरा भी यही हाल है निकहत। हर समय तुम और तुम्हारे खयाल होते हैं। तुम, तुम्हारा नाम और तुम्हारा रंग मुझपे छाया रहता है।"

"कभी कभी डर लगता है।" निकहत कुछ उदास स्वर में बोली थी।

"किस तरह का डर?"

"जुदाई का डर। आपसे जुदा हुए तो हम जी न पाएँगे। जिन्दगी हम पर एक वजन हो जाएगी।"

"हम कभी जुदा नहीं होंगे निकहत।" कहते हुए मैंने सिर्फ निकहत को आश्वासन नहीं दिया था, बल्कि खुद को भी दिया था।

"ये दुनिया इतनी सीधी नहीं है लारेंस और जिन्दगी भी इतनी आसान नहीं।" निकहत ने जैसे हताशा से भर कर कहा था।

"हम अपनी अलग दुनिया बसाएँगे। तुम साथ रहोगी तो जिन्दगी आसान हो

जाएगी।'' कहकर मैंने आकाश की तरफ देखा जो पूरी तरह साफ था। दूर तक हल्का नीला रंग फैला हुआ था। जाने क्यों मुझे लगा कि यह रंग प्रेम का रंग होता है। और पूरे आकाश में यही रंग फैला हुआ था। मेरे देखे जाने को निकहत ने देख लिया तो पूछा, ''क्या देख रहे हैं आकाश में?''

''हर तरफ तुम्हारा रंग है।''

निकहत मुस्करा दी। फिर बोली, ''हमने तो गुलाबी रंग पहन रखा है।'' और वह हँस पड़ी।

''सब रंग तुम्हारे ही हैं। और हर रंग में तुम ही तो हो।''

''बातें अच्छी कर लेते हैं आप।''

''आपकी सोहबत का असर है।'' कहकर मैं मुस्करा दिया।

''एक बात पूछें। बुरा तो न मानेंगे?'' निकहत धीरे से बोली।

''हाँ, पूछो।''

''आप क्रिसचैन जन्म से हैं या 'कन्वर्टेड' हैं?''

''पता नहीं, मैं भी ऐसे ही प्रश्नों से जूझ रहा हूँ?''

''हम समझे नहीं।''

''कभी किसी और समय विस्तार से बताऊँगा।'' मैंने टालने की गरज से कहा।

''वैसे हमें फर्क नहीं पड़ता कि आप ईसाई हैं या कोई और?'' निकहत ने कहा।

मैंने देखा, निकहत की आँखों में एक गहरा प्रेम था। उनमें मेरे और मेरे प्रेम के प्रति एक विश्वास और आश्वस्ति थी। मुझे उसकी आँखों में अपने लिए यह भरोसा देखकर खुशी हुई।

''निकहत, दरअसल, इतिहास में मनुष्य को देवता कहीं मिला नहीं था, उसने उसे खोजा था और अपनी हताशा में अपनी जरूरत के मुताबिक गढ़ा था। अब किसी ने उसकी कल्पना साकार की तो किसी ने निराकार। किसी ने उसे पत्थरों में खोजा तो किसी ने उसे सितारों में। लेकिन उस पवित्र आत्मा तक जाने के मार्ग को, जो कि बहुत सरल है, दुनिया के तमाम धर्मों ने कठिन बना दिया।''

''सरल? सरल कैसे?''

''सरल इस मायने में कि हमें उसके दिए जीवन को बस जीना है। और इस जीने की राह में अपने और दूसरों के जीवन को बेहतर बनाना है। अगर हमारा छोटे से छोटा कोई काम, किसी के चेहरे पर मामूली-सी खुशी भी ले आता है, तो वह धर्म है। वह काम किसी धार्मिक कार्य से कम नहीं है।''

''आप कोई नया नहीं कह रहे हैं, यह तो कुरान-पाक में भी कहा गया है।

कुरान-पाक की सूरह बकरह की एक आयत (277वीं आयत) में अल्लाह ने कहा फरमाया है कि, 'वास्तव में जो ईमान लाये, सदाचार करे, नमाज की स्थापना करे और जकात देते रहे, उन्हीं के लिए अल्लाह का प्रतिफल है। उनको कोई डर नहीं होगा और न वे उदासीन होंगे।' ''

''निकहत मैं जानता हूँ, मैं कोई नयी बात नहीं कह रहा, लेकिन क्या धर्म के बगैर हम जिन्दा नहीं रह सकते? अगर हमसे हमारा मजहब छीन लिया जाए, तो क्या हमारा जीवन खत्म हो जाएगा?''

निकहत मेरी बातों को ध्यान से सुन रही थी और शायद कुछ बोलने वाली थी। तभी अचानक बगीचे में एक भगदड़-सी मच गयी। चारों तरफ शोर मचने लगा। हमें कुछ समझ में नहीं आ रहा था, कि आखिर हुआ क्या था? मैंने देखा तकरीबन बीस-पच्चीस युवक तीन-चार दलों में उस बगीचे में बैठे प्रेमी जोड़ों की तरफ लाठियाँ लेकर दौड़ रहे थे और वे प्रेमी जोड़े इधर से उधर भाग रहे थे।

निकहत के चेहरे पर भय की परछाईं उभरने लगी थी। वह डर के मारे थर-थर काँपने लगी। उसका थरथराता हुआ हाथ उस समय मैंने कठोरता से थाम रखा था। बगीचे में उत्पात फैला रहे उन युवकों ने माथे पर टीका लगा रखा था और गले में केसरिया पट्टे टाँग रखे थे। उन युवकों को देखकर मुझे क्षण भर में ही अपने बचपन की वह घटना याद आ गयी, जब ऐसे ही युवक मेरे फल्या में आये थे और हमारे टापरों में हनुमानजी की तस्वीरें टाँग गये थे।

मेरा मन आशंकित था और बहुत हद तक भयभीत भी। उस समय मैं किसी भी तरह निकहत को लेकर उस बगीचे से निकल जाना चाहता था। इसलिए निकहत का हाथ मजबूती से पकड़कर मैं गेट की तरफ बढ़ गया। गेट पर पहले से चार-पाँच दूसरे उत्पाती युवक मौजूद थे। निकहत उन्हें देखकर मेरे पीछे हो गयी। हमें देखते ही वे युवक हमारे तरफ शोर मचाते हुए आ गये।

''देख शंकर, इन लैला-मजनुओं की सूरतें। सालों ने हमारी संस्कृति को भंडा के रख दिया है।'' उनमें से एक युवक ने दूसरे से कहा।

''सालो तुम्हारे कारण यह पवित्र देश दुनिया भर में बदनाम हो रहा है।'' उस दूसरे युवक ने अब मुझे निशाना बनाते हुए बोला और मेरे पास आकर मेरे कान के पास एक जोर से थप्पड़ रसीद कर दिया। फिर फुँफकारता हुआ बोला, ''नंगई फैला रखी है तुमने पूरे देश में और हम ऐसी नंगई को कभी बर्दाश्त नहीं करेंगे। पश्चिमी सभ्यता को इस देश में कभी आने नहीं देंगे और जो बातों से नहीं मानेंगे, वे लातों से मानेंगे।''

निकहत उन युवकों की बातों को सुनकर ज्यादा डर गयी। वह मेरे पीछे खड़ी थी, तभी उनमें से दो युवक मेरे पीछे निकहत के पास आये और उनमें से एक युवक

ने निकहत के सीने को अचानक बेतकल्लुफी से जोर से मसलते हुए कहा, ''साली बहुत आग है तुझमें क्या? तू कहे तो हम बुझा दें?''

मैं तत्काल उस युवक की हरकत पर जोश में आ गया और निकहत के आगे खड़ा हो गया और उन दोनों युवकों को घूरकर देखने लगा।

मेरे घूरने से वे लड़के और क्रोधित हो गये लेकिन उन्होंने निकहत को छेड़ना जरूर बन्द कर दिया। फिर उनमें से एक बोला, ''तेरे अन्दर की गर्मी अभी निकाल देंगे साले।''

मुझे उन युवकों की बातों पर क्रोध तो बहुत आ रहा था और मैं उनसे उलझ भी जाता लेकिन एक तो वे संख्या में अधिक थे और उस पर मेरे साथ निकहत भी थी, इसलिए मैं जहर का घूँट पीकर रह गया। उस समय मुझे चुप रहना ही बेहतर लगा। फिर मैंने निकहत का हाथ कसके पकड़ा और उस बगीचे के गेट से बाहर निकलने के लिए आगे बढ़ गया।

वे युवक हम पर फब्तियाँ कसते रहे, मगर हम दोनों ही उन्हें अनसुना कर उस बगीचे से बाहर आ चुके थे।

नौ

प्रोफेसर जमरा के घर उस दिन शाम को निकहत संगीत क्लास नहीं आयी थी। मैं उदास था। शर्मिन्दा भी और गुस्से में भी। मुझे अब भी उन उत्पाती युवकों की हरकत याद कर करके गुस्सा आ रहा था। मैं निकहत से माफी माँगना चाहता था कि मेरी वजह से उसके साथ यह हरकत हुई थी।

निकहत को मुझे बताना भी था कि मैं एक दो दिन में भोंगर्या के लिए लौट जाऊँगा और तकरीबन पन्द्रह दिनों बाद आऊँगा। मैंने भोंगर्या के लिए कॉलेज से छुट्टियाँ ले रखी थीं। मैंने ही क्या, हम सभी हॉस्टल के कॉमन हॉल में रहने वाले आदिवासी साथियों ने भोंगर्या की छुट्टियाँ ले रखी थीं। हमें इस बार ये छुट्टियाँ कॉलेज प्रबन्धन ने बहुत लड़ने-झगड़ने पर दे दीं। कॉलेज प्रिंसिपल ने तो साफ मना कर दिया कि अब तुम सब क्रिश्चियन हो, ये भोंगर्या-फोंगर्या क्या होता है, जिसके लिए इतने दिन की छुट्टी ले रहे हो? लेकिन सर्जन, पीटर, नाट्या, मैं हम सब जिद पर अड़ गये थे।

ये लोग नहीं जानते थे कि भोंगर्या हमें जीने के लिए जरूरी उत्साह देता था। हमारे जीवन में जितने रंग थे, पहाड़ों से थे। भोंगर्या से थे। भोंगर्या हमारे लोगों के

चेहरे पर महज कुछ दिन के लिए सही, मगर खुशी लौटा लाता था।

मैं निकहत से जाने से पहले मिलके जाना चाहता था, लेकिन वो पिछले दो दिनों से संगीत क्लास में नहीं आ रही थी, जबसे वेलेंटाइन-डे वाली घटना हुई थी। उस घटना के बाद से तो मैं भी उदास और अनमना था। और गुस्से से दहक रहा था। मुझे उन उत्पाती युवकों की उस हरकत को याद करके बार-बार गुस्सा आ रहा था और खुद से शर्म भी। मैं निकहत से माफी माँगना चाहता था कि मेरी वजह से उसके साथ यह हरकत हुई।

मैं उस शाम शिद्दत से निकहत की संगीत क्लास में प्रतीक्षा कर रहा था, क्योंकि अगले दिन मुझे अपने साथियों के साथ अपने फल्या लौटना था।

निकहत उस दिन क्लास में कुछ देर से आयी। उसके चेहरे पर अब भी उदासी थी। और एक तरह का अपमानबोध भी, जिसने मुझे शर्मिन्दा कर दिया था। उस दिन संगीत क्लास में पूरे समय मेरा मन कुछ सीखने में नहीं लगा। बाँसुरी पर अभ्यास करते हुए भी मैं बेसुर हो रहा था। निकहत की नाराजगी मेरे भीतर के सुर छीन रही थी।

संगीत क्लास खत्म होने के बाद निकहत हमेशा की तरह थोड़ी देर बात करने के लिए रुकी नहीं तो मैंने उसे आवाज देकर रोका। वह क्षण भर के लिए ठिठकी तो मैं उसके पास जाकर बोला, "नाराज हो? प्लीज मुझे माफ कर दो। मेरे कारण सब हुआ ना?"

निकहत मेरे कहे के प्रति लगभग उदासीन होकर आगे बढ़ गयी। मैंने नोटिस किया कि उसकी आँखें भीग आयी थीं।

"सुनो तो सही! मुझे तुमसे कुछ जरूरी बात कहना है? मैं रोज तुम्हारा इन्तजार कर रहा था।"

"हमें घर जल्दी जाना है। कुछ जरूरी काम है।" कहकर वह फिर आगे बढ़ गयी।

मैं अपनी साइकिल को हाथ में पकड़े गली के नुक्कड़ तक उसके साथ-साथ चलते हुए बोला, "निकहत मैं पन्द्रह दिनों के लिए अपने गाँव जा रहा हूँ।"

निकहत अपनी जगह पर रुक गयी फिर मेरी तरफ देखा, मगर बोली कुछ नहीं। मैंने देखा, निकहत की आँखें सम्भवतः रो-रोकर सूजी-सी लग रही थीं।

मैं निकहत से आँख नहीं मिला पाया और मैंने खुद ही अपनी आँखें झुका लीं। फिर निकहत आगे चली गयी और इस बार उसने गली के नुक्कड़ से पलटकर नहीं देखा था।

दस

हमारे फल्या के लोग ही नहीं, आसपास के फल्या के लोग भी अब 'कन्वर्ट' हो चुके थे। ये और कि वे भले ही इस बात को न जानते हों, लेकिन उनके टापरों में टँगी प्रभु यीशु की वह तस्वीर ऐसा मानने के लिए भ्रमित कर रही थी। कई लोगों का तो विधिवत बपतिस्मा हो चुका था। राल्या जंगल में बसे इन बेतरतीब पहाड़ी फल्यों पर घूम-घूम कर लोगों में चर्च के प्रति आस्था बढ़ाने और परमपिता परमेश्वर के मार्ग पर लाने के अपने अभियान में लगा हुआ था।

'कन्वर्ट' हो जाने से फल्या या फल्या के लोगों के जीवन में कोई बहुत बड़ा बदलाव आया था, ऐसा मुझे कहीं कुछ नजर नहीं आया। भोंगर्या की मस्ती रोज उसी तरह चलती रही। राल्या खुद भी भोंगर्या की मस्ती में डूबा हुआ था। कच्चे महुए की गन्ध से पूरा जंगल महक रहा था। सारे फल्ये झूम रहे थे।

एक दिन मैंने राल्या से यों ही बातों-बातों में पूछ लिया, "तुझे क्या लगता है, यहाँ कोई बहुत बड़ा परिवर्तन हो गया है? इन लोगों के 'कन्वर्ट' हो जाने से इनका जीवन बदल गया है?'

"यह बदलाव की शुरुआत भर है। परिणाम समय के साथ सामने आएँगे।" राल्या ने किसी अजान भरोसे के साथ कहा।

"कैसी शुरुआत?" मैंने पूछा।

"जैसे तुम्हारे जीवन में बदलाव आया। तुम अब इन जंगलों में जीवन भर सड़ने वाले नहीं हो। अपने जीवन का आनन्द उठाओगे। अपनी शिक्षा के सहारे एक सभ्य जीवन जियोगे।"

"तो ये कहो ना कि जो बदलाव है, वो शिक्षा से है।"

"हाँ, शिक्षा से ही है लेकिन इसी शिक्षा ने इन लोगों को उस परमपिता परमात्मा तक पहुँचने का मार्ग दिखाया है। ये उसके अनुग्रह को अब हासिल कर सकते हैं, वरना तो पत्थरों से जीवन भर सर कूटते रहते थे और अपने जीवन की तरह अपने अन्त को भी निरर्थक कर रहे थे।"

"तो क्या अब सार्थक हो गया है?"

"इसीलिए तो मैंने कहा कि बदलाव समय के साथ नजर आएगा।"

"तुझे नहीं लगता कि 'कन्वर्ट' हो जाने से इन पहाड़ों की संस्कृति धीरे-धीरे खत्म हो जाएगी। या हो सकता है विलुप्त हो जाए।"

"तो क्या हुआ? यही तो मैं भी चाहता हूँ। क्या तू नहीं चाहता?"

“नहीं! मैं नहीं चाहता।”

“तो फिर तू भी तो ‘कन्वर्ट’ है?”

“मुझे इसमें अवसर नजर आया। मुझे आगे पढ़ना था और मुझे इससे कोई फर्क नहीं पड़ता था कि मेरा नाम लक्ष्मण है या लारेंस। मैं हिन्दू हूँ या ईसाई। और ना फर्क पड़ा है।”

“तब इन्हें भी तो अवसर मिलना चाहिए ना।”

“यही तो मैं कह रहा हूँ। लेकिन क्या यह जरूरी है कि वह अवसर ‘कन्वर्ट’ होने के बाद ही मिले। यदि तुम्हारी या चर्च की भावना पवित्र है तो वह अवसर बिना शर्त दे। बिना किसी अदृश्य या छिपी हुई मंशा से दे। इन्हें बिना ‘कन्वर्ट’ किए दे।”

“तो क्या तुम्हें लगता है कि हम जबरन धर्मान्तरण कर देते हैं?”

“राल्या खाली जगह में कुछ भी भरा जा सकता है। मैं व्यक्तिगत तुम पर कोई आरोप नहीं लगा रहा, बस तुम्हारी भावना के परिणामों से तुम्हें आगाह करना चाहता हूँ। सच कहूँ तो मैं उन परिणामों को सोच-सोच कर कभी-कभी डर जाता हूँ।”

“कैसे परिणाम?”

“वही जो मैं अभी कह रहा था कि इस तरह तो हमारे पहाड़ों की सदियों की संचित सभ्यता और आजादी हमसे खो जाएगी। हम अपनी सत्ता को खो देंगे। हम अपने पहाड़ों को खो देंगे।”

“तो तू चाहता है कि ये पहाड़ों पर बसे लोग यों ही जीवन भर दुःख, तकलीफें, अभावों भरा जीवन जीते रहें। इनके पास न अच्छी शिक्षा हो। न इन्हें अच्छी स्वास्थ्य सुविधाएँ हासिल हों। इनका जीवन स्तर कभी न सुधरे।”

“तो क्या यह जरूरी है कि कन्वर्ट होने के बाद इन्हें वह सब हासिल हो। ये जरूरी है कि इन्हें पहाड़ों से बेदखल कर ही इनका जीवन स्तर सुधरे। और जिसे तुम दुःख, तकलीफ, अभाव कह रहे हो, दरअसल, उसका सौन्दर्यबोध तुम नहीं कर पा रहे हो। उन तकलीफों के बावजूद हमारे पास अपनी आजादी है। सारे अभावों के बावजूद हमारे पास दूर-दूर तक फैले जंगलों की सत्ता है। और यह भले ही किसी इतिहास में न हो लेकिन इसे तुम भी मानते हो कि सदियों के दुःख ताप भी हमें, हमारी जड़ों से उखाड़ नहीं पाये हैं।”

“तो कन्वर्ट हो जाने से सत्ता चली जाएगी?”

“सत्ता से पहले संस्कृति जाएगी। ‘कन्वर्ट’ करके तुम इनसे इनका ‘भोंगर्या’ छीन रहे हो, ‘इन्दल’ छीन रहे हो। तुम इनसे इनका ‘डोंगरियादेव’ छीन रहे हो। इनके जीवन के आधार छीन रहे हो।”

''तो क्या इन्हें अधिकार नहीं कि ये उस परमपिता परमेश्वर के अनुग्रह को प्राप्त करें?''

''राल्या देखो इन पहाड़ों को।'' मैंने राल्या को दूर तक फैले पहाड़ दिखाते हुए कहा, ''इनसे पवित्र कोई नहीं। और इन्हें सिर्फ इनके अनुग्रह की आवश्यकता है।''

ग्यारह

मैं नीरु के सामने आने से बचने की कोशिश करता था। धूलकोट के भोंगर्या हाट में भी मैं पूरे समय अपने साथियों के साथ हँसी-ठिठोली करता रहा। मगर लड़कियों की टोली की तरफ भूल से या किसी कोशिश से भी नहीं देखा था। हाँ, मैंने नोटिस जरूर किया था, कि नीरु अब मुझसे नजरें मिलाने की भरसक कोशिशें कर रही थी।

धूलकोट के भोंगर्या हाट के अगले दिन नीरु के पटेल फल्या पर मैं जानबूझकर नहीं गया था। मैं उस अतीत में अब नहीं जाना चाहता था, जहाँ से मुझे कभी निराशा मिली थी और फिर मेरे साथ निकहत के प्रेम की ताजा स्मृतियाँ थीं। निकहत की यादें थीं, जो हर समय मेरे साथ बनी रहती थीं।

मैं अपने आसपास निकहत की कमी महसूस करने लगा था। मन-ही-मन सोचता कि अगर निकहत यहाँ होती तो मैं उसे भोंगर्या के हाटों में घुमाता। उसे हाथों में हाथ डालकर सामूहिक नृत्य करना सिखाता। माँदल की थाप पर थिरकना बताता। उसे पहाड़ों की चोटियों पर ले जाता और वहाँ से कोसों दूर तक फैली अपनी सम्पत्ति दिखाता। फिर उन चोटियों से तलहटी तक उसे अपने साथ हाथ थामे दौड़ लगाने को कहता। शर्तिया वह इनकार कर देती, मगर मैं उसका हाथ थामकर उसे इन पहाड़ों से उतरना भी सिखाता। उसे कालबयड़ी के ताल का पानी देकर उससे पूछता, 'पीकर देखो इसे। इतना मीठा पानी कभी कहीं पिया है तुमने?''

मेरे खयालों में निकहत थी, जो मेरे साथ भोंगर्या के मेले में घूम रही थी। मेरे साथ बड़े वाले झूले पर झूल रही थी। मेरे साथ ढोल-नगाड़ों पर झूम रही थी। किसी खाली से खयाल में भी कहीं नीरु के लिए कोई जगह नहीं थी। मैंने अपने ख्वाब भी निकहत को सौंप रखे थे, जिन्हें वह अपनी पवित्र उपस्थिति से रोज भरती थी।

बिस्टान के भोंगर्या हाट में इस बार लड़कियों की टोली जा रही थी। अमूमन शहर से सटे इस कस्बे के भोंगर्या हाट से हमारे तरफ की लड़कियाँ बचती थीं,

लेकिन इस बार उन्होंने तय किया था कि वे हमारे पीछे-पीछे अपनी टोली में आएँगी। और यह बात निकलने से पहले मुझे मालूम हुई, जब मैंने लड़कियों की टोली को सुबह-सुबह अपने फल्या में हँसते-खिलखिलाते हुए देखा था। नीरु दूर से देखकर मुझे मुस्काई थी, लेकिन मेरे चेहरे पर एक किस्म की उदासीनता थी, जिसे उसने सम्भवत: नाराजगी समझ लिया होगा।

गजरी, गवरी, काबरी, नानकी, उमा, बाटी काकी, बबलई काकी, नीरु और मेरी छोटी बहन सेवन्ती सभी उन लड़कियों की टोली में थीं। वेरसिंग को छोड़ हमारी टोली में भी लगभग वही साथी थे। छज्जु भी साथ चलने को कह रहा था, उसे भी हमने अपनी टोली में रख लिया था। छज्जु अब पन्द्रह बरस का हो गया था और दिखने में तो वह शायद मुझसे भी आकर्षक था।

इस बार बिस्टान हाट के लिए हमें बहुत ज्यादा पैदल नहीं चलना पड़ा। हमारे फल्या से तीनेक कोस दूर तक पैदल चले फिर भोजाखेड़ी से बिस्टान तक के लिए बस मिल गयी थी। भोजाखेड़ी तक सड़क बनने से सुबह शाम एक बस चलने लगी थी और इधर भोंगर्या के दिनों में कुछ टैम्पो-टाइप वाहन भी सड़कों पर दौड़ रहे थे।

पहले से भरी बस में हम सब के चढ़ जाने से वह पूरी तरह ठसाठस भर गयी। लगभग सभी के बदन एक-दूसरे से सटे हुए थे। मुझे लगा, नीरु जानबूझकर बस में मेरे पास खड़ी थी और मुझसे लगभग सटकर थी। सड़क बने साल भर नहीं हुआ था और वह जगह-जगह से उखड़ गयी थी, रास्ते भर बस हिचकोले खाती रही। रास्ते भर नीरु मेरे शरीर पर अपनी देह से धक्के मारती रही। कई बार तो उसने जानबूझकर धक्के दिए। दो-एक बार गिरने से बचने के लिए नीरु ने मेरे कन्धे को पकड़ लिया था। मैं नीरु के इस अचानक 'हृदय-परिवर्तन' को समझ नहीं पा रहा था। और कुछ कुछ असहज महसूस कर रहा था।

बिस्टान हाट में जब जहाँ जैसा अवसर मिला, नीरु मेरी ओर प्रश्नवाचक नजरों से देखती लेकिन मेरी ओर से उसे उचित प्रतिसाद नहीं मिलता। सम्भवत: वह मेरे इस अदेखे से बेचैनी महसूस करने लगी थी, इसीलिए उसने काबरी से अपने मन की बात बतायी होगी।

काबरी ने मुझे बिस्टान हाट में एक तरफ बुलाकर कहा था, "नीरु तुझसे बात करना चाहती है। वह तुझे इनकार करके बहुत पछता रही थी। साल भर से तेरा रस्ता देख रही है। तू एक बार बात कर ले उससे।"

मैंने काबरी को पहले तो साफ मना कर दिया लेकिन फिर काबरी ने बताया, "मिल ले रे। बेचारी तेरे लिए कई बार रोयी है। अपने किए पर वह खुद शर्मिन्दा है। और तुझसे सिर्फ एक बार मिलना चाहती है।"

मैंने काबरी से कहा, "ठीक है भेज दो उसे।"

जब नीरु आयी तो न मेरे दिल में कोई हरकत हुई, न मेरी धड़कनें तेज हुईं।

''बोलो?'' मैंने नीरु से सपाट शब्द में पूछा।

''यहाँ बहुत शोर है। कहीं और चलें।'' नीरु ने इधर-उधर देखकर सकुचाते हुए कहा।

मैंने देखा चारों तरफ लोगों की आवाजाही और शोर था। ढोल-नगाड़ों से पूरा मेला गुंजायमान हो रहा था।

हम दोनों धीरे-धीरे मेले से बाहर की तरफ निकल आये थे। रास्ते भर हमारे बीच एक किस्म का अबोला बना रहा। मैं जानबूझकर इस अबोले को कायम रख रहा था तो नीरु के मुँह पर शायद बात आते-आते रुक रही थी।

मेले के आखिरी छोर तक पहुँचे तो मैंने बैठने और बात करने के लिए उचित जगह के लिए इधर-उधर देखना शुरू किया। नीरु ने सती माता की एक छोटी-सी डेरी की तरफ इशारा करके कहा, ''चलो, वहाँ बैठते हैं।''

हम जब उस डेरी पर आये तो वहाँ भी हमारे बीच का अबोला उठकर चला आया था। आखिर मैंने ही उसे फिर तोड़ा, ''काबरी कह रही थी, तुम्हें कुछ कहना है।''

''मेरी बात से तुम नाराज हो गये थे? है, ना?''

''नहीं, इसमें नाराजगी की क्या बात थी। तुम्हारा अपना निर्णय था। तुम्हारी अपनी जिन्दगी।''

''मैं जानती हूँ, तुम नाराज हो। तभी तो न हँसते हो, न बोलते हो। मैं देखती हूँ तो नजरें बचाते हो।''

''हमारे बीच ऐसा कुछ है ही नहीं, तो मैं जबरदस्ती तुम्हें देखकर क्यों मुस्कराऊँ? और हाँ, मैं नाराज नहीं हूँ।''

''क्या सचमुच, हमारे बीच कुछ नहीं है।''

''नहीं, कुछ नहीं है।''

''तुम इतना कड़वा क्यों बोल रहे हो?''

''मैं कड़वा नहीं, साफ बोल रहा हूँ।''

''मैंने तो उस समय यूँ ही बात को टालने की गरज से कह दिया था कि मैं किसी और को पसन्द करती हूँ। जबकि ऐसा कुछ नहीं था।'' नीरु लगभग सिसकते हुए बोली। उसकी आँखें अब छलछला रही थीं।

''अब मुझे क्या पता कि सच्चाई क्या है? तुमने कहा था तो मैंने मान लिया। तुम अब यह कह रही हो, तो मैं यह मान लेता हूँ।''

''तो क्या तुम्हें मेरी बात पर यकीन नहीं है। मैं सच कह रही हूँ तुम्हारी कसम।''

"मेरी कसम न खाओ। मैं तुम्हारा होता कौन हूँ?"

"तुम सब हो। हाँ, तुम मेरे सब कुछ हो।"

"नीरु, ऐसी बात न करो। अब मुझे यह सब पसन्द नहीं है।"

"अब इत्ते भी मत अकड़ो कि मुझे फिर रोना आ जाए।"

"इसमें अकड़ने वाली कोई बात नहीं है नीरु। तब तुम्हारे साथ कोई परेशानी रही होगी। अब मेरे साथ कुछ मुश्किलें हैं।"

"क्या शहर में कोई गोरी देख ली?" नीरु ने ताड़ने की कोशिश करते हुए या छेड़ते हुए कहा।

"ऐसा ही कुछ समझ लो।"

"मुझे एक छोटी-सी गलती की इत्ती बड़ी सजा दोगे।" कहकर नीरु फिर सिसकने लगी। नीरु का इस तरह बार-बार रोना-सिसकना मुझे अच्छा नहीं लग रहा था।

"अब मैं क्या बताऊँ नीरु? शायद मेरी किस्मत में तुम्हारा साथ नहीं लिखा होगा।" मैंने नीरु को समझाने की कोशिश की।

"जब मैंने तुम्हें मना कर दिया तो मैं बहुत पछताई थी। दरअसल उस समय काबरी भाभी नयी नयी दुल्हन बनकर आयी थीं और उन्होंने मुझे तुम्हारे बारे में बताया तो मैंने सोचा कि अगर मैं 'हाँ' कह दूँगी तो काबरी भाभी मेरे बारे में क्या सोचेगी। यह सोचकर उस समय मैं तुम्हें मना कर गयी। लेकिन जब तुम चले गये तो मैं बहुत पछताई। सच कह रही हूँ लच्छू। मैं बहुत रोयी हूँ। बहुत तड़पी हूँ तुम्हारे लिए। पूरा साल मैंने कैसे काटा मैं ही जानती हूँ।" कहते-कहते नीरु भावुक हो गयी थी और अपनी पूरी बात उसने हल्की सिसकियों के बीच टूटे हुए शब्दों में कही थी।

"नीरु! हो सकता है हमारी किस्मत में ये लिखा हो। या हो सकता है तुम्हारी किस्मत में मुझसे अच्छा कोई और लिखा हो।" मैंने नीरु को दिलासा देने की कोशिश करते हुए कहा।

"तो तुम मुझे माफ नहीं करोगे।"

"इसमें माफ करने जैसी कोई बात नहीं है नीरु। सच कहूँ नीरु, उस समय मैं तुम्हें किसी भी तरह पाना चाहता था। लेकिन अब हालात दूसरे हैं। यों समझ लो, कहीं कोई है, जो मेरा इन्तजार कर रहा है।"

बारह

दादा अब पहले से काफी 'झटका' गये थे। उनकी देह में अब पहले जैसी चुस्ती नहीं रही थी। अब वे पहले से ज्यादा समय तक खाट पर पड़े रहते थे। पहले तो उनके पैर ही नहीं टिकते थे। दिन भर जंगलों में फिरते या फल्या में पीछे बयड़ी की तलहटी में अपने छोटे-से खेत में चले जाते थे, लेकिन अब जैसे उनकी देह थक गयी थी।

हाँ, उनका मन करता तो पीछे की बयड़ी पर डोंगरियादेव के मन्दिर जरूर चले जाते थे। डोंगरियादेव के मन्दिर की अब दीवारें बन गयी थीं। बहुत पहले हमारे द्वारा की गयी रहजनी के रुपये से, जिसे सोमला ने छिपा कर रखा था। वह रुपये मन्दिर के दीवारें बनाने में काम आये और मन्दिर की छत पर चार-पाँच पतरे भी डल गये थे।

हमारे फल्या पर ज्यादा छोटे बच्चे कोई नहीं थे। सबसे छोटी सेवन्ती भी ग्यारह की हो गयी थी। हाँ, फल्या की हमारी वाली बयड़ी पर दो टापरे और बढ़ गये थे। एक सोमला के लिए जिसमें वह झगड़ी भाभी के साथ रहता था। झगड़ी भाभी बाल्या के फल्या की थी और सोमला उसे पिछले इन्दल पर ब्याह कर लाया था। छेनिया ने भी अपना अलग टापरा बना कर अपने से साल दो साल बड़ी एक विधवा, जिसका नाम चापलई था, को 'बिठा' लिया था। चापलई भाभी भोजाखेड़ी की रहने वाली थीं।

छुट्टियों में मेरे आने के बाद से लगातार भोंगर्या के हाट-मेलों और आसपास फल्यों में भोंगर्या का नाच-गाना, खाना-पीना चलता रहा था, इसलिए दादा के पास बैठकर ज्यादा बात ही नहीं हो पायी थी।

जाने से पहले मैं दादा से बहुत सी बातें करना चाहता था। उन्हें ढूँढ़ते-ढाँढ़ते मैं डोंगरिया देव की बयड़ी पर आया, तो वे यहीं बैठे मिल गये।

"क्या हुआ दादा? कुछ सोच रहे हो?"

"कुछ नहीं लच्छू? यों ही कहीं मन नहीं लगता तो यहाँ चला आता हूँ।"

"तुम शहर क्यों नहीं आये मुझसे मिलने?" मैंने उलाहना दिया।

"अब तुम बड़े हो गये हो और मैं थक भी गया हूँ। फिर तुम्हारा शहर दूर बहुत है। अपना खरगौन शहर होता तो मैं आ जाता। मेरा देखा हुआ है लेकिन तुम्हारा शहर तो सुना है, बहुत बड़ा है। मैं तो खो ही जाऊँ, इत्ते बड़े शहर में।" कहते हुए दादा मन्द-मन्द मुस्करा दिए।

मुझे उनके चेहरे पर इस तरह चली आयी हँसी अच्छी लगी।

"तो चलो मेरे साथ। मैं तुम्हें बड़ा वाला शहर घुमा दूँगा।"

''अब आखरी दिनों में मैं इन पहाड़ों को छोड़कर कहाँ जाऊँगा।'' दादा ने कहा तो मुझे उनकी बात भीतर तक एक पीड़ा से भर गयी।

''अभी तो तुम्हें मेरे बच्चों को खिलाना है दादा। अभी से जाने की बात क्यों करने लगे।'' कहकर मैंने भीतर घुस आयी उस पीड़ा को हँसी के जरिये एक तरफ छिटकने की कोशिश की। मेरी बात सुनकर दादा भी मुस्करा दिए।

''समय किसने देखा है लच्छू।'' दादा के स्वर में हताशा आ गयी।

''फल्या पर सब ठीक तो है?'' मैंने संशय से पूछा।

''सब ठीक कहाँ?... सब ठीक कहाँ?'' और दादा दूर पहाड़ों की चोटियों को देखने लगे, फिर वहीं कहीं नजर गड़ाते हुए देखने की कोशिश करते हुए बोले, ''इन पहाड़ों को किसी की नजर लग गयी है लच्छू। जामसिंग का 'दोरा' भी अब काम नहीं करेगा।''

''क्या हुआ दादा? कुछ हुआ क्या?''

''बाहरी लोग आकर यहाँ फिर खुदाई करने लगे हैं। अब वे अपने साथ पुलिस को लाते हैं। एक-दो बार तो पहाड़ के लोगों और पुलिस में पत्थरबाजी भी हो गयी थी। बाद में पुलिस दस-बारह लड़कों को पकड़के ले गयी थी। हालाँकि उन्हें चार-पाँच दिन में ही छोड़ दिया था। लेकिन मुझे इन लोगों की नीयत कुछ ठीक नहीं लगती लच्छू। ये हमारे पहाड़ों के साथ पता नहीं क्या करना चाहते हैं?'' कहते-कहते दादा की आँखें भावुकता से भर आयीं। उन्होंने धीरे से अपनी कमर पर लुंगी की तरह लपेटी शॉल के कोने से अपनी आँखों की गीली कोरों को पोंछा और आगे बोले, ''मैं अपने पूर्वजों को अपने सामने इस तरह रोते नहीं देख सकता लच्छू। नहीं देख सकता।'' और फिर दादा बच्चों की तरह रो पड़े।

जिस तरह दादा अपने पूर्वजों को अपने सामने रोते हुए नहीं देख सकते थे, मैं भी अपने दादा को रोते कैसे देख सकता था? उस समय मेरे भीतर का ठहरा हुआ पानी आँखों के रास्ते उतर आया। फिर मैंने अपने आप को पहले सँभाला, फिर दादा की हथेली को अपने हाथ में लेते हुए बोला, ''सब ठीक हो जाएगा दादा। तुम चिन्ता मत करो। ये लोग तो यहाँ खनिज खोजने आये हैं। कुछ समय बाद चले जाएँगे। तुम इतने परेशान मत होओ।''

मेरी बात से पता नहीं दादा को उस समय कौन-सा हौसला मिला, वे चुप हो गये। फिर थोड़ी देर बाद बोले, ''तेरी पढ़ाई कैसी चल रही है?''

''अच्छी चल रही है दादा। और दादा जानते हो, मैं अब बाँसुरी बजाना सीख गया हूँ।'' मैंने उत्साह के साथ बताया।

''अच्छा! तो तू वहाँ पढ़ाई करता है कि बाँसुरी बजाता है।'' दादा ने जैसे लाड़ से लताड़ा।

''वो दादा सर्जन का बहनोई वहाँ शहर में सिखाता है। मैंने उससे ही सीखी।''

''बाँसुरी भी भला कभी सिखाई जाती है?'' दादा ने शंका के साथ पूछा।

''हाँ, दादा सिखाई जाती है और बाँसुरी में भी बाकायदा सुर और सप्तक होते हैं। उसे बजाने और सीखने के तरीके होते हैं।''

दादा के लिए यह अचरज की बात थी, वे बोले, ''सुरजा तो ऐसे ही सीख गया था।''

''ऐसे भी सीख जाते हैं बजाते-बजाते पर इसे सिखाया भी जाता है।''

''राल्या भी तेरे साथ पढ़ने चले जाता तो अच्छा होता।'' दादा ने विषयान्तर करते हुए राल्या के लिए अपनी चिन्ता जाहिर की।

''वो यहीं पहाड़ों के लोगों के लिए काम कर रहा है। लोगों को चर्च वाली स्कूल में अपने बच्चे भेजने के लिए प्रेरित कर रहा है। यह भी अच्छा काम है।''

''खाक अच्छा काम है लच्छू। रात-दिन लोगों को बरगलाता है। पता नहीं कनी कौन से देव की पूजा करने को कहता है। मैंने तो पहले कभी उस देवता का नाम नहीं सुना था।'' मुझे दादा की बात सुनकर हल्की-सी हँसी आयी थी।

फिर दादा आगे बोले, ''पुरखों से डोंगरिया देव हमारे सुख-दुःख में हमारे साथ रहे हैं। अब वो बोलता है, ये सब पत्थर है। बचपन में कित्ती बार बीमार पड़ा तो इसी डोंगरिया देव की माटी से ठीक हुआ था। अब बड़ा हो गया तो पत्थर कह रहा है। इसीलिए लोग कहते हैं कि बच्चों को पढ़ाओ-लिखाओ तो वे बिगड़ जाते हैं। आज उनकी बात सही लग रही है।''

''दादा तुम ये सब बातें छोड़ो। मैं राल्या से बात कर लूँगा।'' मैंने बात को टालने की गरज से कहा, फिर अपने कहे में आगे जोड़ा, ''तुम उसका ब्याह क्यों नहीं कर देते? हो सकता है भाभी आकर उसे सुधार दे?'' कहकर मैं हँस पड़ा।

और दादा भी हँस पड़े।

तेरह

वापस जाने का समय आया तो इस बार छज्जु का मुँह लटक गया। सेवन्ती तो रोने लगी थी। दोनों समय के साथ समझदार हो रहे थे। और चीजों और रिश्तों को समझने-परखने लगे थे।

छज्जु, इस बार मेरे साथ भोंगर्या के उन सभी मेलों में गया था, जिनमें हम दोस्त-यार गये थे। उसे बाँसुरी बजाने का अद्‌भुत शौक था। वह अपने हाथ में हर

समय उसे अपने पास धरे रखता था। कभी रास्ते में, तो कभी मेले में वह उमंग में आकर बाँसुरी बजाने लगता। उससे बाँसुरी लेकर इस बार मेले में जब मैंने उसे बाँसुरी पर कुछ नयी धुनें सुनायी थीं तो वह मेरे पीछे ही पड़ गया कि, भैया ये धुनें आप किस तरह बजा रहे हैं, मुझे सिखाओ? इतनी अच्छी बाँसुरी बजाना आपने कब और कहाँ सीखा था? सेवन्ती को मैंने भोंगर्या हाट में चूड़ियाँ और कुछ दूसरे सामान खरीदने को थोड़े पैसे दिए थे, तो वह खुशी से फूली नहीं समा रही थी।

गवरी का चर्च स्कूल में आखरी साल था और दो महीने बाद उसे वापस अपने फल्या में आना था। हमारे चर्च स्कूल से चले जाने के बाद, खासकर मेरे, वह उदास-सी रहने लगी थी। राल्या चूँकि चर्च के लिए काम करता था, इसलिए उसका चर्च में आना-जाना चलता रहता था और वह गवरी से बीच-बीच में मिल लेता था। गवरी के चले जाने के बाद भँवर को वहाँ अकेले पढ़ना था। हालाँकि आस-पास के फल्यों से काफी बच्चे चर्च स्कूल में दाखिल हो चुके थे।

भोंगर्या की छुट्टियों के इन पिछले तेरह-चौदह दिनों में गवरी से चलते-फिरते बातें हुई थीं मगर बैठकर इत्मीनान से बात नहीं हो पायी थी। त्योहार में समय नहीं मिला और अवसर भी नहीं। मुझे लगा गवरी खुद मुझसे मिलने और बात करने के लिए समय मिलते ही चली आएगी। लेकिन वह शायद कोई झिझक या संकोच पाले रही। हालाँकि हमारे बीच इस तरह के संकोच की कोई गुंजाइश नहीं थी लेकिन फिर भी मैं इतना तो समझता ही था कि समय और उम्र के साथ लड़कियों में इस तरह के परिवर्तन आ ही जाते हैं।

माँ पहले से बहुत दुबली हो गयी थी और भोंगर्या खत्म होते ही मेरे जाने का सोच-सोच कर उदास हो रही थी। कल रात से तो उसने जैसे रोने-सुबकने का कोई व्रत ले रखा था। पिता तो पहले भी बहुत कम बोलते थे और अब भी वैसे ही थे। हालाँकि मेरे वापस जाने की उदासी उनके चेहरे पर भी मैंने देखी थी। मैंने खुद उन्हें माँ से टापरे में यह कहते हुए सुना था, ''तू किसी तरह रो-धो कर लच्छू को वापस जाने से दो-चार दिन के लिए रोक ले।''

दादा ने उस दिन डोंगरिया देव की बयड़ी पर बातचीत में मुझे यह बताया था, उमरखली से अयोध्याबाबू का बड़ा लड़का राजेश्वर बाबू मेरे पिता को वरसुद पर वापस लेने के लिए बीच में आया था। मगर दादा ने उन्हें मना कर दिया था। राजेश्वर बाबू ने वरसुद की रकम बढ़ाने की बात भी कही, मगर दादा नहीं माने तो नहीं माने और राजेश्वर बाबू को उलटे पैर रवाना कर दिया था।

मुझे दो चार दिन रोकने के लिए सभी ने प्रयास किए थे, यहाँ तक कि गवरी भी शाम ढलने के बाद मेरे पास मिलने आयी थी। उसे खुद भी अगले दिन चर्च स्कूल के लिए लौटना था। लेकिन उसने कहा कि अगर मैं रुक जाता हूँ तो वह भी

रुक जाएगी। मेरे लिए रुकना कठिन था। एक तो हमें गिनके और मुश्किल से छुट्टियाँ मिली थीं। दूसरा निकहत मेरा इन्तजार कर रही थी। यह भी चिन्ता थी और तीसरी बात कि हम सभी कॉलेज के साथी जो इधर के पहाड़ों पर अलग-अलग फल्यों पर रहते थे, अगले दिन भोजाखेड़ी में मिलने और ग्यारह वाली बस से लौटने का तय कर चुके थे।

गवरी आयी और आते ही सुबकने लगी थी।

''रो क्यों रही हो? किसी ने कुछ बोल दिया क्या?'' मैंने पूछा।

''दो दिन रुक जाएँगे तो क्या पहाड़ टूट जाएगा।'' गवरी ने सुबकते हुए उलाहना दिया।

''छुट्टियों की दिक्कत न होती तो जरूर रुक जाता गवरी। और फिर तू भी तो कल चली जाएगी। तुझे स्कूल नहीं जाना क्या?''

''हमारा सब चलता है। तुम रुकोगे तो मैं भी रुक जाऊँगी। बस।'' गवरी ने जैसे शर्त रखी।

''कितने दिन तो रुक लिया। अब बीच में कभी मौका मिला तो आ जाऊँगा। तब तक तो तू भी चर्च स्कूल से यहाँ वापस आ जाएगी।''

''हाँ, पर अभी तो दो-ढाई महीने बाकी हैं।''

''मैं तो नहीं आऊँगी इत्ती दूर और पढ़-पढ़ के कौन-सा न्हार मारना है मुझे? इत्ता पढ़ लिया बहुत है।''

''यहाँ फल्या में रहके भी क्या करेगी?''

''बटेर मारूँगी... और क्या?'' गवरी ने खुद के लिए ताना मारा।

''चल वहाँ हमारे बड़े शहर में मत आ। पर यहाँ अपने शहर में जाकर तो पढ़ सकती हो?''

''क्या यह मुमकिन है भैया?'' गवरी ने जिज्ञासा दिखाते हुए पूछा।

''मैंने सब पता कर लिया है गवरी। शहर में पढ़ने के लिए तुम्हें छात्रवृत्ति मिल जाएगी। और रहने-खाने के लिए छात्रावास भी निःशुल्क मिल जाएगा। तुम कहो तो तुम्हारी छुट्टियों के बाद मैं छुट्टी लेकर आ जाऊँगा और तुम्हारा वहाँ दाखिला करवा दूँगा।''

''सच भैया, तुम आओगे?'' गवरी जैसे चहक उठी।

''सच्ची, आऊँगा। मैं खुद भी अपने शहर में ही पढ़ता लेकिन उस समय हमें इतना सब कुछ मालूम नहीं था। हमें जो सूझा और हमें जो रास्ता सुझाया गया हमने वह रास्ता अपना लिया। यह सब तो मुझे वहाँ शहर में रहकर मालूम हुआ।''

''अच्छा भैया, सुना है तुम्हारा शहर बहुत बड़ा है?''

''हाँ, कहने को तो बहुत बड़ा है, लेकिन मेरा वहाँ मन नहीं लगता।''

''क्यों?''

''क्योंकि वहाँ तुम नहीं हो। दादा, बाई, भाइजी नहीं हैं। ये फल्या नहीं है। ये जंगल नहीं है। ये पहाड़ नहीं हैं।'' मैंने कह तो दिया फिर मुझे अचानक खयाल आया कि, अँधेरे में कहीं उम्मीद की किरण भी है। शहर में निकहत है।

चौदह

मुझे अपनी संगीत क्लास को जारी रखना था। मैंने तय किया कि मैं अब केसियो बजाना सीखूँगा।

प्रोफेसर जमरा जिस दिन भी मुझे कहेंगे, ''अब तुम्हारा बाँसुरी प्रशिक्षण खत्म हो गया है, मैं उनसे कहूँगा कि मैं केसियो बजाना सीखना चाहता हूँ, चाहे तो इसके लिए आप मुझसे थोड़ी फीस ले सकते हैं।'' अब मेरे पास थोड़े पैसे रहते थे। लेकिन किसी भी खाली खयाल में मुझे यह बात नहीं सूझी थी कि निकहत का केसियो कोर्स पूरा हो रहा था या उसकी परीक्षाएँ शुरू होने वाली थीं। उसकी तो क्या मेरी परीक्षाएँ भी शुरू होने को ज्यादा समय नहीं बचा था।

फल्या से अपनी वापसी के पूरे सफर में निकहत से फिर मिलने का उत्साह मुझ पर हावी रहा था। निकहत से मिलने, उसे देखने, उससे दो बातें करने के लिए मेरा मन अधीर हुआ जा रहा था। मैं शिद्दत से शाम होने की प्रतीक्षा कर रहा था कि कब शाम हो और कब मैं अपनी संगीत क्लास जा सकूँ?

शाम को जब संगीत क्लास पहुँचा था, तो निकहत अपने समय पर आ गयी थी। मुझसे नजर मिलायी और धीरे से झुका ली। वह हमेशा की तरह मेरे पास नहीं, बल्कि मेरे सामने बैठी थी। हमारे बीच दूरी कुछ ज्यादा नहीं थी। और हम सब छात्र किसी गोल घेरे की तरह बैठे थे।

उस दिन प्रोफेसर जमरा के आते ही मैंने उन्हें कहा, ''सर, मुझे केसियो सीखना है। प्रोफेसर जमरा ने मुझे किसी सन्देह से नहीं, मगर सोचती हुई नजरों से देखा, फिर मुस्करा दिए।

मैं आगे बोला, ''अब तो मैं आपको थोड़ी फीस भी दे सकता हूँ सर।''

प्रोफेसर जमरा, सर्जन के बहनोई लगते थे। इस नाते मेरे भी बहनोई हुए थे और क्लासेस में शुरू-शुरू में मैंने उन्हें 'जीजा' कहकर सम्बोधित किया था, तो उन्होंने मुझे टोकते हुए कहा था कि, 'जीजा' नहीं, क्लास में सिर्फ 'सर' कहो। तब से मैं उन्हें 'सर' कहता था।

''ये केसियो का भूत अचानक कहाँ से चढ़ा भाई।'' प्रोफेसर ने थोड़ा हँसते हुए पूछा।

''सर, मुझे आपकी क्लास में आना अच्छा लगता है। और मैं इसे जारी रखना चाहता हूँ।''

''तो आते रहो ना भाई। तुम्हें मना कौन कर रहा है।'' प्रोफेसर जमरा ने उसी तरह मुस्कराते हुए कहा। फिर अपने कहे में आगे जोड़ दिया, ''और हो सके तो केसियो से पहले तबला सीख लो। मुझे खुद कई बार कुछ कार्यक्रमों में तबले के संगतकार की जरूरत पड़ती है। तुम सीख लोगे, तो मुझे भी संगत मिल जाएगी।''

''आप तबला भी सिखाते हैं क्या?''

''नहीं! तबला तो नहीं सिखाता लेकिन मुझे यह थोड़ा बहुत बजाना आ जाता है। मैं शुरुआती चीजें तो तुम्हें सिखा दूँगा। फिर आगे का सीखने के लिए मेरे एक परिचित हैं बन्ने भाई, उनसे मिल लेना।'' फिर उन्होंने निकहत की तरफ देखकर पूछा, ''तुम्हारा घर तो बन्ने भाई के घर के आसपास ही कहीं है ना, निकहत?''

''आसपास क्या? वे तो हमारे घर के ठीक सामने वाले घर में रहते हैं और थोड़ी दूर की रिश्तेदारी भी है।'' निकहत ने बताया।

मैं खुश था और उत्साहित भी। मैंने कहा, ''ठीक है सर! ऐसा ही करता हूँ।''

उस दिन जब क्लास खत्म हुई तो प्रोफेसर जमरा ने निकहत से बात की थी,

''निकहत, अब तुम चाहो तो अपने घर पर प्रेक्टिस कर सकती हो। क्योंकि अब तुम्हें सीखे हुए के निरन्तर अभ्यास की आवश्यकता है। अभ्यास ही तुम्हारे बजाने में निखार लाएगा और चाहो तो यह तुम अपने घर पर कर सकती हो।''

''जी सर! हम खुद भी आपसे यह कहना चाह रहे थे और उस पर अब परीक्षाएँ भी आने वाली हैं।'' निकहत ने कहा।

''लेकिन तुम्हें जब कहीं कोई दिक्कत आये या पूछना हो, तो बेझिझक चले आना। और हाँ, घर पर केसियो की प्रेक्टिस निरन्तर करते रहना वरना धीरे-धीरे जो सीखा है, वह भी भूल जाओगी। एक बार प्रेक्टिस छूटी तो सब कुछ खत्म हो जाएगा। हमेशा याद रखना कि संगीत साधना माँगता है। संगीत आपसे आपका डेडिकेशन माँगता है। तभी बात बनती है।'' प्रोफेसर जमरा सिर्फ निकहत ही नहीं, हम सभी को सम्बोधित करते हुए बोले थे।

प्रोफेसर जमरा के घर के बाहर निकहत से थोड़ी देर के लिए बात हुई थी।

''कैसी हो?''

''ठीक हैं।'' निकहत के चेहरे पर अब भी पिछली घटना की मायूसी कायम थी।

''नाराज हो क्या?''

''हम आपसे नाराज क्यों होने लगे।''

''फिर ऐसा रूखा-रूखा क्यों जवाब दिया?''

''रूखापन तो अब हमारी जिन्दगी में दाखिल हो गया है।''

''ऐसे क्यों कह रही हो?''

''कह दिया सो कह दिया।''

''मेरी याद नहीं आयी?'' मैंने उसका मन टटोलने की कोशिश की।

निकहत पहले तो चुप हो गयी फिर बोली, ''हमें किसी की याद नहीं आती।''

''झूठ बोलते हुए और भी खूबसूरत लगती हो तुम।'' मैंने मूड बदलने की कोशिश करते हुए कहा।

निकहत थोड़ा झेंप गयी और बोली, ''झूठ तो आप बोल रहे हैं।''

''हम पहाड़ों के लोग हैं, झूठ हमें सिखाया ही नहीं गया है।''

''तो आप क्या सोचते हैं, हमने झूठ बोलने की कहीं कोई कसम उठा रखी है।'' निकहत अब बात करते-करते थोड़ा खुल गयी तो मुझे अच्छा लगा।

''मैंने ऐसा कब कहा?''

''मतलब तो वही है।'' निकहत बोली।

''चलो! ये बेमतलब की बातें छोड़ो। ये बताओ कल से क्या करोगी? अभी तो क्लास आओगी ना?'' मैंने अपने मन की चिन्ता निकहत को बतायी।

''अभी हमने कुछ तय नहीं किया है। हम घर जाकर सोचेंगे।''

''पक्का बताओ?''

''शायद नहीं आएँगे।'' उसके स्वर में उदासी आ गयी।

''तब फिर हम कैसे मिलेंगे?'' मैंने परेशान होते हुए पूछा।

निकहत चुप थी। खामोश थी। हमारे बीच एक छोटी-सी चुप्पी चली आयी और धीरे-धीरे अपना आकार बढ़ाने लगी तो मैंने उसे तोड़ते हुए कहा, ''कुछ तो बोलो। तुम्हारे लिए ही तो आज मैंने जमरा सर से केसियो सीखने का बहाना किया था ताकि तुमसे मिलने किसी तरह आता रहूँ। तुम नहीं आओगी तो मेरे आने का क्या मतलब?''

''कॉलेज तो जाते रहेंगे हम। आपको आने-जाने का टाइम पहले बताया था। वही सुबह नौ से दो बजे तक।'' निकहत ने धीरे से याद दिलाया तो दिल को जैसे एक राहत-सी मिली।

फिर वह आगाह करते हुए बोली, ''लेकिन वहाँ कभी आये तो हमसे बात करने की कोशिश न कीजिएगा। हमारे साथ हमारी सहेलियाँ होती हैं।''

''तो फिर मुलाकात कैसे होगी?''

''बाद में कभी सोचेंगे। फिलहाल तो हमें घर जाना है। आज शाम का खाना हमें ही पकाना है। ओके बाय। हम अभी जाते हैं।''

''ठीक है। बाय।'' मैंने धीरे से कहा और दूर आसमान में एक नजर देखा। जहाँ शाम का मटमैला अँधेरा धीरे-धीरे घिर रहा था। फिर मैं निकहत को जाते हुए देखता रहा। निकहत ने गली के मोड़ पर जाकर हमेशा की तरह पीछे पलटकर देखा था। और मुझे इस बात की राहत भी हुई कि निकहत के चेहरे पर उस वेलेंटाइन-डे वाली घटना के स्मृति चिह्न अब धीरे-धीरे खत्म हो रहे थे। लेकिन इन छोटी-छोटी खुशियों और राहतों पर उसके संगीत क्लास न आ पाने का दु:ख हावी था। हताशा और उदासी मुझमें कहीं जगह बनाकर बैठ रही थी।

पन्द्रह

निकहत ने संगीत क्लास आना बन्द कर दिया था।

निकहत ने जब संगीत क्लास आना बन्द कर दिया तो फिर मेरे लिए भी वहाँ कुछ और नहीं बचा था। मैंने भी परीक्षाओं का बहाना बनाकर प्रोफेसर जमरा से फिलहाल संगीत क्लास न आ पाने का बता दिया। और रही बात तबला सीखने की, तो मैंने उनसे कह दिया, ''सर! तबला मैं अब कॉलेज की छुट्टियों में सीखना शुरू करूँगा।'' प्रोफेसर जमरा मेरी बात खुशी-खुशी मान गये।

निकहत से न मिल पाने का दु:ख मुझे हर समय सालने लगा था। परीक्षाओं को अधिक दिन नहीं बचे थे। मैं पूरी कोशिश करता कि अपना मन किताबों में लगाऊँ लेकिन बार-बार न जाने कहाँ-कहाँ से चलके निकहत की यादें मन के दरवाजे पर दस्तक देती रहतीं।

मैं उन यादों को व्यवस्थित अपनी किताबों के पन्नों के बीच दबाकर कहीं सुरक्षित रख देता था। जब उन किताबों से दोबारा गुजरना होता तो वे यादें उनमें फिर मिल जातीं। इस बीच वे न मुरझातीं, न उनकी गन्ध कुछ कम होती थी, बल्कि वे बिलकुल ताजा होकर फिर मेरे साथ होती थीं। और एक के बाद एक मुझ पर किसी पहाड़ी झरने के पानी की तरह गिरती थीं।

पीटर मेरे उदास चेहरे को भाँप गया था। एक दिन बोला, ''क्यों पार्टनर, ये देवदास-सी हालत कैसे हो रही है? गाड़ी रास्ते पर है या पटरी से तो नहीं उतर गयी?'' कहकर पीटर बेतकल्लुफी से हँस पड़ा। शायद इस तरह उसने मेरे चेहरे पर नजर आ रही उदासी को परिहास के जरिये टालने या हटाने की कोशिश की थी।

"यों ही यार पीटर! मैं खुद तुझसे बात करना चाह रहा था।"

"तो बात करनी चाहिए ना पार्टनर। अब जब तक तू बताएगा नहीं, मुझे मालूम कैसे पड़ेगा?"

"यार, मैंने संगीत क्लास छोड़ दी है।"

"तो इसमें उदास होने की क्या बात है? परीक्षाओं के बाद फिर शुरू कर देना।"

"अब वहाँ कुछ नहीं है।" मैंने बताया।

"जब वहाँ कुछ नहीं है तो फिर ये उदासी कैसी?" पीटर ने संशय प्रकट करते हुए पूछा।

"लेकिन पहले तो वहाँ था।"

"जो था, सो था। उसके लिए इतना दुबला होने की क्या जरूरत है?"

"अब मैं तुझे कैसे समझाऊँ! वहाँ अब वो नहीं आती है।"

"अच्छा... अब समझा। तो ये बोल ना कि उसने संगीत क्लास आना छोड़ दिया है।"

"हाँ, इसीलिए तो मैंने भी छोड़ दिया।"

"तो असली मुद्दा ये है कि जूलियट से रोमियो मिल नहीं पा रहा है।" और पीटर फिर हँस पड़ा। पीटर की हँसी वहीं कहीं बिखर गयी, मेरे भीतर उसका अंशमात्र भी प्रवेश नहीं कर पाया।

"हाँ।" मैंने एक शब्द में जवाब दिया।

"कहीं और नहीं आती-जाती क्या?"

"जाती है।"

"कहाँ?"

"कॉलेज, गवर्नमेंट पी.जी. कॉलेज में जाती है।"

"तो कॉलेज जाकर उससे मिल ले।"

"उसने वहाँ मिलने से मना कर दिया है। कह रही थी, वहाँ उसकी सहेलियाँ साथ होती हैं।"

"तो मिलना मत, मगर देख तो सकता है। अगर उसका मिलने का मन होगा, तो वो अपने आप किसी भी बहाने से तुझसे मिलने आएगी।"

"मैं भी यही सोच रहा था पीटर। लेकिन मुश्किल ये है कि हमारा और उसका कॉलेज टाइम एक ही है।"

"लोग प्यार में पहाड़ लाँघ जाते हैं। तू एक दिन कॉलेज की क्लास बंक नहीं मार सकता।" कहकर पीटर फिर हँस दिया। इस दफे उसकी हँसी मुझे अच्छी लगी।

''हूँ, बात तो तेरी सही है पीटर! इसके सिवा कोई दूसरा रास्ता नहीं है।''

''रास्ता तो चलने से ही मिलता है पार्टनर!''

मुझे पीटर की बात ठीक लगी। मैंने तय किया कि अगले दिन मैं क्लॉस बंक मारूँगा। लेकिन उसके कॉलेज जाकर करूँगा क्या? उससे मिलूँगा कैसे? फिर मैंने अपने मन को खुद ही तसल्ली दी, 'ऐसा करूँगा कि निकहत के आने से पहले उसके कॉलेज के गेट के पास कहीं खड़ा हो जाऊँगा। कम-से-कम उसे देख तो सकूँगा। फिर बाद की बाद में देखी जाएगी।' मुझे अपने मन का यह तर्क उचित लगा। मैंने अपने मन को, मन-ही-मन 'थैंक्स' कहा।

निकहत से मिलने की बेकरारी कुछ ऐसी थी कि, रात भर नींद मेरे साथ परिहास करती रही।

सुबह अखबार बाँटकर आया और निकहत के कॉलेज जाने के लिए तैयार हो गया।

मन किया कि पीटर को भी साथ ले लूँ। और तत्काल मन ने दूसरा विचार सुझाया कि, 'नहीं, रहने दूँ।' अभी तक पीटर को मैंने निकहत का नाम तक नहीं बताया था। उससे जब भी बात की निकहत का नाम न लेकर की थी और ऐसा मैं जानबूझकर कर रहा था। दूसरा यह कि पीटर ने भी मुझसे उसका नाम नहीं पूछा था। शायद वह चाहता था कि मैं खुद उसे अपनी प्रेमिका का नाम बताऊँ।

फिर मैंने पीटर को अपने साथ न ले जाने का विचार यह सोचकर स्थगित कर दिया, 'क्यों उस बेचारे की क्लास मेरी वजह से बंक करूँ।' और फिर मैं उसे फिलहाल 'निकहत' की इस असलियत से वाकिफ नहीं करना चाहता था, कि निकहत मुसलमान है।

निकहत कॉलेज सुबह नौ के आसपास आती थी और मैं समय से पहले ही उसके कॉलेज पहुँच चुका था। फिर निकहत का इन्तजार करने के लिए कॉलेज के गेट के आसपास ही मँडराता रहा। कॉलेज में लड़के-लड़कियों का आना शुरू हो गया था और मेरी बेकरारी का बढ़ना भी।

तभी मैंने कुछ देर बाद देखा कि निकहत अपनी दो सहेलियों के साथ आ रही थी और वहाँ मेरे होने से अनभिज्ञ थी। गेट के करीब आते हुए जब उसकी नजर मुझ पर पड़ी तो क्षणभर के लिए उसके कदम ठिठक गये थे। फिर वह हौले से मुस्कराते हुए अपनी सहेलियों के साथ कॉलेज में दाखिल हो गयी।

मेरा मसकद कि मैं निकहत को कम-से-कम देख लूँ, लगभग पूरा हो गया था। हालाँकि मन इच्छाओं से भरा हुआ था और नयी-नयी इच्छाएँ पैदा कर रहा था। जैसा कि उस समय मन कह रहा था, ''काश निकहत से किसी तरह बात हो जाए।'' लेकिन मैं अपने मन की बातों में नहीं आया और अपनी साइकिल को तेजी से

चलाते हुए अपने कॉलेज वापस चला आया।

कॉलेज में पहला पीरियड मैं 'मिस' कर चुका था। लेकिन मुझे निकहत को देख लेने की बेहद खुशी थी।

निकहत का मुझे तिरछी नजर से देखना और मुस्कराना मुझे बार-बार याद आ रहा था। उसका मुझे यों अचानक कॉलेज के गेट के पास खड़े दिख जाने पर ठिठक जाना, मेरे अन्दर एक मीठी-सी सिहरन पैदा रहा था।

पहले पढ़ाई में मन नहीं लगता था, क्योंकि निकहत को न देख पाने का गम था। अब भी पढ़ाई में मन नहीं लग रहा था, अब निकहत को देख लेने की खुशी थी।

लंच इंटरवल में पीटर से मिला तो वह मेरे चेहरे पर उभर रही खुशी की चमक से ही समझ गया, बोला, "हाँ, तो इसका मतलब है जूलियट से मुलाकात हो गयी।"

मैंने खुशी से चहकते हुए कहा, "हाँ, यार।" फिर तत्काल ही थोड़ी हताशा के साथ बोला, "पर उससे कोई बात नहीं हो पायी। और अभी दो बजे और जाऊँगा। उसके कॉलेज की छुट्टी होने का समय है।"

"बात भी हो जाएगी पार्टनर। थोड़ा सब्र करो।" पीटर ने जैसे किसी अनुभवी प्रेमी की तरह आश्वासन दिया।

उस दिन आखिरी पीरियड बंक मारकर मैं दो बजे भी निकहत को देखने उसके कॉलेज गया था और उसके अगले दिन भी मैं अपने कॉलेज का पहला पीरियड बंक मारकर निकहत के कॉलेज चला गया था। मैंने निकहत को देखा था। और निकहत तिरछी निगाहों से मुझे देखते हुए कॉलेज में दाखिल हो गयी थी।

लंच इंटरवल में जब मैंने पीटर के मिलते ही उसे बताया, "आज भी मुझे वो दिखी थी।" तो पीटर थोड़ा नाराज हो गया था।

"इस तरह अपनी क्लॉस बंक मारकर बार-बार जाओगे तो तुम्हारी पढ़ाई का क्या होगा?" पीटर ने समझाइश देते हुए कहा था। मेरी खुशी उसकी बात सुनकर काफूर हो गयी थी। फिर वह आगे बोला, "परीक्षाओं को अब दिन ही कितने बचे हैं लच्छू। बाकी सब चलता रहेगा, लेकिन फिलहाल पढ़ाई पर मन लगाओ।"

पीटर की बात ठीक भी थी। परीक्षाओं को अब दस दिन भी नहीं बचे हुए थे। मैंने उसकी बात का बुरा नहीं माना था।

सोलह

पीटर साधारण-सी शक्लो-सूरत और दुबली कद-काठी का युवक था। रंग भी साधारण से खराब यानी गहरा साँवला था। उसके प्रणय निवेदन को इस वेलेंटाइन-डे पर सीमई उर्फ सुजैन ठुकरा चुकी थी। हालाँकि यह बात उसने मुझे तब नहीं बतायी थी और बाद में भी नहीं बताता। लेकिन सीमई के हमसे खासकर पीटर से कटे-कटे रहने से मुझे कुछ सन्देह हो गया था कि जरूर इनके बीच कुछ गलत हुआ था और दोनों ही मुझसे छिपा रहे थे।

मैंने तय किया कि मैं एक प्रयास जरूर करूँगा, आखिर पीटर समय के साथ इन दिनों मेरा गहरा मित्र बन गया था और पीटर के अपने आसपास होने पर मुझे एक किस्म की राहत-सी महसूस होती थी। हर तरह के सलाह मशविरे के लिए वह मेरे पास होता था।

मैंने एक दिन पीटर को इधर-उधर की बातें करने के बाद सीमई के सम्बन्ध में टटोलने की कोशिश की थी।

''सीमई आजकल दिखती नहीं और कभी दिखती भी है, तो रुकती नहीं?''

''परीक्षाओं की तैयारी में लगी होगी।'' पीटर ने सीमई के पक्ष में दलील रखी।

''फिर भी। मुझे तो लगा कि वह हमसे कटी-कटी रहने लगी है।'' मैंने अपने मन का अन्देशा प्रकट किया।

''हाँ, हो सकता है। मुझसे भी कोई बात नहीं हो पाती है।'' पीटर बोला।

''सीमई से बात करूँ?''

''किस बारे में?''

''कि वह कटी-कटी क्यों रहती है।''

''रहने दे।''

''रहने क्यों दे? तूने बात करने की कोशिश नहीं की?''

''की थी।''

''तो क्या हुआ?''

''कुछ नहीं चल छोड़ यार।'' पीटर ने बात को टालना चाहा था।

''मुझसे भी छुपाएगा?'' मैंने जिद दिखाते हुए पूछा।

''ऐसी कोई बात नहीं है पार्टनर।''

''बात तो ऐसी ही है।''

''लच्छू, बात ये है कि सीमई ने 'इनकार' कर दिया।''

''इनकार कर दिया मतलब? किस बात से इनकार कर दिया।''

"मैंने उसे वेलेन्टाइन-डे पर प्रपोज किया था।" पीटर ने किसी रहस्य की तरह बताया।

लेकिन मुझे सुनकर अचरज इस बात का नहीं हुआ कि पीटर ने प्रपोज किया था बल्कि इस बात का था कि सीमई को उसने अभी तक प्रपोज भी नहीं किया था।

"ओह! क्या बोली?"

"यही कि उसने अभी इस बारे में कुछ सोचा नहीं है।"

"तू कहे तो मैं बात करूँ।"

"अरे नहीं, नहीं। तू रहने दे। उसकी मर्जी यही है, तो यही सही।"

मैंने पीटर से तो ज्यादा कुछ नहीं कहा लेकिन तय कर लिया था कि मैं सीमई से पीटर के लिए बात जरूर करूँगा। और अगले ही दिन मैंने सीमई को कॉलेज में दिख जाने पर जानबूझकर टोका, "सुजैन, कहीं जल्दी में हो।"

"हाँ, क्लास शुरू होने वाली है।" सीमई ने हड़बड़ाहट दिखाते हुए कहा।

"तुम क्लास के बाद इंटरवल में मिल सकती हो।"

"ठीक है, मिलती हूँ।"

इंटरवल में सीमई याद करके मिलने के लिए आयी।

"कहो, क्या कहना है?" सीमई ने आते ही पूछा था।

"यों ही तुमसे बहुत दिनों से बात नहीं हो पायी इसलिए।"

"ओ हो, मेरी याद कबसे आने लगी।"

"इस परायी जगह में हम चार-छः लोग तो हैं और वो भी एक-दूसरे से बात नहीं करेंगे तो कैसे रह पाएँगे।"

"हाँ, ये बात तो है। फिर भी कुछ खास था क्या?"

"खास तो था।"

"क्या?"

"पीटर के बारे में कुछ बात करनी थी।"

"क्या कुछ और बात नहीं कर सकते।" सीमई ने टालते हुए तुरन्त कहा।

"कुछ बात हुई है क्या?"

"क्यों तुम्हें उसने नहीं बताया क्या?"

"हाँ, बताया था।"

"तो फिर मुझसे क्यों पूछ रहे हो?"

"तुमने इनकार कर दिया।"

"हाँ।"

"क्यों?"

"अब ये कोई जबरदस्ती का सौदा तो है नहीं। कर दिया, सो कर दिया।"

"तुम नहीं जानती, वह तुमसे बहुत प्यार करता है।"

"क्या बस यही बात करनी थी?"

"पीटर बहुत अच्छा है सीमई। तुम एक बार उसके लिए दिल से सोचकर तो देखो।"

"मैं अब चलती हूँ। मुझे देर हो रही है।" सीमई ने बहाना किया।

"ठीक है। जैसी तुम्हारी मर्जी लेकिन मेरी बात पर एक बार सोचना जरूर।" और फिर सीमई बिना कुछ कहे चली गयी। सीमई की इस तरह पीटर के प्रति उपेक्षा मुझे खली। लेकिन फिर लगा कि अपनी जगह वह सही थी, यह कोई जबरदस्ती का सौदा नहीं था।

मैं उम्मीद से भरा था कि सीमई एक बार सोचेगी तो, आज नहीं तो कल वह मान जाएगी। मेरे मन में पीटर के लिए संवेदना थी। मैं पीटर के लिए दिल से दुखी था।

सत्तरह

निकहत से बात करने के लिए मैं तरसने लगा था। उसे मैं उसके कॉलेज में आते-जाते देख तो सकता था, लेकिन उससे बात नहीं कर सकता था। मुझे समझ नहीं आ रहा था कि मैं निकहत तक अपनी बात कैसे पहुँचाऊँ? उसे कैसे बताऊँ कि उससे बात करने के लिए मैं कितना अधीर हुआ जा रहा हूँ। उस पर मेरी परीक्षाएँ शुरू होने वाली थीं। मेरी क्या निकहत की परीक्षाएँ भी शुरू होने वाली थीं।

मैंने कुछ बातें मन में तय कीं। एक तो यह कि मैं निकहत के कॉलेज में भीतर जाकर नोटिस बोर्ड से उसका परीक्षा टाइम-टेबल नोट करूँगा ताकि मुझे मालूम रहे कि उसकी परीक्षा किस-किस दिन है? और यह कि वह किस-किस तारीख को कॉलेज आने वाली है? दूसरा यह कि मैं निकहत को चिट्ठी लिखूँगा। चिट्ठी का खयाल आया तो मन खुश हो गया। चेहरे पर प्रसन्नता चली आयी। लेकिन यह प्रसन्नता ज्यादा देर टिक नहीं सकी। मन में आये इस विचार ने प्रसन्नता को खारिज कर दिया, "उस चिट्ठी को निकहत तक मैं पहुँचाऊँगा कैसे?" इस खयाल ने मन को उलझन में डाल दिया।

फिर मन में तरह-तरह के खयाल आने लगे। लेकिन मन किसी निष्कर्ष तक नहीं पहुँच पा रहा था। अगले दिन जब मैं निकहत के कॉलेज के गेट के पास खड़ा उसके आने का इन्तजार कर रहा था और अपने समय से निकहत जब आयी तो उसने

मुझे थोड़ी दूर से ही देख कर पहचान लिया। और अपनी सहेलियों के साथ बात करती हुई कॉलेज में दाखिल हो गयी। उसके पीछे-पीछे मैं भी चला गया।

निकहत ने पीछे पलटकर नहीं देखा था। मैं उससे थोड़ी दूरी बनाकर पीछे चल रहा था। कॉलेज के नोटिस बोर्ड से मैंने निकहत की परीक्षा का टाइम-टेबल नोट कर लिया था। निकहत के पाँच पेपर होने थे और सभी पेपर्स के बीच में आठ से दस दिन की छुट्टियाँ थीं।

अपने कॉलेज वापस आया तो दिल दिमाग दोनों चिट्ठी के बारे में सोच रहे थे। मैंने तय किया कि मैं निकहत को चिट्ठी लिखूँगा और किसी तरह उसे दे दूँगा। और मैं कोई देर किए बगैर उसी समय चिट्ठी लिखने के लिए बैठ गया। लेकिन चिट्ठी में क्या लिखूँ? कैसे लिखूँ? अपनी बात की शुरुआत कैसे करूँ? कुछ समझ में नहीं आया। मैं पहली बार चिट्ठी लिख रहा था और मुझे यह एहसास हो गया था कि चिट्ठी लिखना, वह भी प्रेम पत्र, एक महान जटिल और जोखिम का काम है।

अठारह

निकहत से मिलने के लिए जैसे मैं तरस रहा था। निकहत भी मुझसे मिलने के लिए उतनी ही तरस रही थी। यह मुझे उसकी चिट्ठी से मालूम हुआ था। चिट्ठी क्या, वह एक मुड़ा-तुड़ा कागज था, जिस पर उसने दो पंक्तियाँ लिखी हुई थीं।

उस दिन निकहत की परीक्षा का पहला पेपर था और वह परीक्षा के लिए अपनी एक सहेली के साथ आयी थी, तो जानबूझकर गेट के पास मेरे करीब से होकर गुजरी थी और एक मुड़ा-तुड़ा कागज चुपके से मेरे आगे फेंकते हुए निकल गयी थी। उसके आगे बढ़ते ही मैंने झट से उस कागज को उठा लिया था।

हालाँकि चिट्ठी मैं भी लिखकर लाया था, निकहत को देने के लिए। लेकिन मैं दे नहीं पाया था। मेरे मन की बात मेरी लिखी चिट्ठी में ही रह गयी थी।

मैंने उस मुड़े-तुड़े कागज को वहीं खोलकर देखा, उसमें सिर्फ दो पंक्तियाँ लिखी हुई थीं। पहली पंक्ति में लिखा था, 'शनिवार, शाम चार बजे, फ्रेंड्स कॉफी हाऊस' और दूसरी पंक्ति में 'आई मिस यू।'

मात्र दो पंक्तियों की लिखी निकहत की उस चिट्ठी को मैंने उस समय और बाद में कम-से-कम बीस बार पढ़ा था। और फिर उसे किसी हजार के नोट की तरह

अपने पॉकेट-पर्स में दबाकर रखा था। निकहत की उस चिट्ठी ने मुझमें नये सिरे से प्राण फूँक दिए थे। मेरी खुशी और प्रसन्नता की कोई सीमा नहीं थी। मैं यह सोच-सोच कर पगलाया जा रहा था कि सिर्फ मैं ही नहीं, निकहत भी मेरे लिए उतनी ही बेचैन और परेशान थी। वह भी मुझसे मिलने के लिए तरस रही थी। वह भी मुझसे मिलने के लिए कोई तरतीब जुटा रही थी। और अन्ततः उसने मुझ तक अपना सन्देश पहुँचा दिया था।

मैं प्रसन्नता से भरा था और मेरे चेहरे से मेरी प्रसन्नता टपक रही थी। लेकिन पीटर के पूछने पर भी मैंने उसे नहीं बताया था कि मैं क्यों इतना खुश था। अगर मैं बताता तो पीटर फिर मुझे सलाह देता, 'परीक्षा के दिनों में इन लफड़ों में मत पड़।' हालाँकि वह बेचारा खुद सीमई को लेकर परेशान था और उदास रहता था। यहाँ तक कि थोड़ा चिड़चिड़ा भी हो गया था।

शनिवार को मेरा परीक्षा का पेपर था और यह पेपर दोपहर दो बजे ही खत्म हो जाना था, इसलिए शनिवार को मिलने जाने में ऐसी कोई दुविधा नहीं थी।

मैं शनिवार की प्रतीक्षा करने लगा। मैं अपने ख्वाबों, खयालों में निकहत की बातें सोचता, निकहत का चेहरा देखता, निकहत को हँसते हुए देखता, निकहत के साथ गुजारे हुए बीते हर एक पल को सोचता। परीक्षा होने के बावजूद मेरा पढ़ने में मन नहीं लगता था, जबकि मैं पढ़ने की हर समय कोशिश करता था और अपनी परीक्षा में सिर्फ पहले के पढ़े हुए पर निर्भर था। परीक्षा को लेकर मैं इतने तनाव में नहीं था जितना निकहत से मिलने को लेकर उतावला था।

और जब शनिवार को निकहत से मिलने पहुँचा तो वह ठीक चार बजे वहाँ आ गयी थी। हम दोनों उस कैफे हाऊस के एक केबिन में आकर बैठ गये थे।

निकहत से इतने दिनों बाद मुलाकात मुझे किसी ख्वाब की तरह लग रही थी। निकहत ने आज हरे रंग के कपड़े पहने हुए थे। मैंने अकसर यह नोटिस किया था कि निकहत पर हर रंग फबता था।

"हाँ, तो सुनाइए जनाब। इन दिनों बहुत चक्कर काटे जा रहे हैं, हमारे कॉलेज के।" बात की शुरुआत करते हुए वह धीरे-से मुस्कराकर बोली।

मैं थोड़ा-सा हँस दिया, "क्या करें इस दिल के हाथों मजबूर जो हैं।"

"देखिएगा, कहीं यह दिल आपको किसी मुसीबत में न डाल दे।"

"अब और किस मुसीबत में डालेगा?"

"तो आप हमें मुसीबत कह रहे हैं।"

"तुमको नहीं, इस प्यार को मुसीबत कह रहा हूँ। न चैन है, न सुकून है। न अच्छे-बुरे का होशो-हवास। बस एक आप हैं, और आपका खयाल है।"

"क्या बात है? बड़े शायराना हो रहे हैं आप?"

''सब आपकी सोहबत का असर है।''

''लेकिन हम तो शायरा नहीं हैं।''

''लेकिन आप एक मुकम्मल ग़ज़ल तो हैं।''

मेरी बात सुनकर निकहत शरम से लाल हो गयी थी। फिर उसने विषयान्तर करते हुए पूछा, ''अच्छा बताइए, आपका एक्जाम शुरू हो गया?''

''हाँ, आज दूसरा पेपर था।''

''कैसे जा रहे हैं पेपर?''

''अब तुम्हें क्या बताऊँ? बस ठीक-ठाक समझ लो।''

''क्यों?''

''क्यों, क्या? तुम्हारे खयालों से फुरसत मिले तो मैं किताबों में झाँकूँ।''

''तो क्या हम जबरदस्ती आपके खयालों में आ जाते हैं।''

''जबरदस्ती नहीं, तुम्हारे लिए तो वहाँ स्थायी जगह बन चुकी है।''

''तो निकाल दीजिए ना हमें अपने दिल से? अपने खयालों से?''

''अब तो जान निकल सकती है, तुम नहीं।'' मैंने भरपूर रोमांटिक होते हुए निकहत की आँखों में आँखें डालकर कहा।

इतने में वहाँ कैफे हाऊस का कर्मचारी ऑर्डर लेने आया तो हमने उसे दो कॉफी लाने को कह दिया। उस कर्मचारी के जाते ही मैं बोला, ''निकहत तुम नहीं जानतीं, ये दिन मैंने कैसे काटे हैं?''

''हम समझ सकते हैं, लेकिन हम मजबूर थे। हमारे साथ हमारी सहेली जोया रहती थी और उसे हम अभी कुछ बता नहीं सकते थे। पर यकीन मानिए, हमें भी आपसे मिलने की उतनी ही तलब थी।''

''मुझे यकीन है निकहत। लेकिन इस तरह से भला हम कब तक रह पाएँगे। हमें कुछ तो करना होगा जिससे हम मिल सकें, दो बातें कर सकें।''

''हाँ, एक तरीका है। आपने एक बार संगीत क्लास में कहा था कि आप तबला छुट्टियों में सीखेंगे?''

''हाँ, कहा तो था लेकिन वो तो मैंने इसलिए कहा था कि इस बहाने मैं आपके साथ संगीत क्लास में आता रहूँ। और जब तुमने संगीत क्लास जाना बन्द कर दिया तो मैंने भी तबले का खयाल छोड़ दिया था।'' मैंने मुस्कराते हुए कहा।

मेरी बात सुनकर निकहत मुस्करा दी। फिर बोली, ''आप चाहें तो तबला सीखने के बहाने हमारे मुहल्ले में आ सकते हैं। बन्ने भाई का घर हमारे घर के सामने ही है।''

''हाँ, प्रोफेसर जमरा ने भी क्लास में बताया था कि उनका घर तुम्हारे घर के आसपास ही कहीं है।''

"आप वहाँ आएँगे तो कम-से-कम हमारी नजर के सामने तो रहेंगे।"

"लेकिन बात तो तब भी नहीं हो पाएगी?"

"हाँ, ये तो है। बात करनी तो तब भी मुश्किल रहेगी। तब फिर आप ही बताइए, क्या किया जाए?"

"क्या ऐसा नहीं हो सकता कि जिस तरह तुम संगीत सीखने जा रही थी, उसी तरह कुछ और सीखने कहीं रोज जाया करो?"

"मसलन?"

"जैसे कम्प्यूटर क्लास।"

"हाँ, आपने अच्छा सुझाया। हम सोच भी रहे थे कम्प्यूटर क्लास जाने के लिए। इन छुट्टियों के बाद हम कम्प्यूटर क्लास जाएँगे। आप भी उसी बैच में शामिल हो जाइएगा।"

"ठीक है हम ऐसा ही करते हैं।"

कैफे का कर्मचारी दो कॉफी टेबल पर रखकर चला गया। उसके आने से हमारे बीच एक किस्म की असहजता आ गयी थी। उसके जाते ही मैंने बातों का क्रम जारी रखने की गरज से पूछा, "निकहत, तुम्हारे घर पर कौन-कौन हैं?"

"अब्बू, अम्मी और दो भाई हैं। दोनों हमसे बड़े हैं। अब्बू एक फैक्ट्री में सुपरवाइजर का काम करते हैं। बड़े भाईजान यासीन मुहल्ले में किराना चलाते हैं। छोटे सुहैल भाईजान बेरोजगारी का लुत्फ उठा रहे हैं।"

"तुम्हारे अब्बू का नाम क्या है?"

"रऊफ बेग मिर्जा।" निकहत ने बताया और आगे जोड़ा, "जानते हैं अब्बू पूरे पाँच वक्त के नमाजी हैं। आज तक उनसे कभी किसी वक्त की नमाज नहीं छूटी। अम्मी को तो कुरान-पाक जैसे पूरी याद है।"

"तुम्हें कुरान पढ़ना अच्छा लगता है?"

"हाँ, बहुत अच्छा। कुरान-पाक को पढ़ने से मन को एक किस्म का सुकून-सा मिलता है। जैसे मन पर रखा कोई बोझ हट गया हो।" निकहत ने कहा और कॉफी का एक घूँट लिया। फिर मुझसे पूछा, "आप तो बाइबल पढ़ते होंगे ना?"

मैं उसका प्रश्न सुनकर हँस दिया।

"हाँ, पहले पढ़ता था।"

"अब नहीं पढ़ते?"

"नहीं।"

"क्यों?"

"मन नहीं करता।"

"आप तो बड़े काफ़िर किस्म के इनसान हैं। पिछली बार भी जब हम मिले

थे तो आप इसी तरह की बातें कर रहे थे।'' निकहत मुस्कराते हुए बोली थी।

''ये काफिर क्या होता है?''

''जो खुदा पर विश्वास नहीं करते हैं।''

''मेरे विश्वास की परिभाषा दूसरी है निकहत।''

''वो क्या है?''

''मेरे लिए ईश्वर या खुदा वह है, जिसके बिना हम जीवन की कल्पना नहीं कर सकते। जैसे सूर्य। सूर्य के बिना हमारे जीवन का कोई अस्तित्व नहीं। किसी के जीवन का कोई अस्तित्व नहीं। जैसे पानी। पानी न हो तो हमारा जीवन सम्भव ही नहीं। जैसे हवा। जिसके बगैर हम इस धरती पर क्षण भर भी जिन्दा नहीं रह सकते। जैसे पहाड़। जैसे नदियाँ। जैसे जंगल। जो हमारे जीवन के आधार हैं।''

''तब तो आपको खुदा को भी मानना चाहिए, क्योंकि ये सब तो खुदा ने ही बनाये हैं। खुदा तो इनसे भी ऊपर है। कुरान-पाक में सूरह बकरह की उनतीसवीं आयत में फरमाया गया है कि, 'अल्लाह ही है जिसने धरती पर जो भी है, सब को तुम्हारे लिए उत्पन्न किया। फिर आकाश की ओर आकृष्ट हुआ तो बराबर सात आकाश बना दिए। और वह प्रत्येक चीज का जानकार है'।'' निकहत ने कहा और वह मेरे चेहरे को गौर से देखने लगी, मैं ध्यान से निकहत की बातें सुन रहा था और मुझे अच्छी लग रही थीं। निकहत आगे बोली, ''ये समस्त संसार उसी का तो रचाया हुआ है। जिस सूर्य के बगैर आप जीवन की कल्पना नामुमकिन बता रहे हैं, वह सूर्य खुदा की नेमत है। पृथ्वी पर ये नदियाँ, महासागर उसी की रहमत है। पहाड़, जंगल, पेड़, पक्षी सब उसी के बनाये हुए हैं।''

दरअसल, जब तर्क खत्म होते हैं, तो व्यक्ति किसी अन्तिम अनन्त शक्ति के नाम का सहारा ढूँढ़ लेता है। निकहत जिस खुदा की बात कर रही है जिसने इस धरती पर अपने पैगम्बरों को भेजा था और इस सृष्टि को रचा था वह खुदा, लगभग इसी अवधारणा में थोड़े बहुत हेर-फेर के साथ निकहत के मुस्लिम धर्म की तरह, ईसाई धर्म में भी परमपिता परमेश्वर की संकल्पना के रूप में मिलता है, जिसने मनुष्यों को राह दिखाने के लिए और संसार के कल्याण के लिए अपने पुत्र को धरती पर भेजा था। हिन्दू धर्म की अवधारणा भी इससे ज्यादा भिन्न नहीं है। हिन्दुओं में भी समस्त संसार की परिकल्पना त्रिदेव से की गयी है, जो आदि अनन्त देव हैं, जिनका कोई निर्धारित स्वरूप नहीं, जो परब्रह्म है। और समय-समय पर धरती पर संसार के हित और अधर्म के नाश के लिए धरती पर अवतरित हुआ था। कुल मिलाकर सभी धर्म अपने समस्त तर्कों की पूँछ पकड़कर अन्त में किसी एक अदृश्य अनन्त शक्ति की सत्ता को स्वीकार लेते हैं, जो समस्त तर्कों से परे है।

''क्या तुम्हें भी कुरान की आयतें याद हैं?''

"सब तो नहीं, लेकिन कुछ याद हैं।"

"तुम्हें खुदा पर यकीन है?" मैंने निकहत से पूछा।

"हाँ, हम मानते हैं।" निकहत ने विश्वास के साथ बोला।

"तो मुझे तुम्हारे यकीन पर यकीन है।" मैंने कहा तो निकहत मुस्करा दी।

मेरे पास कहने को बहुत कुछ था। बहुत से तर्क थे। लेकिन मुझे उन तर्कों के सहारे निकहत से कोई मुकदमा नहीं जीतना था। इसलिए मैंने विषय को स्थगित करने की कोशिश करते हुए उससे पूछा, "निकहत, एक बात पूछूँ।"

"एक नहीं, दस पूछिएगा लेकिन अब अगली बार। हमें अब जाना होगा। काफी देर हो गयी है। हम घर से अपनी सहेली के घर जाने का बहाना करके निकले थे। सहेली के घर से निकलकर आपसे मिलने आ गये। अब अगर समय पर घर नहीं पहुँचे तो सुहैल भाई हमें ढूँढ़ते-ढूँढ़ते हमारी सहेली के घर जा धमकेंगे।"

"फिर कब मिलोगी?"

"हम बता देंगे आपको।"

"नहीं, अभी बता दो। फिर एक्जाम के बाद कॉलेज बन्द हो जाएँगे।"

"हमारा आखरी पेपर चौबीस को है। उसी दिन हम आपको मिलने का समय बता देंगे।"

"कैसे?"

"जैसे अभी बताया।" कहकर निकहत खिलखिलाकर हँस पड़ी। और जाने के लिए खड़ी हो गयी।

निकहत चली गयी और मैं उसका जाना देखता रहा। मेरे देखे जाने को भी बहुत-सी आँखें देख रही थीं, मुझे इसका थोड़ा-सा भी भान नहीं था।

उन्नीस

मेरे भीतर का मौसम इन दिनों हरा था। निकहत से बात हो गयी थी। मुलाकात हो गयी थी। मैं खुश था। बहुत खुश। और अपनी खुशी पीटर से बाँटना चाहता था, लेकिन पीटर की उदासी देखकर मैंने अपने खुश होने की बात को उससे उजागर नहीं किया।

पीटर के चेहरे पर उन दिनों उदासी मुझे जरा-भी अच्छी नहीं लग रही थी। परीक्षा के बावजूद वह पढ़ने में कोई दिलचस्पी नहीं ले रहा था। मैंने पीटर को नहीं बताया कि मैंने सीमई से उसे लेकर कोई बात की थी, वरना वह और दुःखी हो

जाता। और शायद नाराज भी।

उस दिन पीटर हमारे कॉमन हॉल के बाहर बरामदे से लगी तकरीबन तीन फीट ऊँची रेलिंग की तरह बनी एक चौड़ी-सी दीवार पर बैठा था। वह कहीं विचारों में खोया हुआ था। मेरा पास आना भी वह नोटिस नहीं कर पाया था।

जब मैंने पीटर को उसी के प्रिय सम्बोधन 'पार्टनर' कहकर उससे पूछा कि, "कहाँ खोये हो पार्टनर?" तो पीटर हड़बड़ा गया था। वह जैसे अपने खयालों से बाहर आया और मुझे अपने पास आया देखकर सकुचा गया।

"क्या? क्या हुआ?"

"मैंने पूछा, कहाँ खोए हो पार्टनर?"

"कुछ नहीं यार! ऐसे ही कुछ अच्छा नहीं लग रहा था तो यहीं बैठ गया था।" पीटर बोला।

"तूने सुबह खाना नहीं खाया?" मैंने पीटर से पूछा।

"मन नहीं किया।"

"परीक्षा के दिनों में इस तरह बैठे रहेगा तो कैसे काम चलेगा।" मैंने समझाइश देते हुए कहा।

"पढ़-पढ़के हम क्या हासिल कर लेंगे लच्छू?" पीटर किसी शून्य में देखते हुए धीरे से बोला।

"तूने अपने पहाड़ों का जीवन तो देखा है पीटर। अपने फल्या के लोगों को भी जिन्दगी से जूझते हुए देखा है। क्या हम अपनी आने वाली पीढ़ियों को भी वही जिन्दगी देंगे। एक तरफ वो जिन्दगी की जंग है और दूसरी तरफ ये महानगरों का अतिभव्य जीवन है, जिसमें सुविधाएँ हैं, सम्पन्नता है, सारे भौतिक सुख-संसाधन हैं। और हम इन सबसे अछूते हैं। हम दुनिया की आखरी आबादी के लोग हैं। मैं भी। तुम भी। और इसलिए हैं कि हम या हममें से कोई अपनी खोह से बाहर ही नहीं आ पाया। आज हमें यह अवसर मिला है, हम अपनी आने वाली पीढ़ियों के लिए कुछ रास्ते खोल जाएँ।" मेरी बात में थोड़ा-सा तैश भी था।

"तो इस तरह से तो सारे लोग पहाड़ों से निकल आएँगे। हमारे पहाड़ खाली हो जाएँगे। हमसे हमारे पहाड़ छूट जाएँगे।" पीटर ने मुझसे अपनी आशंकाएँ जाहिर कीं। मुझे पीटर की बात बहुत अच्छी लगी। वह मेरी बातों को गम्भीरता से ले रहा था और उसकी उदासी कहीं दूर जा रही थी। मुझे खुशी थी कि सिर्फ मैं ही नहीं, पीटर और हमारे दूसरे साथी भी अपने पहाड़ों को शिद्दत से 'मिस' करते थे।

"पहाड़ों को छोड़ने की कौन कहता है पीटर। मैं जानता हूँ, हम पहाड़ों से दूर हुए तो यों ही खत्म हो जाएँगे।"

"तो फिर शिक्षा के क्या मायने? शिक्षित होकर तो यों भी पहाड़ छूट

जाएँगे ?''

''यह आशंका तुम्हारा भ्रम भी तो हो सकती है। जैसे मेरा चचेरा भाई राल्या पढ़-लिखकर जंगलों में काम कर रहा है। वहाँ जन-जागृति फैला रहा है। लोगों को स्वास्थ्य और शिक्षा के महत्त्व से वाकिफ करवा रहा है। मैं खुद शिक्षा हासिल करने के बाद अपने पहाड़ों के लोगों के लिए कुछ करना चाहता हूँ। हम कहीं भी रहें पीटर, घर कभी हमसे छूटता नहीं। पहाड़ हमारे घर हैं। हमारी पहली और अन्तिम शरणस्थली हैं।''

''तो तुम क्या चाहते हो, विकास की यह आँधी पहाड़ों पर भी आये? तुम जानते हो, यह हमारे पहाड़ों पर पहुँच गयी तो हमारे पहाड़ों को लील जाएगी। हमारे जंगलों को खा जाएगी। हमारी पूरी संस्कृति को चर जाएगी।''

''मैं इस बाहरी विकास को अपने जंगलों तक लाने की नहीं कह रहा। मैं तो जंगल के लोगों को अपने खुद के विकास के लिए शिक्षित होने का कह रहा हूँ।''

''मैं तेरा मतलब नहीं समझा?'' पीटर ने सन्देह से देखते हुए पूछा।

''पीटर, हम जंगल के लोग हैं। हम इन जंगलों के महत्त्व को ज्यादा अच्छे से समझते हैं। अपने पहाड़ों के उपकारों को हमसे बेहतर कौन समझ सकता है? पहाड़ों में रहकर शिक्षा और दूसरे विकास जब हम खुद लाएँगे तो उसमें अपने पहाड़ों का सुख-दुःख पहले देखेंगे। अपने जंगल की भलाई पहले सोचेंगे। हम वहाँ ऐसा नकली महानगरी विकास नहीं, बल्कि जीवन जीने के लिए जितना जरूरी है, उतना विकास लाएँगे। व्यक्तिगत नहीं, व्यक्तित्व में विकास लाएँगे।''

''क्या ऐसा सम्भव है लच्छू?'' पीटर मेरी आँखों में देखकर बोला।

''मैं तो उम्मीद से भरा हूँ।''

''तब तो इसके लिए हमें समानान्तर सरकारें चलानी होंगी?''

''नहीं, मैं कतई यह नहीं कह रहा। हमारी सरकार के पास हमारे लिए पर्याप्त विकास योजनाएँ हैं। बस हमें शिक्षित होकर उन्हें अपने तक आने का रास्ता देना है। बस हमें स्थानीय राजनीतिक इच्छाशक्ति के अभाव और दुराग्रहों से निकालकर इन योजनाओं के विकास रथ को अपने इलाके तक खुद लाना है और यह काम शिक्षा से ही सम्भव है।''

कहाँ तो पीटर, सीमई को लेकर दुखी था और कहाँ हमारी बातें, कहीं से चलकर, कहीं और तक, अपने पहाड़ों तक चली गयी थीं। लेकिन पीटर से बात करके अच्छा लगा। पीटर भी अपना जी हल्का महसूस करने लगा था।

बीस

चौबीस तारीख को निकहत ने अपने कॉलेज के गेट के पास मेरे सामने जो मुड़ा-तुड़ा कागज फेंका, उस पर मिलने की जगह और समय वही था, 'फ्रेंड्स कॉफी हाऊस, शाम चार बजे। बस तारीख और दिन की जगह 'आज' लिखा था यानी चौबीस की ही शाम को चार बजे मुझे उससे मिलना था।

पढ़ते ही मेरी खुशी आसमान पर थी। निकहत के जाने के बाद मैंने पलटने के लिए अपनी साइकिल मोड़ी ही थी कि, तभी वहाँ चार-पाँच युवक मेरे सामने आकर खड़े हो गये।

"क्या भिड़ू, क्या मजनूँगिरी चल रही है?"

"तुमसे मतलब?" मैंने उस पूछने वाले युवक को सपाट उत्तर दिया।

"तू क्या इस कॉलेज में पढ़ता है?" दूसरे युवक ने पूछा।

"नहीं।"

"तो फिर यहाँ क्यों भटकता है?" दूसरे युवक ने तत्काल प्रतिप्रश्न किया।

"मैं अपने काम से आया था।" मैंने टालने की कोशिश की।

"तेरे को यहाँ क्या काम पड़ता है, हमको भी तो बता?" पहले वाले युवक ने कुछ तैश में आकर पूछा।

"तुम्हें क्यों बताऊँ? तुम इस कॉलेज के प्रिंसिपल हो क्या?" कहकर मैं साइकिल लेकर निकलने की कोशिश करने लगा। तभी उस पहले युवक ने मेरे साइकिल का हेंडल पकड़ लिया और मुझे धमकाते हुए बोला, "आज के बाद इस कॉलेज के आसपास भी दिखा तो भिड़ू अपनी टाँगों पर नहीं जाएगा। समझ गया ना?"

फिर मैं अपनी साइकिल लेकर वहाँ से निकल आया था। उन युवकों ने मेरा मूड जरूर खराब कर दिया था, लेकिन थोड़ी देर में वापस मुझ पर निकहत से मिलने की बेकरारी का खुमार छाने लगा था। मैं शाम के चार बजने का बेसब्री से इन्तजार करने लगा।

दोपहर को साढ़े तीन के आसपास ही मैं फ्रेंड्स कॉफी हाऊस के पास पहुँच चुका था लेकिन भीतर जाने के बजाय मैं वहीं सड़क पर इधर-उधर घूमता रहा। कभी कहीं बैठ जाता तो कभी किसी दुकान के पास खड़ा हो जाता।

निकहत अपने दिए तय समय पर इस बार भी आयी। उसके आते ही हम दोनों कॉफी हाऊस के अन्दर चले आये और एक केबिन में आकर बैठ गये। ये केबिन सामने से खुले हुए थे। सिर्फ आगे पीछे लकड़ी के पटियों की दीवार-नुमा आड़ बनायी हुई थी।

वहाँ बैठते ही निकहत से मैंने पूछा, "आज का पेपर कैसा रहा?"

"अच्छा रहा। और आपकी एक्जाम कैसे चल रही है?"

"ठीक-ठाक।"

"पेपर खत्म हो गये क्या?"

"नहीं, अभी एक पेपर बचा है।"

"हम तो अब फ्री हो गये इस एक्जाम की टेंशन से। अब छुट्टियों का लुत्फ उठाएँगे।"

"छुट्टियों में कहीं बाहर जाने की तैयारी है?"

"हाँ, परिवार सहित अजमेर शरीफ जाने का सोच रखा है।"

"वहाँ तो वो दरगाह है ना? क्या नाम है, ख्वाजा मोइनुद्दीन चिश्ती की?"

"हाँ, वही।"

"और कम्प्यूटर क्लास जाने का क्या सोचा?"

"एक तारीख से जाने का सोच रखा है।"

"किस इन्स्टीट्यूट पर जाओगी?"

"अभी बात नहीं की लेकिन डी-लक्स इन्स्टीट्यूट अच्छा है और हमारे घर से ज्यादा दूर भी नहीं पड़ेगा।"

"बैच का टाइम क्या रहेगा?"

"टाइम भी अभी तय नहीं है। आप एक तारीख को सुबह ग्यारह बजे इन्स्टीट्यूट पर आ जाइएगा। वहीं सब कुछ तय कर लेंगे।"

"हाँ, ये ठीक रहेगा।"

"हम आपसे एक बात कहें। आप दिल पे मत लीजिएगा।" निकहत ने कुछ संकोच दिखाते हुए पूछा।

"हाँ, बोलो ना।"

"कभी-कभी हमें डर लगता है।"

"कैसा डर निकहत?"

"जाने क्यों कैसे हमने इस दिल के हाथों मजबूर होकर आपसे मुहब्बत तो कर ली। अब डरते हैं कि आगे क्या होगा?"

"तुम साथ हो तो जो भी होगा, देखा जाएगा।"

"इतना आसान नहीं है। घर पर थोड़ी भनक भी लग गयी तो फिर हमारी खैर नहीं है। अब्बू तो यह सुनके कि हमारा किसी काफ़िर से, गैर मजहबी से ताल्लुक है, हमसे कभी जिन्दगी में बात भी नहीं करेंगे। और हमारे सुहैल भाईजान को आप नहीं जानते? बस यों समझ लो, हमारी जान के दुश्मन बन जाएँगे।" निकहत के चेहरे पर कहते-कहते एक अदेखे डर की छाया धीरे-धीरे उतर रही थी।

"तो सारा झगड़ा मजहब का है?"

"और यह झगड़ा आज का नहीं, सदियों का है?"

तभी कॉफी हाऊस के कर्मचारी के आने से हमारी बातों का क्रम टूट गया। मैंने उसे दो कॉफी लाने को कहा। उस कॉफी हाऊस के कर्मचारी के जाते ही मैंने निकहत से पूछा, "एक बात पूछूँ।"

"क्या?"

"अगर मैं तुम्हारे मजहब का होता तो क्या तब तुम्हारे अब्बू गुस्सा नहीं होते?"

"जरूर होते, लेकिन तब हम उन्हें जिद करके या रो धो के किसी तरह मना लेते।"

"और अगर मैं कहूँ कि मैं तुम्हें भगा कर ले जाऊँगा तो?"

"इसी वजह से तो डर लगा है, हमसे हमारा सब-कुछ छूट जाएगा। हमारी अम्मी। हमारा घर। हमारा बचपन। हमारा सबकुछ। रूह काँप जाती है, कभी-कभी यह सब सोचकर।"

"और अगर मैं कहूँ कि मैं तुम्हारे लिए मुसलमान हो जाऊँगा तो....।" मेरे ऐसा कहते ही निकहत के चेहरे पर एक मुस्कान फैल गयी।

"सच, क्या आप ऐसा कर सकते हैं? हमें यकीन नहीं होता कि कोई हमें इतनी मुहब्बत कर सकता है।"

"मैं तुम्हारे लिए कुछ भी कर सकता हूँ।"

"जानते हो कुरान-पाक क्या कहती है, सिर्फ विश्वास करने से ही व्यक्ति मुसलमान हो सकता है। शेष धार्मिक क्रियाएँ तो महज औपचारिकताएँ होती हैं। खुदा ने खुद फरमाया है कि व्यक्ति जन्म से उसका नुमाइन्दा होता है। एक नवजात सबसे पाक खुदा का बन्दा होता है। यानी जन्म से मुसलमान होता है। फिर उसके पालने वाले उसे जिस रास्ते पर ले जाते हैं, वह चला जाता है।"

जब निकहत मुझे अपनी बात बता रही थी, तब मुझे विलियम सर की बात याद आयी थी कि, 'बपतिस्मा तो महज एक रस्म भर होती है। परमपिता परमेश्वर के घर में आने और उसके रास्ते पर चलने मात्र से आप उसके अनुयायी हो जाते हैं।' निकहत भी लगभग यही बात कह रही थी। मुझे उस समय उस हिन्दू सन्त बाबा के प्रवचन की वह बात भी याद आयी, जिसे वे एक भोंगर्या हाट में आयोजित हो रहे 'भव्य हिन्दू समागम' के अवसर पर बोल रहे थे, जिसमें वो कह रहे थे, 'संसार के समस्त जीव जन्म से उस ब्रह्म की उत्पत्ति हैं। और भ्रम में पड़ी हुई दुनिया उसे अलग-अलग रूपों में देखती है। कोई उसे सगुण रूप में देखता है तो कोई निर्गुण। कोई उसे किस तरह पूजता है, कोई किसी और तरीके से। अन्ततः सभी विधियाँ

उस परमब्रह्म को पाने का जरिया मात्र हैं।' निकहत उस हिन्दू सन्त से कुछ अलग नहीं बोल रही थी।

"अच्छा निकहत, एक बात बताओ? तुम मेरे बारे में कितना जानती हो?"

"सिर्फ इतना कि हम आपको पसन्द करते हैं। और हमारे लिए इतना जानना काफी है कि आप भी हमें पसन्द करते हैं।"

"मेरे घर, परिवार, गाँव के बारे में नहीं जानना चाहती हो?"

"जानना चाहती हूँ लेकिन उससे हमारी मुहब्बत को कोई आँच नहीं आएगी।"

"मैं तुम्हें बताना चाहता हूँ।"

"तो बता दीजिए।"

कॉफी हाऊस का कर्मचारी हमारी टेबल पर आकर दो कॉफी के कप रख गया। तभी मैंने देखा, निकहत सामने होटल के दरवाजे पर किसी को देखकर डर गयी थी।

निकहत के मुँह से डर के मारे सिर्फ एक नाम फूटा, "सुहैल भाईजान।"

सुहैल निकहत का पीछा पहले से कर रहा था या उसने अपने साथियों को उसके पीछे लगा रखा था। यह तो ठीक ठीक पता नहीं लेकिन वह कॉफी हाऊस में घुसते ही हमारी टेबल की ओर आया और आते ही पहले निकहत को जोर से एक तमाचा जड़ दिया। सुहैल के साथ उसके चार दोस्त और थे। यह सब अचानक घटित हुआ था। मैंने सुहैल को देखा तो तत्काल याद आया कि यह वही युवक था, जो आज सुबह कॉलेज के गेट के पास इन्हीं युवकों के साथ मुझे मिला था और धमका रहा था। अब पूरा किस्सा मेरी समझ में आ गया।

सुहैल और उसके दोस्त फिर मुझे घेर कर खड़े हो गये। कॉफी हाऊस में हंगामा शुरू होते देख कॉफी हाऊस का प्रबन्धक तत्काल अपनी कुर्सी से दौड़कर हमारे पास आया और सुहैल से हाथ जोड़कर बोला, "पहलवान, झगड़ा बाहर करें। कृपया मेरी दुकान को बदनाम न करें। हाथ जोड़ता हूँ।"

फिर सुहैल और उसके साथी मेरी कॉलर पकड़कर लगभग मुझे धकेलते हुए बाहर ले आये। निकहत ने बीच-बचाव करने की कोशिश की, तो सुहैल ने उसे दो थप्पड़ और रसीद कर दिए। निकहत को सुहैल का इस तरह मारना देखकर मुझे गुस्सा आ गया और सुहैल की तरफ उसका हाथ रोकने के लिए अपना हाथ बढ़ाया तो सुहैल के सभी साथी मुझपर टूट पड़े। मैं वहाँ बीच सड़क पर देर तक लात-घूँसों से पिटता रहा और लगभग अधमरी हालत में वे मुझे उस सड़क पर छोड़कर चले गये।

देर तक मैं सड़क पर पड़ा रहा। उठने की कोशिश करता मगर मेरा शरीर जैसे उठने में समर्थ नहीं हो पा रहा था। मेरी चेतना बाकी थी और मैं सब कुछ देख सुन

पा रहा था। आसपास के लोग मुझे घूरकर निकल जाते थे, मगर कोई मेरी सहायता करने की ज़हमत नहीं उठा रहा था। अन्तत: जब अँधेरा घिरने लगा, तब एक ठेलेवाला जो वहीं से गुजर रहा था, मेरे पास आया और मुझे हाय-लाय से अपने ठेले पर डालकर सरकारी अस्पताल में छोड़ गया।

इक्कीस

उसने बताया था कि उसका नाम बदरुद्दीन खान है और वही मुझे अपने ठेले पर डालकर अस्पताल लाया था।

बदरुद्दीन भाई यही कोई पैंतालीस की उम्र के होंगे। लेकिन उनकी बढ़ी हुई काली-सफेद दाढ़ी उनकी उम्र अधिक बता रही थी। वे सलीके से बढ़ी हुई दाढ़ी रखते थे, लेकिन मूँछें नहीं।

अस्पताल के दो दिन के इलाज से ही मुझमें काफी सुधार आ गया था। बस सिर्फ बायें हाथ की हड्डी अपनी जगह से खिसक गयी थी, इसलिए उस हाथ पर प्लास्टर चढ़ा हुआ था। बाकी छोटी-मोटी चोटों पर मलहम लगाया हुआ था।

बदरुद्दीन भाई मेरे लिए खाने को पपीता लेकर आये थे। आते ही मुझे देखकर मुस्कराते हुए बोले, "अब कैसे हो बरखुरदार?"

"जी, ठीक हूँ।"

"मैं तुम्हारे कॉलेज अभी खबर करके ही आ रहा हूँ कि तुम अस्पताल में हो।"

मुझे बदरुद्दीन भाई की बात सुनकर अचरज हुआ और मैं कुछ पूछता इससे पहले ही वे आगे बोल पड़े, "तुम्हारे पेंट की जेब से मिले तुम्हारे आई-कार्ड से अस्पताल वालों ने मुझे तुम्हारे बारे में बताया था। उसी पर लिखे पते से मैं तुम्हारे कॉलेज गया था।"

"जी, शुक्रिया।"

"लेकिन बेटा वो कौन थे, जिन्होंने तुम्हें इतना पीटा था? मुझे उस कॉफी हाऊस वाले ने बताया कि तुम किसी लड़की के साथ वहाँ गये थे। फिर कुछ गुंडेनुमा लड़के वहाँ आये और तुम्हें बाहर सड़क पर ले जाकर पीटते रहे। कौन थे वे?"

बदरुद्दीन भाई को मैं उस समय कुछ नहीं बताना चाहता था। इसलिए चुप रहा। और खुद को लगभग लज्जित महसूस करने लगा।

"अच्छा भाई, नहीं बताना चाहते तो कोई बात नहीं। खुदा तुम्हें खैर रखे। लो

रखो, ये पपीता तुम्हारे लिए लाया था। जब मन करे, खा लेना। अब चलता हूँ। ठेला अस्पताल के बाहर खड़ा है। काम के लिए देर हो रही है। खुदा हाफिज।'' कहकर बदरुद्दीन भाई जाने लगे तो मैंने उन्हें टोकते हुए कहा, ''मुझे कुरान पढ़ना है। क्या आप मेरे लिए ला सकते हैं?''

बदरुद्दीन भाई मेरी बात सुनकर चौंक पड़े। वे हैरानी से मेरी तरफ देखने लगे।

''तुम तो ईसाई हो ना? फिर कुरान-पाक क्यों माँग रहे हो? तुम्हारे में तो वो किताब पढ़ते हैं ना, क्या बोलते हैं उसे... ?''

''बाइबल।''

''हाँ, वही बाइबल। तुम उसे मँगाने के बजाय कुरान क्यों पढ़ना चाहते हो?''

''यों ही मन कर रहा है।'' मैंने मुस्कराकर कहा।

''ठीक है भाई जैसी तुम्हारी इच्छा। मैं शाम को लेते हुए आ जाऊँगा।''

''हिन्दी या अंग्रेजी में लिखी हुई लाइएगा।'' मैंने उन्हें याद दिलाया।

जवाब में बदरुद्दीन भाई सिर्फ मुस्करा दिए और चले गये।

बदरुद्दीन भाई के चले जाने के बाद मैं अपने पलंग पर लेटे-लेटे निकहत के बारे में सोचने लगा। उस दिन सुहैल ने उसे भी रास्ते पर थप्पड़ मारे थे। घर जाकर न जाने क्या किया होगा? क्या घर जाकर भी निकहत को मारा होगा? क्या निकहत के परिवार वालों ने उसे भला-बुरा कहा होगा?

निकहत के बारे में तरह-तरह के विचार आने लगे। न जाने इस समय वह कैसे और कितने ताने सह रही होगी? न जाने उस पर इस समय क्या बीत रही होगी? उस पर उसे मेरी चिन्ता अलग से लगी होगी। निकहत के खयालों ने मुझे उदास कर दिया।

मैं गुमसुम-सा पड़ा दूसरे पलंगों पर लेटे मरीजों और उनके साथ आये उनके परिजनों को देखता रहा। उनकी धीमी-धीमी चिल्ल-पों सुनता रहा। सबके अपने-अपने दुःख थे। सबकी अपनी अपनी तकलीफें। अस्पताल में रहो तो लगता है, सारी दुनिया में दुःख-ही-दुःख है। बीमारियाँ ही बीमारियाँ हैं।

अस्पताल में मौजूद मरीजों के चेहरों पर निराशा और मायूसी थी। उनके चेहरों पर अपने जीवन से अभी उम्मीदें बची हुई थीं। उन मरीजों के साथ आये परिजनों का लगभग यही हाल था। वे सब परेशानी से घिरे थे।

फिर मैंने वार्ड में बायीं ओर दीवार पर मकड़ी के जालों से जूझती दीवार-घड़ी को देखा, जिसमें ग्यारह बजकर चालीस मिनट हो रहे थे। मुझे अचरज हुआ कि घड़ी लगभग सही वक्त बता रही थी। घड़ी के पास दो छिपकलियाँ गश्त दे रही थीं। सरकारी अस्पताल के इस बड़े से वार्ड की दीवारों का सफेद रंग अपनी चमक

खोकर मटमैला पीला हो चुका था। कहीं कहीं से तो दीवार का प्लास्टर भी उखड़ गया था। छत पर टँगे पंखें मरीजों के साथ आये परिजनों से ज्यादा शोर कर रहे थे।

मैं देर तक सोने की कोशिश करता रहा। और जब कुछ पलों के लिए झपकी लगी तो अचानक किसी के छूने से हड़बड़ाकर नींद खुल गयी।

पीटर, सर्जन और संकेत मुझसे मिलने अस्पताल में आये थे।

''कैसे हो पार्टनर?'' पीटर बोला।

''अब ठीक हूँ।'' मैं किसी कोशिश के साथ मुस्कराकर बोला।

''तो आखिर नौबत यहाँ तक आ गयी।'' कहकर पीटर हँस पड़ा। हालाँकि उसकी हँसी अस्पताल के अनुकूल नहीं थी और हँसने के बाद पीटर को भी अपनी गलती का अहसास हुआ तो वह झेंप गया। मैं उसकी बात पर सिर्फ़ मुस्करा दिया।

''हमें तो अभी मालूम हुआ। कॉलेज रिसेप्शन से मैनेजर फिलिप ने हमें बुलाकर बताया।'' यह सर्जन था।

''यह सब कैसे हुआ?'' पीटर ने अबकी बार गम्भीर होते हुए पूछा।

मैंने उसकी बात सुनकर अनसुना करने की कोशिश की और उनसे नजरें चुराने लगा तो वे मेरे चेहरे को गौर से देखने लगे। फिर मैं धीरे से बस इतना बोला, ''फिर कभी बताऊँगा।''

''अरे दोस्तों से क्या छुपाना? हमें भी तो बता? ये पीटर को सब मालूम होगा पर ये कुछ नहीं बता रहा है।'' सर्जन ने पीटर की ओर देखते हुए बोला।

''ऐ भाई, मुझे कुछ इसकी एबीसीडी नहीं मालूम। तू खूद पूछ ले लच्छू से।'' पीटर ने अपने हाथ झटकते हुए सर्जन से कहा।

''चलो छोड़ो इन बातों को, इनमें कोई दम नहीं।'' संकेत बोला, जो अब तक चुप था।

''यार पीटर अब क्या होगा?'' सर्जन ने पीटर से संशय के साथ पूछा।

''क्या, क्या होगा?'' पीटर ने पूछा।

''वो मैनेजर फिलिप तो बहुत भड़क रहा था।'' सर्जन बोला तो मैं भी संशय में पड़ गया था। मैंने पीटर से पूछा, ''किस बात पे भड़क रहा था?''

''कुछ नहीं यार, वो तेरे एक्सीडेंट की खबर पर बहुत भड़का हुआ था। चल छोड़ अभी तू ये सब। बाद में तुझे सब बताएँगे। अभी बोल तूने खाना खाया कि नहीं?''

''खा लिया। खाना तो अस्पताल में ही मिल जाता है और मरीजों को मुफ्त होता है।''

''और कुछ खाने की इच्छा है?''

''नहीं, तुम सब आ गये मेरे लिए इतना ही काफी है।''

"आएँगे कैसे नहीं।" पीटर मुस्कराकर बोला।

"दो रातों से तू हॉस्टल नहीं लौटा तो मुझे तभी डाउट हो गया था कि जरूर कोई बात है। मैंने पीटर से बोला था। बोला था कि नहीं पीटर?" सर्जन ने पीटर की तरफ देखते हुए सहमति चाही।

"हाँ, यार लेकिन मुझे खुद नहीं पता था कि ये कहाँ है? कैसा है? वरना मैं तुम्हें बताता नहीं क्या?" पीटर ने अपना तर्क रखा।

"लेकिन हम ढूँढ़ तो सकते थे?" सर्जन बोला था।

"इत्ते बड़े शहर में हम इसे कहाँ ढूँढ़ते।" पीटर ने कहा।

"लेकिन हाथ पर हाथ धरे बैठने में इसे कुछ हो जाता तो?" सर्जन कुछ तैश में बोला।

"मैं खुद भी परेशान था लच्छू के लिए। और आज कोई खबर नहीं आती तो पुलिस में रिपोर्ट लिखाता। मैंने सोच लिया था।" पीटर ने अपना पक्ष रखा।

"तुम दोनों फिर उलझने लगे फालतू बातों में। अब बन्द करो अपनी ये खिच-पिच।" संकेत दोनों को समझाते हुए बोला।

फिर वे सब शाम तक मेरे साथ अस्पताल में रुके रहे। रात में पीटर ने संकेत और सर्जन को हॉस्टल वापस भेज दिया और वह अस्पताल में ही मेरे पास रुक गया। हालाँकि मैंने उसे कहा था कि वह भी हॉस्टल चला जाए, लेकिन वह नहीं माना।

संकेत और सर्जन के जाने के कुछ देर बाद बदरुद्दीन भाई मेरी खैर-खबर लेने चले आये थे। उन्हें इस बात से खुशी हुई और राहत भी कि अस्पताल में अब मेरे पास मेरा मित्र आ चुका था। बदरुद्दीन भाई अपने साथ कुरान की एक प्रति लेकर आये थे जिसमें सारी आयतें हिन्दी में लिखी थीं और उनके मायनों को विस्तार से बताया गया था। मैं कुरान को पाकर खुश हो गया। पीटर यह देखकर हैरान था कि मैंने इस हालत में पढ़ने के लिए कुरान बुलवाई थी। न कि बाइबल या कोई हिन्दू धर्मग्रन्थ। वह हैरानी से सब कुछ देखता रहा, मगर उस समय बोला कुछ नहीं।

बदरुद्दीन भाई के चले जाने के बाद हमारे बीच एक चुप्पी पसर गयी थी। पीटर मेरे पलंग के पास रखे स्टूल पर बैठे-बैठे वार्ड के मरीजों, उनके परिजनों को देखता रहा। उनकी बातों को सुनता रहा।

मेरे बायें हाथ में प्लास्टर था इसलिए कुरान को मैंने अपने पलंग पर अपनी गोद में रखा हुआ था और दायें हाथ से पन्ने पलट रहा था। मुझे कुरान के पन्ने पलटते देख पीटर ने धीरे से पूछा, "ये अचानक कुरान क्यों?"

"यों ही मन किया। क्यों क्या हुआ?"

"हुआ तो कुछ नहीं लेकिन थोड़ा अटपटा लगा।"

''इसमें अटपटा लगने वाली कोई बात नहीं। दरअसल, मैं इसे पढ़ना चाह रहा था। पीटर सारे धर्मग्रन्थों की थ्योरी अन्त में आकर कुछ बिन्दुओं पर एक-सा मत दिखाती है। अब जैसे उदाहरण के लिए प्रलय का जिक्र हिन्दू धर्मग्रन्थ में भी आता है और उस प्रलय में पृथ्वी के फिर उबरने और मानव जाति की पुनर्स्थापना की बात आयी है। हमने तो बाइबल भी पढ़ा है, उसमें भी ऐसे ही प्रलय का जिक्र है और कुरान में भी ऐसे ही प्रलय का जिक्र हुआ है। क्या यह कोई संयोग है कि तीनों ही में यह आया है? और सिर्फ इन तीनों में ही क्यों दुनिया की दूसरी सभ्यताओं और धर्मों में भी इस तरह के प्रलय की बात कही गयी है।''

पीटर मेरी बात को ध्यान से सुन रहा था। कुछ सोचते हुए उसने पूछा, ''तो क्या सभी को सभी धर्मग्रन्थ पढ़ना चाहिए?''

''नहीं, मैं यह नहीं कहता। मैं इसे अपनी जिज्ञासा से पढ़ रहा हूँ। मुझे कुरान में लिखी कुछ बातें और घटनाएँ तो मालूम हैं, लेकिन मैंने कभी इसे पूरा नहीं पढ़ा था।''

''तो कोई भी व्यक्ति किसी भी धर्म की पुस्तक को पढ़ सकता है?''

''हाँ, इसमें बुरा क्या है?''

''तो क्या इससे उसका उद्धार होगा? मेरा मतलब है वह अपना मोक्ष पा लेगा?''

''क्यों नहीं? यदि ऐसा कोई मोक्ष है तो।''

''लच्छू, कभी-कभी तुझे समझना कठिन लगता है।''

''मैं कोई धर्मपुस्तक नहीं हूँ पीटर जिसकी व्याख्या की जरूरत हो।''

बाईस

मुझे आशंका तो थी, मगर इतनी बड़ी सजा मिलेगी, इसका अनुमान न था।

वह महीने की पहली तारीख थी। निकहत से डी-लक्स इन्स्टीट्यूट पर ग्यारह बजे इसी जगह पर मिलने का तय हुआ था। मैं इस तारीख का बड़े उतावलेपन से इन्तजार कर रहा था। दिन, घंटे, मिनट गिन रहा था।

सबसे पहले तो सुबह हॉस्पिटल से मैंने जबरन अपना डिस्चार्ज कार्ड बनवाया। उस समय संकेत मेरे साथ था। वह हैरान था कि मैं इतना उतावलापन क्यों दिखा रहा था। वैसे भी डॉक्टर मुझे एक-दो दिन में डिस्चार्ज करने वाले थे। मेरे बायें हाथ में प्लास्टर चढ़ा हुआ था, और वह तकरीबन बीस दिन और मेरे हाथ पर चढ़ा रहने

वाला था। लेकिन मैं शरीर से पूरी तरह स्वस्थ हो गया था।

हॉस्पिटल से निकलने में ही लगभग साढ़े दस हो गये थे। मैंने साइकिल स्टैंड पर रखी अपनी साइकिल की चाबी संकेत को सौंपते हुए कहा, ''तुम साइकिल लेकर हॉस्टल पहुँचो मैं जरा थोड़ा-सा काम निपटाकर आता हूँ।''

संकेत कुछ समझ नहीं पाया, असमंजस से बोला, ''लेकिन मैं भी चलता हूँ ना तुम्हारे साथ। अभी तुम्हें कमजोरी है। कहीं चक्कर-वक्कर आ गये तो?''

''नहीं, नहीं... ऐसी कोई बात नहीं। मैं जल्दी ही हॉस्टल पहुँच जाऊँगा।''

संकेत को मैंने जबरदस्ती करके हॉस्टल भेजा और मैं डी-लक्स इंस्टीट्यूट पर ग्यारह से कुछ मिनट पहले ही पहुँच गया।

मैं इन्स्टीट्यूट पर बैठे-बैठे निकहत का इन्तजार कर रहा था। मुझे पता था कि वह कैसे भी करके जरूर आएगी क्योंकि अब मिलने के लिए और कोई जगह और समय तय नहीं था। उसके कॉलेज बन्द हो चुके थे। और संगीत क्लास छोड़े, हम दोनों को दो महीने हो गये थे।

मेरी प्रतीक्षा का हर पल निकहत को शिद्दत से याद कर रहा था। वहीं दीवार पर टँगी घड़ी के सेकेंड का हर काँटा एक आवाज के साथ मेरे भीतर टूट रहा था। उस घड़ी के काँटे के सरकने की आवाज मेरे भीतर किसी लहर की तरह चोट कर रही थी।

मेरी आँखों के सामने उस दीवार पर टँगी घड़ी के सेकेंड के काँटे ने सैकड़ों चक्कर लगा लिए थे। घड़ी में घंटे का छोटा काँटा मरी-मरी चाल से चलते हुए ग्यारह से बारह तक आ गया था, मगर निकहत नहीं आयी थी। अब मेरे मन में शंकाओं-कुशंकाओं का दौर शुरू हो गया था। मैं निकहत को लेकर परेशान हो रहा था।

और लगभग अगले एक घंटे तक और इन्तजार करने के बाद अपने हॉस्टल के लिए वापस चला आया।

हॉस्टल में आते ही किसी वज्रपात की तरह मुझे कॉलेज प्रबन्धन का वह लिखित आदेश मिला था, जिसमें मुझे कॉलेज से और हॉस्टल से निकाला जा चुका था। यही अपराध उच्च वर्ग के ईसाइयों द्वारा होता तो शायद उन्हें इससे छोटी सजा मिलती लेकिन यह अपराध एक 'कंवर्टेड' द्वारा हुआ था, तो सजा ऐसी ही होगी, पहले से तय था। हालाँकि मुझे किसी बड़ी सजा की आशंका तो थी लेकिन सजा इतनी बड़ी होगी, मेरी आशंकाओं से भी परे, इसका कोई अनुमान न था।

मेरे लिए रास्ते बन्द थे और नाउम्मीदी का आसमान सर पर था। मेरे भीतर का अँधेरा बाहर के उजाले पर हावी हो रहा था। धीरे-धीरे अँधेरा उजाले को लील रहा था और मैं उसे खत्म होते देखने के सिवा कुछ नहीं कर पा रहा था। मेरे बेमोल आँसू

वह सीमेंट कंक्रीट से बनी भव्य इमारत नहीं समझ सकती थी। उन्हें मेरे पहाड़ समझ सकते थे, मगर ये शहरी पत्थर नहीं।

मेरे लिए अन्तिम विकल्प अपने फल्या में लौटना था, लेकिन निकहत के खयाल ने उस विकल्प को सिरे से खारिज कर दिया। मेरा फल्या में लौटना, यानी निकहत को हमेशा के लिए खोना था।

न जाने क्यों, मुझे याद आया कि निकहत ने कहा था, ''यदि तुम मुसलमान होते तो मैं अपने अब्बू को रो-धो कर कैसे भी मना लेती।''

खयाल आया तो खयाल फिर मुझ पर हावी होता चला गया। इतना हावी कि मैं उस खयाल के बोझ से दबता चला गया। और दबता चला गया।

तेईस

''ये तो गलत है। अन्याय है। चलो हम प्रिंसिपल से बात करते हैं।'' पीटर लगभग गुस्से से उबलते हुए बोला था।

''कुछ नहीं होगा बात करने से पीटर। वे अपना निर्णय नहीं बदलेंगे।''

''उन्हें बदलना पड़ेगा। हम उन्हें बताएँगे कि ऐसी कोई बात नहीं, जैसा वे सोच रहे हैं या उन्हें मालूम पड़ा है।'' पीटर ने दलील दी।

''वहाँ हमारी कोई सुनने वाला नहीं यार। वे तो चाहते हैं कि हमसे ऐसा कुछ हो जाए और उन्हें ऐसी कोई सजा देने का अवसर मिल जाए।'' मैंने हताश होते हुए कहा।

''लेकिन इस तरह हम कब तक गलत चीजों को सहते रहेंगे।'' पीटर लगभग चीखकर बोला था।

''फिलहाल तो यही सही है कि मैं यह कॉलेज छोड़ दूँ।'' मैंने पीटर को इस तरह अपना निर्णय भी सुनाया।

''लेकिन फिर तू करेगा क्या? फल्या लौटेगा?'' सर्जन जो चुप था, बीच में बोला।

''हाँ, तू फल्या ही लौट जा। इस शहर में करेगा भी क्या?'' पीटर ने जवाब सुझाया।

मैं कुछ देर चुप रहा, फिर अपने भीतर आत्मविश्वास इकट्ठा करते हुए बोला, ''पीटर! मैं यहाँ से इस तरह नहीं लौट सकता।''

''मतलब?'' सर्जन ने तत्काल पूछा।

"मतलब यही कि मैं यहाँ सपने लेकर आया था। अब मैं अपने मरे हुए सपनों को अपनी पीठ पर लादकर वापस नहीं लौट सकता। मैं यहाँ से हारकर वापस नहीं जाने वाला।"

"तो तू क्या करेगा?" पीटर ने पूछा।

"कुछ भी! कुछ भी करूँगा, मगर खाली नहीं लौटूँगा।"

चौबीस

बदरुद्दीन भाई को खोजते-खोजते मैं अमन नगर में चला आया था। बदरुद्दीन भाई ने मुझे बात-बात में एक दफा बताया था कि वे इसी मुहल्ले में कहीं रहते थे।

बदरुद्दीन भाई के घर को अमन नगर में खोजना ज्यादा मुश्किल नहीं था। लेकिन वे घर पर नहीं मिले। मैं शाम तक अमन नगर के आसपास भटकता रहा और देर शाम जब बदरुद्दीन भाई के घर गया तो उनसे मुलाकात हो गयी थी।

बदरुद्दीन भाई मुझे देखकर खुश हुए और चौंके भी। मैंने उन्हें उनकी दी हुई कुरान की प्रति शुक्रिया कहते हुए वापस की।

बदरुद्दीन भाई ने पूछा, "तुमने इसे पढ़ा?"

"हाँ, बहुत लाजवाब बातें लिखी हैं इसमें।"

"ये बातें खुद अल्लाह ने लिखवाई हैं भाई।"

"हाँ, और इसका अनुवाद जिसने भी किया, बहुत अच्छे से किया है। कठिन चीजों और बातों की जरूरी व्याख्या दी हुई है, जिससे मुझे पढ़ने और समझने में आसानी हुई।"

"तुमने अल्लाह की राह पर कदम बढ़ाया है। अल्लाह तुम्हें कामयाबी दे। आमीन।"

"आमीन।"

"तुम सिर्फ इसे लौटाने यहाँ तक आये हो? तुम तकलीफ न करते तो मैं चार आठ दिन में तुमसे तुम्हारे कॉलेज आकर ले लेता कभी भी?"

"अब मैं उस कॉलेज में नहीं पढ़ता हूँ, बदरुद्दीन भाई।" मैंने हताशा भरे शब्दों में धीरे से कहा।

मेरी बात सुनकर बदरुद्दीन भाई लगभग चौंक पड़े। वे समझ नहीं पाये कि आखिर ऐसा कैसे हुआ होगा? इसलिए अपने भोलेपन में उन्होंने पूछ लिया,

''क्यों?''

''झगड़ा करने के जुर्म में।'' मैंने सिर्फ एक वाक्य में जवाब दिया।

''ओह! ये तो बहुत बड़ी सजा है। उस पर झगड़े में चोट भी तुम्हें ही आयी थी।''

''हाँ, सजा तो बड़ी है।'' मैंने एक ठंडी आह भरते हुए कहा।

''अब क्या करोगे भाई? मेरा मतलब आगे क्या इरादा है?''

''इरादा तो पहले अपने गाँव लौटने का था, मगर फिर सोचा इस शहर में उम्मीदें लेकर आया था, खाली हाथ जाऊँगा तो खुद से कभी नजर नहीं मिला पाऊँगा। चूँकि मेरा परिचय यहाँ बहुत सीमित है। इसलिए आपसे मिलने इसी गरज से चला आया।''

''मैं कुछ कर सकता हूँ तुम्हारे लिए?''

''थोड़ा करोगे तो मेरे लिए बहुत होगा।''

''मैं समझा नहीं।''

''अगर आप कहीं कोई छोटा-मोटा काम दिलवा सकें तो मेहरबानी होगी।''

''किस तरह का काम कर सकते हो बेटा?''

''हम तो पहाड़ों की मिट्टी हैं बदरुद्दीन भाई। जो काम मिलेगा, सब कर लेंगे।''

''भाई, तुम इतने बड़े कॉलेज में पढ़ते हो। तुम्हारे लायक काम तलाशना पड़ेगा। तुम ऐसा करो सुबह मुझे बस स्टैंड पर मिलो।''

''जी! शुक्रिया भाई। सुबह मिलता हूँ।'' कहकर मैं बदरुद्दीन भाई के घर से निकलने को हुआ तो उन्होंने मुझे टोकते हुए कहा, ''नहीं, रुको जरा।'' और कहकर बदरुद्दीन भाई अपने घर के भीतर वाले कमरे में चले गये।

बदरुद्दीन भाई का घर ज्यादा बड़ा नहीं था। शायद उनके बड़े परिवार को रहने के लिए भी पर्याप्त नहीं था। दीवारें ईंटों की थीं लेकिन छत पर टीन की छत डाली हुई थी। घर की हालत बता रही थी कि बदरुद्दीन भाई बहुत अधिक सम्पन्न नहीं थे। उस पर से बाल-बच्चों वाला घर था। दो छोटे बच्चे एक लड़का, एक लड़की तो बाहर वाले बरामदे में जहाँ मैं खटिया पर बैठा था, वहीं पर खेल रहे थे। दो लड़कियाँ मेरे आते ही भीतर शायद रसोईघर में चली गयी थीं। और बदरुद्दीन भाई के दो बड़े लड़के कहीं बाहर गये हुए थे।

कुछ देर में बदरुद्दीन भाई भीतर कमरे से बाहर आये तो बोले, ''ठहरो अभी! खाना बस तैयार हो रहा है। कुछ खाकर जाना।''

''नहीं, नहीं, शुक्रिया। वैसे भी मुझे भूख नहीं है।'' मैंने बहाना बनाकर टालने की कोशिश की।

"नहीं भाई, आज तुम हमारे मेहमान हो। हम तुम्हें भूखा भला कैसे जाने दे सकते हैं। और फिर मैंने भी अभी खाना नहीं खाया है। आज आपके साथ खा लेते हैं।" बदरुद्दीन भाई ने जिद और स्नेह के साथ कहा।

खाना खाने के बाद भी बदरुद्दीन भाई मुझे नहीं जाने दे रहे थे।

"लेकिन तुम रात भर रहोगे कहाँ?" बदरुद्दीन भाई ने पूछा।

"अभी तो हॉस्टल ही चला जाऊँगा।" कुछ न सूझा तो मैंने हॉस्टल का बहाना किया।

बदरुद्दीन भाई ने सोने के लिए अधिक आग्रह नहीं किया क्योंकि घर छोटा होने के कारण शायद उन्हें खुद भी सोने-बैठने की तकलीफें रहती थीं।

बदरुद्दीन भाई के घर से निकला तो मेरे सामने एक पूरी रात खड़ी थी जिससे मुझे लड़ना था। और मेरी जेब में सिर्फ दो रुपये का एक सिक्का था। मैं देर तक इधर-उधर सड़कों पर बेखयाली में फिरता रहा। कभी निकहत के बारे में सोचता तो कभी अपने फल्या के बारे में। कभी 'आगे क्या करना है?' जैसे प्रश्नों से जूझता। अन्त में भटकते-भटकते बस स्टैंड चला आया था, यह सोचकर कि सुबह तो मुझे यहीं आना था। और बस स्टैंड पर कहीं भी फर्श पर या बैंच पर लेटने बैठने की जगह मिल जाएगी।

महानगर का बस स्टैंड रात में भी जाग रहा था। और सिर्फ मैं नहीं, मेरी तरह पचासों लोग उस बड़े-से स्टैंड परिसर में इधर-उधर नींद से लड़ रहे थे, तो कुछ जागे-जागे आते-जाते लोगों को देख रहे थे। कुछ लोग कुछ फटा-पुराना बिछाकर लेटे थे तो कुछ फर्श पर यों ही लेट गये थे। मेरे पास बिछाने को कुछ नहीं था। लकड़ी की बैंचों पर पहले से लोग सोये पड़े थे। एक जगह देखकर मैं वहीं बैठ गया और थोड़ी देर बाद लेट गया।

सुबह की चहल-पहल में जल्दी नींद खुल गयी थी लेकिन उठकर जाता कहाँ? यही सोचकर वहीं अपनी जगह पर पड़ा रहा और लोगों को आते-जाते हड़बड़ी मचाते देखता रहा। जेब में पड़ा दो रुपये का सिक्का 'सुलभ शौचालय' के लिए काम आया।

दिन चढ़ने के साथ-साथ बस स्टैंड की चहल-पहल और बसों के चीखते हार्न का शोर अधिक बढ़ गया था। सारी दुनिया जैसे अपने-अपने में मस्त हो गयी थी।

बदरुद्दीन भाई के इन्तजार में दिन चढ़ने तक बस स्टैंड पर इधर-उधर खाली-पीली भटकता रहा। और जब बदरुद्दीन भाई आये तो एक किस्म की राहत मिली। बदरुद्दीन भाई ने आते ही मुझे बस स्टैंड पर स्थित एक बड़े व्यापारी से मिलवाया। मैंने बाहर बोर्ड देखा था, दुकान का नाम 'हिन्दुस्तान ट्रेडर्स' था।

हिन्दुस्तान ट्रेडर्स के मालिक अजीज भाई से जब बदरुद्दीन भाई ने मेरे बारे में बताया तो अजीज भाई ने पूछा, "क्या नाम है तुम्हारा?"

"लारेंस।" मैंने जानबूझकर अपना यही नाम बताया था क्योंकि बदरुद्दीन भाई मुझे इसी नाम से जानते थे। अगर अपना मूल नाम बताता तो वे भी संशय में पड़ जाते।

"क्या? लारेंस। मतलब ईसाई हो?"

"हाँ।"

"कहाँ तक पढ़े हो?"

"क्रिसचैन कॉलेज में अँग्रेजी से ग्रेजुएशन कर रहा हूँ।"

"क्रिसचैन कॉलेज से? तब तो तुम्हारी अँग्रेजी माशाअल्लाह बहुत अच्छी होगी?"

"हाँ, मैं कान्वेंट स्कूल में पढ़ा हूँ।" मैंने बताया।

"तब तो भाई तुम कुछ लिखा पढ़ी वाला काम करो। ये बदरु सही बोलता है। ये हम्माली-वम्माली तुम्हारे बस का नहीं और तुम्हारे लायक भी नहीं। और उस पर अभी तुम्हारे हाथ में प्लास्टर भी चढ़ा हुआ है।"

"फिलहाल कोई भी काम नहीं मिल सकता? मुझे काम की सख्त जरूरत है।"

"मिलेगा। क्यों नहीं मिलेगा। ये बदरु तुम्हें यहाँ लेकर आया है तो तुम्हें काम तो दिलाना ही पड़ेगा।" अजीज भाई, बदरु भाई की तरफ मुस्कराकर देखते हुए विश्वास के साथ बोले। फिर कुछ सोचते हुए उन्होंने बताया, "हमारी बिरादरी एक मदरसा चलाती है। मदरसा समझते हो ना? मजहबी स्कूल। लेकिन उसमें महजबी तालीम के साथ-साथ दूसरे विषय भी पढ़ाये जाते हैं। चूँकि तुम्हारी अँग्रेजी बेहतर है, मैं चाहता हूँ, तुम वहाँ अँग्रेजी की तालीम बच्चों को दो। वैसे भी वहाँ अँग्रेजी टीचर की जगह खाली है अभी। तुम कहो तो मैं अभी कमेटी वालों से बोल देता हूँ।"

"जी, मुझे मंजूर है। आप अभी बात कर लीजिए।"

पच्चीस

मुझे याद था कि मुझे गवरी का अपने गृह जिले के कॉलेज में दाखिला करवाना था इसीलिए मैं अपने फल्या आया हुआ था।

मेरे हाथ का प्लास्टर निकल चुका था और फल्या में किसी को अहसास भी नहीं हुआ कि मुझे कहीं कोई चोट लगी हुई थी और न ही मैंने किसी को ऐसा कुछ बताया।

पहाड़ों पर इस बार अच्छी बारिश हो रही थी। चारों तरफ हरियाली छायी हुई थी। जंगल का चेहरा खिला हुआ था। गवरी भी बहुत खुश थी कि मैं उसके एडमिशन के लिए याद करके फल्या में लौटा हुआ था, मगर बाद में वह यह जानकर बहुत दु:खी हुई कि उसके आगे पढ़ने की बात सुनकर दादा बिचक गये थे।

''लड़की जात है, क्या जरूरत है आगे पढ़ने की?'' दादा ने पूछा था।

''यहाँ फालतू रहके क्या कर लेगी दादा। कम-से-कम अपनी पढ़ाई तो पूरी कर लेगी।'' मैंने अपना तर्क रखा।

''नहीं, अभी इन्दल पर इसका ब्याह तय करूँगा। इसका भी और गजरी का भी।'' दादा ने जैसे फैसला सुनाया।

''ब्याह? लेकिन गवरी से पूछ लेना था।'' मैंने दादा से कहा।

''उसे भी समय आने पर बता देता।'' दादा ने सपाट जवाब दिया।

''किससे तय करने की सोच रहे हैं?'' मैंने पूछा।

''झगड़िया पटेल के दोनों लड़कों से। सुरजा से भी बात कर ली है। उसे भी लड़के पसन्द हैं।''

''लेकिन वो तो अभी पढ़ना चाहती है? उसने खुद मुझे आने को कहा था।'' मैंने दादा को गवरी की इच्छा बतलाई।

''पढ़-पढ़के ही तो सबकी मति खराब हो रही है। राल्या को देख नहीं रहा। सबको बोलता फिरता है, मुझे राल्या नहीं, रोजर बोला करो। कनी कौन से देव को पूजने की बात करता है।'' दादा कुढ़ते हुए बोले। मैं समझ गया, राल्या के किए धरे की सजा गवरी को मिल रही थी।

मैंने दादा को दस तरह से समझाया मगर दादा नहीं माने, तो नहीं माने। बाद में गवरी को बीस तरह से चुप कराया, मगर उसने भी रोना बन्द नहीं किया, तो नहीं किया।

राल्या फल्या में अँधेरा घिरने के बाद लौटा था। उसके हाव-भाव से वह काफी डरा-डरा सा लग रहा था। अगर फल्या में थोड़ा और उजाला होता और मैं उसका चेहरा थोड़ा और साफ देख पाता तो यकीनन वहाँ भय नजर आता।

खाना खाने के बाद राल्या से मेरी बात हुई थी।

''कहीं कुछ गड़बड़ है राल्या? मेरा मतलब है कोई परेशानी है क्या?''

''नहीं तो!'' राल्या ने अचकचाकर कहा।

''नहीं, मुझे ऐसा लगा।'' मैंने कहा।

''और तू मुझे राल्या मत बोल। रोजर नाम है मेरा अब।''

''मेरे लिए तो तू राल्या ही है। और राल्या ही रहेगा।''

''चल मेरी छोड़, तू सुना। तेरी पढ़ाई कैसी चल रही है?'' राल्या ने विषय बदलने की कोशिश करते हुए पूछा।

''ठीक।'' अब झूठ बोलने की बारी मेरी थी।

''परीक्षाएँ हो गयीं?''

''हाँ।''

''रवैल कैसा है?''

''उसे अब सब पीटर कहते हैं।''

''हाँ, तूने पहले बताया था।''

''अच्छा है। और अब पढ़ने में ज्यादा ध्यान देने लगा है।''

''तेरे कॉलेज में तो सब क्रिसचैन होंगे।''

''हाँ, हैं तो सब क्रिसचैन ही। लेकिन एक का जूता दूसरे के पाँव में नहीं आता है।''

''मतलब?''

''जातिवाद की जड़ें इस देश में बहुत गहरे तक फैली हैं राल्या।''

''तो क्या ईसाइयों में भी जातिवाद होता है।''

''हाँ।''

''लेकिन हमारे यहाँ चर्च में तो नहीं है।''

''क्योंकि यहाँ सब हमारी तरह कन्वर्टेड हैं। इसलिए इस पीड़ा से अभी तक गुजरे नहीं हैं।'' मैंने कहा और फिर राल्या से पूछा, ''अच्छा राल्या एक बात बता, तुझे सचमुच लगता है कि इन पहाड़ों के लोगों को कन्वर्टेड करने से इनके जीवन में परिवर्तन आ गया है?''

राल्या ने उस चाँद के हल्के उजाले में मेरे चेहरे को देखा और फिर चुप्पी साध ली।

मैंने फिर राल्या को ज्यादा खँगालने का विचार छोड़ दिया।

छब्बीस

गवरी चूँकि चर्च वाले स्कूल में हमारे साथ पढ़ी थी, इसलिए उससे हम जितने घुल-मिलकर बात करते थे, उतने गजरी से नहीं घुल-मिल पाये थे। गजरी शुरू से बहुत अन्तर्मुखी थी। पता नहीं नीरु ने कब और क्यों उसे अपना राजदार बना लिया था।

नीरु ने गजरी को बोल रखा था, ''मैं फल्या जब भी लौटकर आऊँ, उसे खबर कर देना।'' और गजरी ने अपना काम कर दिया था। मेरे फल्या लौटने की खबर नीरु तक जा चुकी थी और गजरी उसकी खबर लेकर आयी थी।

''लच्छू भैया, कल तो आप रुके हैं ना?''

''नहीं, गजरी मुझे कल लौटना है। तीन दिन की छुट्टी लेकर आया था। लेकिन तू क्यों पूछ रही है? कुछ काम है मुझसे?''

''नहीं, मुझे काम नहीं है।''

''तो फिर किसे काम है?''

''नीरु को?''

''नीरु को? उसे मुझसे क्या काम पड़ गया?''

''पता नहीं। पर उसने मुझे खबर पहुँचवाई है कि कल वह तुमसे मिलना चाहती है।''

''बताया नहीं, किसलिए?''

''नहीं।''

''लेकिन उसे मालूम कैसे हुआ कि मैं आया हुआ हूँ।''

''वो मैंने ही उसे खबर की थी।''

''क्यों?''

''उसने मुझे बोल रखा था कि तुम्हारा फल्या में आना हो तो उसे बताना।''

''हूँ, तो नीरु ने तुम्हें पकड़ रखा है।'' मैंने हँसते हुए कहा।

गजरी झेंप गयी। फिर उसने धीरे से पूछा, ''कल रुक रहे हो ना? मैं नीरु को क्या जवाब दूँ?''

''नहीं, सुबह ग्यारह वाली गाड़ी भोजाखेड़ी से मिल जाएगी। जाना जरूरी न होता तो जरूर रुक जाता।''

''रुक जाओ ना भैया।'' गजरी ने नीरु की तरफ से जिद की।

''मैं नीरु से मिलकर क्या करुँगा? जिस राह पर मुझे चलना नहीं, उसके बारे में सोचकर क्या हासिल होगा।''

गजरी मेरी बात सुनकर फिर कुछ नहीं बोली। मैं जानता था, वह नीरु से

अपनी मित्रता निभा रही थी। और बाद में भी निभाई। अगले दिन सुबह मेरे फल्या से निकलने से पहले ही नीरु मेरे फल्या में मौजूद थी। गजरी ने कब, कैसे, मगर मेरे लौटने की खबर शाम को ही मुझसे बात करने के बाद नीरु तक पहुँचा दी थी।

मौका मिलते ही गजरी मेरे पास आयी थी, बोली, "भैया, नीरु खूब रो रही है।"

"मेरे जाने से भला वो क्यों रोने लगी?"

"तुम ही पूछ लो, क्यों रो रही है?"

"कहाँ है?"

"बबलई काकी के टापरे में।"

"काकी भी वहाँ होगी?"

"नहीं काकी, बयड़ी पर पानी लेने गयी है।"

"ठीक है। मैं आता हूँ।"

बबलई काकी के टापरे में नीरु अकेली थी। और पहले से सुबक रही थी। मुझे आते देख उसका रोना बढ़ गया था।

"तुम क्यों रो रही हो?"

नीरु कुछ न बोलते हुए बस रोये जा रही थी। और रोते-रोते ही उसने मेरी तरफ देखा।

मैंने फिर पूछा, "मेरे लिए इतने महँगे आँसू क्यों बहा रही हो तुम? मैं लगता ही कौन हूँ तुम्हारा?"

"इतने पत्थर क्यों बन रहे हो?"

"मैं पत्थर हूँ तो तुम पत्थर से अपना सिर क्यों फोड़ रही हो?"

"मुझे रुलाने में तुम्हें मजा आ रहा है क्या?"

"मुझे किसी को रुलाने में मजा नहीं आता नीरु। दिल का टूटना क्या होता है, तुम नहीं जानतीं।"

"जब तुम जानते हो तो फिर मेरा दिल क्यों तोड़ रहे हो?"

"मैं कहाँ तोड़ रहा। मैं तो टूटने से बचा रहा हूँ।" मैंने नीरु से कहा।

"अभी तक मुझसे नाराज हो?"

"मैं नाराज नहीं हूँ। मैंने तब भी कहा था, और अब भी कहूँगा कि चीजें बदल गयी हैं नीरु।"

"चीजें नहीं, तुम बदल गये हो? तुम्हारा मन बदल गया है।"

"काश मैं, तुम्हें समझा सकता।"

"मत समझाओ मुझे कुछ। जाओ शहर में कोई तुम्हारी राह देख रही होगी।" कहकर नीरु फिर सिसकने लगी।

मैं नीरु के करीब जाकर उसके आँसू पोंछना चाहता था। मगर उसके करीब जाने जितना भी अधिकारबोध या कहूँ साहस इकट्ठा नहीं कर पाया।

''तुम इस तरह रोओगी तो मुझे अच्छा नहीं लगेगा।''

''मेरे रोने से तुम्हें क्या फर्क पड़ता है। मैं जीऊँ या मरूँ, तुम्हें क्या? एक छोटी-सी गलती की इतनी बड़ी सजा दे रहे हो। गलती भी क्या? वह एक तरह का मजाक था। उसे कब से दिल से लगाये बैठे हो?'' नीरु ने अपने भीतर का गुबार निकाला।

मैं नीरु के उलाहनों से अनुत्तरित था और उसे अधिक दुःखी नहीं करना चाहता था। इसलिए चुप्पी साधे रहा। फिर मैंने धीरे से कहा, ''अब मुझे जाना होगा नीरु?'' मैं पलटने लगा तभी नीरु दृढ़ता के साथ बोली, ''लच्छू, तुम जा तो रहे हो मगर याद रखना अगले भोंगर्या पर तुम मुझे भगाकर नहीं ले गये तो मैं यहीं कालबयड़ी के ताल में डूबकर मर जाऊँगी।''

शून्य
सिर्फ शून्य नहीं होता
होता तो
यों लटकता हुआ दिखाई नहीं देता
माथे पर
हथोड़े की तरह
ठन-ठन चोट करता हुआ

शून्य
सिर्फ शून्य होता तो
इतिहास में कहीं भी दर्ज नहीं होता
शून्य का कोई किस्सा
और सभ्यताओं के विकास में शून्य का हिस्सा

शून्य
सिर्फ शून्य नहीं होता
होता तो चीजों को
एक से दस
दस से सौ
सौ से हजार नहीं करता
और फिर
ज्यादा उधर क्यों खड़े होते
जिधर ज्यादा शून्य होते!

एक

मैं लारेन्स नहीं, लतीफ खान हो गया था।

निकहत मेरे खयालों से कभी दूर नहीं जा पा रही थी। और मैं उसे किसी भी तरह पाना चाहता था। मुझे उसकी कही बात रह रहकर याद आती थी, ''अगर आप मुसलमान होते तो मैं अपने घरवालों को किसी तरह रो-धोकर मना लेती।''

निकहत के बारे में सोचा तो मेरी आँखों में गीलापन भर आया। और मैंने फैसला किया कि मैं मुसलमान हो जाऊँगा।

मुसलमान होने की अपनी इच्छा से मैंने बदरु भाई को अवगत कराया था। बदरु भाई ने मेरी इस इच्छा के लिए अजीज भाई से सलाह मशविरा किया था।

अजीज भाई ने मुझसे पूछा था, ''मुझे यह सुनकर खुशी है कि तुम अल्लाह की राह पर आने का इरादा रखते हो। लेकिन क्या मैं जान सकता हूँ कि तुम मुसलमान क्यों होना चाहते हो?''

मैं अजीज भाई को अपना मन्तव्य नहीं बताना चाहता था कि मैं निकहत के लिए अपना धर्म बदल रहा था, इसीलिए मैंने कह दिया, ''इतने दिनों से मदरसे में पढ़ा रहा हूँ। मुझे अल्लाह और कुरान-पाक की बतायी राह पर चलने का इल्म अपने भीतर से हुआ है। इस मजहब की बातों ने मुझे इसे दिल से अपनाने के लिए प्रेरित किया है। खासकर कुरान-पाक को लगातार पढ़ते रहने से मेरे अन्दर बड़े बदलाव मैं महसूस करने लगा हूँ।''

''किसी तरह के दबाव या लालच में तो नहीं मुसलमान हो रहे हो? क्योंकि इस तरह का जबरन धर्मान्तरण हमारे महजब में गैरवाजिब है। पाप है।''

''नहीं, मैं अपनी मर्जी से अपना धर्म बदलना चाहता हूँ।''

''फिर तो ये बहुत अच्छी बात है। तुम्हारे इन नेक खयालों के लिए अल्लाह तुम्हें समय आने पर इनाम बख्शेगा।'' कहकर अजीज भाई ने खुशी से मुझे गले लगा लिया था।

मुसलमान होने का फैसला करना मेरे लिए कोई बहुत कठिन काम नहीं था। कुरान पाक में मैंने पढ़ा था कि, 'अगर आप दिल से विश्वास करें तभी आप मुसलमान हो जाते हैं।' मेरे मन में जो थोड़ा-सा भय था, वह सिर्फ 'खतना' की रस्म को लेकर था। जैसा कि मैं जानता था 'खतना' को लेकर अलग-अलग मुसलमानों में अलग-अलग परम्पराएँ थीं। कहीं यह जरूरी थी, तो कहीं नहीं। कहीं यह बचपने में होती थी, तो कहीं बाद में किसी और अवसर पर। लेकिन मैं आशंकित था कि इतनी युवा उम्र में भी क्या मेरा 'खतना' होगा? मुझे मौलवी साहब ने बताया कि 'खतना' मुसलमान के लिए जरूरी है। 'खतना' को लेकर मेरे

भीतर मेरा भय अपना साम्राज्य जमा रहा था।

तभी अजीज भाई ने न जाने कैसे मेरे भय को ताड़ते हुए, मुझे धीरे से बताया, '' 'खतना' जब बड़ी या ज्यादा उम्र में होता है तो किसी डॉक्टर की देख-रेख में होता है।' उनकी बात सुनकर मेरे भीतर कुछ राहत आयी थी।''

दो

सुन्नी जमातखाने द्वारा चलाये जा रहे उस मदरसे में मैं अँग्रेजी पढ़ाता था। और अब मैं लारेंस टीचर से उस्ताद लतीफ खान हो गया था। स्कूल के कोर्स के तमाम दूसरे विषय उर्दू में थे। हालाँकि बोलने और पढ़ाने की भाषा हिन्दी थी। और सभी बच्चे हिन्दी समझ लेते थे। बस शुद्ध हिन्दी के कुछ शब्दों पर बच्चे हैरत में पड़ जाते और उसका उर्दू तर्जुमा पूछ लेते थे। मुझे शुरू-शुरू में कुछ दिक्कतें पेश आयी थीं। बहुत से अँग्रेजी शब्दों के अर्थ हिन्दी में बताने के बजाय उर्दू में बताना पड़ता था। ऐसी स्थिति में स्कूल के उर्दू के उस्ताद जनाब मकसूद खान के पास जाता। उनकी उर्दू ही नहीं, हिन्दी भी अच्छी थी। जनाब मकसूद खान स्कूल में उर्दू भाषा और मजहबी तालीम देते थे। उन्हें मेरा नाम अजीब-सा लगता था। वे अकसर कहते थे, 'पता नहीं क्यों, तुम्हारी पर्सनालिटी पर तुम्हारा नाम सूट नहीं करता है।' उस समय मैं उन्हें अपने बारे में और अधिक कुछ बताने के बजाय सिर्फ मुस्कराकर जवाब देता और किसी तरह बात बदल देता था।

एक बार बातों-बातों में मैंने उनसे पूछ लिया था, ''खान साहब, हमें मजहब की जरूरत क्यों होती है? आप मजहबी तालीम देते हैं, क्या आपको नहीं लगता कि व्यक्ति इसके बगैर भी रह सकता है?''

''मनुष्य को छोड़कर दुनिया का हर जीव मजहब के बगैर जीता है। इसलिए मजहब के बगैर मनुष्य भी एक जानवर होगा। दरअसल, मजहब हमें जीने के तौर-तरीके ही नहीं बताता, हमारे जीवन को बेहतर बनाता है। इसे उपयोगी बनाता है। खुदा की सीधी सच्ची राह पर चलना मजहब है। मजहब के बगैर रहा तो जा सकता है लेकिन वह जीवन, जीवन नहीं होगा।'' उस्ताद मकसूद खान ने मजहब के गूढ़ार्थ खोलने की कोशिश की।

''तो क्या संसार के और जीवों का जीवन व्यर्थ है? वे निरर्थक ही इस धरती पर जनमे हैं?''

''नहीं, खुदा की कुदरत में एक चींटी का जीवन भी निरर्थक नहीं है। खुदा ने

सब पर अपनी रहमत बरपायी है। वह सब पर अपनी नजर रखता है। लेकिन उसकी बनायी हुई इस दुनिया में सिर्फ आदमी को ही यह हक हासिल है कि वह अच्छे-बुरे का फर्क कर सके। वो खुदा और नाखुदा का अन्तर कर सके। वह कुरान-पाक में उसकी बतायी हुई बातों को सुन, समझ और सीख सके। यह खुदा की खास इनायत है कि उसने हम मनुष्यों को तर्क करने की ताकत और बुद्धि दी है।''

''और खान साहब जो दुनिया के तमाम दूसरे धर्म हैं, क्या वे भी उस खुदा तक जाते हैं?''

''हाँ, जाते तो उसी एक खुदा की राह पर हैं लेकिन उन्हें शैतानी ताकतें गुमराह कर देती हैं, इसलिए वे सही और गलत का फैसला नहीं कर पाते। और खुदा की बन्दगी करने के बजाय अपने पूरे जीवन को व्यर्थ में गँवा देते हैं।''

''इस तरह तो आप दूसरे धर्मों को खारिज कर रहे हैं?''

''नहीं, मैं उन शैतानी ताकतों को खारिज कर रहा हूँ जो आदमी को खुदा से दूर करती हैं। उसे खुदा का सही रास्ता दिखाने की बजाय और अधिक भटकाती हैं।''

''क्या यह कट्टरता नहीं है?''

''आदमी को अपने मत के प्रति कट्टर होना चाहिए। इसमें बुराई क्या है?''

''क्या कट्टरता बुराई नहीं है?''

''तो क्या आदमी के विचार पानी की तरह होना चाहिए जो बर्तन देखकर अपना आकार बदल लेता है।''

''लेकिन इतनी आजादी तो होनी चाहिए कि वह दूसरे के मत का सम्मान कर सके।'' मैंने खान साहब से लगभग सीधे ही पूछा था।

''जी, जरूर पर साथ में गलत को गलत समझने की तर्कशक्ति होना चाहिए। शैतान तो हर समय अपनी कोशिशें करता है लेकिन जो खुदा की राह नहीं छोड़ते, खुदा भी उनका साथ नहीं छोड़ता है।''

हमारी यह बातचीत शायद थोड़ी और खिंचती मगर उस्ताद मकसूद खान साहब को तभी मदरसा कमेटी के सदर का बुलावा आ गया था और वे चले गये थे।

मैं खान साहब की बातें देर तक सोचता रहा लेकिन उनकी बातों से अन्ततः सहमति नहीं बना पाया था।

खैर, यह तब की बात थी, जब मैं नया-नया इस मदरसे में आया था। अब तो मैं लारेंस टीचर से उस्ताद लतीफ खान हो गया था और उस्ताद मकसूद खान साहब मुझसे और अधिक मुहब्बत करने लगे थे।

तीन

चाहता तो मैं मुसलमान होते ही निकहत के घर जाकर उसके अब्बू से बात कर लेता। मगर मैंने ऐसा नहीं किया था। यह सोचकर कि पहले इस मजहब के तौर-तरीकों में थोड़ा ढल जाऊँ और तब तक नौकरी भी व्यवस्थित हो जाएगी। कहीं रहने का ठीकठाक बन्दोबस्त हो जाएगा। तब मैं निकहत के घरवालों से बात करूँगा तो वो भी मान जाएँगे।

मुझे निकहत की याद आती तो मैं जब तब उदास हो जाता था। और अपनी उदासी को आकाश में खोजता था। कभी दिन के खाली आकाश में मुझे अपने भीतर का खालीपन नजर आता तो कभी रात के भरे हुए आकाश में मैं सितारों में अपनी उदासी खोजता। वे सितारे भी मेरी तरह अपनी जगह पर खड़े-खड़े जल रहे थे।

मुझे मुसलमान हुए चार महीने से ज्यादा का वक्त हो चुका था। मैंने तय किया मैं बदरु भाई को साथ लेकर निकहत के घर जाऊँगा। इसी महीने में और हो सका तो अगले इतवार को ही। और यह तय करते ही मेरे भीतर एक नया उत्साह पैदा हो गया। एक खयाल तो पहले यह आया कि हिन्दुस्तान ट्रेडर्स वाले अजीज भाई को अपने साथ ले जाऊँ, लेकिन फिर यह सोचकर इस विचार को खारिज कर दिया कि खामख्वाह अजीज भाई सोचेंगे कि मैं इसीलिए मुसलमान बना था। वैसे अजीज भाई यह सोचते भी तो कुछ गलत न था। मेरी नीयत यही थी और मंशा भी यही।

मैं अपने विचारों में कहीं खोया ही था कि उस्ताद मकसूद खान साहब ने पीछे से आते हुए कहा, ''सलाम वालेकुम लतीफ भाई।''

''वालेकुम अस्सलाम।'' मैंने सलाम का जवाब दिया।

''यहाँ क्या कर रहे हैं? चलिए मेरे साथ मस्जिद में जरा राउंड लगाकर आ जाएँ। तैयारियों पर निगाह रखनी पड़ती है।'' खान साहब बोले तो मैं अचरज में पड़ गया कि ये भला किन तैयारियों की बात कर रहे हैं।

''किस तरह की तैयारियाँ खान साहब? कोई जलसा है क्या?''

''जलसे तो अब हम मुसलमानों की मौत पर होने लगे हैं लतीफ साहब। ऐसे ही हालात रहे तो इस मुल्क में जीना दुश्वार हो जाएगा।'' किसी पीड़ा के साथ खान साहब बोले।

''मैं समझा नहीं खान साहब, आप क्या कह रहे हैं?''

''समझ जाएँगे। धीरे-धीरे आप भी समझ जाएँगे कि इस मुल्क में मुसलमान होने की कितनी कीमत चुकानी पड़ती है? किन-किन ज्यादतियों से गुजरना पड़ता है? कितने दिमागी तनावों को भोगना पड़ता है?''

मैं खान साहब की कही बात के आशय तलाशने में कहीं खो गया था और उनके साथ पैदल चलते हुए मस्जिद की ओर जा रहा था। तभी मस्जिद के बाहर कादिर बाबा को देखकर हम रुक गये। दुआ-सलाम के बाद कादिर बाबा ने मकसूद खान साहब को सम्बोधित करते हुए बताया, "अख्तर साहब आज रात में पहुँच रहे हैं। कल दोपहर को उनका मजहबी बयान होना है। थोड़ा समय से पहले आ जाइएगा और लतीफ साहब को भी लाइएगा।" कादिर बाबा ने मेरी ओर इशारा कर कहा था। और मुझे देखकर मुस्कराए थे।

अख्तर साहब लखनऊ से आ रहे थे। वे आल इंडिया प्रोग्रेसिव मुस्लिम कमेटी के वर्किंग कमेटी मेम्बर थे और यहाँ मस्जिद में कमेटी की स्थानीय शाखा ने उनके भाषण का कार्यक्रम रखा था, जिसमें वे दीनी बातें कहने वाले थे।

"जी, जरूर। मुझे खुशी होगी। अख्तर साहब को सुनने का मौका मैं गँवाना नहीं चाहता।" मैंने अपनी तरफ से कहा तो कादिर बाबा और खान साहब दोनों खुश हो गये।

कादिर बाबा के जाने के बाद हम मस्जिद में आ गये थे।

भीतर आते ही जनाब मकसूद खान साहब ने अपने मोबाइल से फोन लगाया और फोन पर बोले, "ऊपर ले आओ।" फिर अपने मोबाइल पर खान साहब ने दूसरा नम्बर डायल किया और बोला, "मैं आ रहा हूँ, दरवाजा खोलो।" इतना कहकर फोन काट दिया।

थोड़ी ही देर में मैंने देखा, दो आदमी बहुत हिफाजत के साथ किसी गट्ठर को अपने हाथों में उठाकर लाये थे। उस गट्ठर पर बँधे कपड़े का एक कोना फटा हुआ था और उस फटे हुए कोने से उसमें रखी हुई चीजों का मैंने अन्दाज लगा लिया था। दरअसल, उस कपड़े के फटे हुए कोने से किसी तेज धारदार हथियार का मुँह नजर आ रहा था, जैसे वह कोई तलवार या लम्बी बरछी थी।

फिर मकसूद खान साहब मुझे वहीं इन्तजार करने का कहकर मस्जिद के एक ओर कोने में बने छोटे से फाटक के पास गये और उसे धीरे से धक्का दिया तो वह फाटक खुल गया। मैंने अन्दाजा लगाया कि यह शायद किसी तलघर में जाने का रास्ता था। वे दोनों आदमी खान साहब के पीछे पीछे उस तलघर में चले गये।

खान साहब का बहुत ज्यादा देर तक इन्तजार नहीं करना पड़ा, वे थोड़ी ही देर में वापस आ गये। मैंने अपने मन का संशय मकसूद खान साहब पर प्रकट तो नहीं किया लेकिन मैं उनसे पूछे बगैर भी नहीं रह पाया।

"खान साहब, खुदा के घर में हथियारों की क्या जरुरत?" मैंने खान साहब से पूछा तो वे अचरज से मुझे देखने लगे, जैसे कोई चोरी पकड़ी गयी थी।

"ये समझ लो, खुदा ने ही हमें दिए हैं। काफ़िरों से अपने लोगों को बचाने

के लिए। खुद को बचाने के लिए।'' कहकर खान साहब ने मेरी तरफ किसी रहस्यमयी मुस्कान के साथ देखा और कुछ तैश में बोले, ''लतीफ साहब, आज मुसलमान इस मुल्क में सिर्फ आतंकी बनकर रह गया है। हमें बार-बार याद दिलाया जाता है कि हम इस मुल्क पर बचा हुआ बोझ हैं, जो सैंतालिस में छूट गया था। हमारी मस्जिदें हमारी आँखों के सामने तोड़ दी जाती हैं। और तो और हमारी छाती पर जश्न भी मनाया जाता है। सिर्फ इसलिए कि हम कम हैं। लेकिन ये भूल गये हैं कि हम कम हैं, लेकिन कमजोर नहीं।''

''लेकिन यह तो दहशतगर्दी का सामान है? अल्लाह इसकी इजाजत नहीं देता।''

''और वे जो हर साल हमारी मस्जिद के टूटने पर दीये जलाते हैं, क्या वो दहशतगर्दी नहीं है। मौके-बेमौके जुलूस निकालते हैं और जोर-जोर से नारे लगाकर अपनी छातियाँ ठोककर हमें ललकारते हैं, वो दहशतगर्दी नहीं है। दहशतगर्दी हमनें नहीं, लतीफ साहब उन्होंने फैला रखी है। हमने तो सिर्फ अपने बचाव के लिए इन हथियारों को यहाँ जमा कर रखा है। हमारे बच्चे, हमारी औरतें डरी हुई हैं, कहीं गुजरात हमारे यहाँ न दोहराया जाए। कहीं यह पूरा मुल्क ही गुजरात न हो जाए।''

''गुजरात में जो हुआ, सो हुआ। अब वहाँ शान्ति है। पूरे मुल्क में अमन है। इतिहास को सीने से चोटाके रखने से कभी सीने में ठंडक नहीं पड़ेगी खान साहब।''

''कैसी शान्ति? कैसा अमन? भीतर ही भीतर यहाँ का मुसलमान खुद को पराया महसूस कर रहा है। और सच तो यह है कि उसे पराया महसूस करवाया जा रहा है। उसे कहीं भी, कभी भी आतंकी समझे जाने का डर लगा रहता है। एक असुरक्षा की भावना यहाँ हर मुसलमान के भीतर गहरे पैठ गयी है। लतीफ साहब आप इतिहास की बात कर रहे हैं, हम तो अपने वर्तमान से खौफजदाँ हैं।''

''खौफजदाँ होने का यह मतलब तो नहीं कि खौफ फैलाने वाली चीजें इकट्ठी करने लगें?''

''इन्हीं चीजों से हमारे घर बचे हुए हैं अभी। वरना अब तक खाक हो गये होते। हमारी औरतों की अस्मत लुट गयी होती। हमारे बच्चे जिन्दा जला दिए गये होते।'' खान साहब ने लगभग गुस्से में आकर कहा और जाने के लिए वापस पलट गये। खान साहब के इस बर्ताव से मुझे एक किस्म का डर लगने लगा।

अब मुझे समझ में आया कि खान साहब मस्जिद में जाकर किन तैयारियों को देखने का कह रहे थे। दरअसल, छः दिसम्बर तीन दिन बाद रविवार को आ रहा था और शहर के माहौल बिगड़ने का अन्देशा उन्हें लग रहा था। इसलिए वे मस्जिद में इन हथियारों की तैयारी को देखने आये हुए थे।

चार

"अमेरिका ने जो जंग हमारे मुल्कों को तबाह करने के लिए छेड़ी है, हमें उसका यहाँ हिन्दुस्तान में भी विरोध करना होगा। जगह-जगह प्रदर्शन करना होगा क्योंकि अमेरिकी जंग, आतंकवाद के खात्मे के लिए नहीं बल्कि आतंकवाद के बहाने, मुसलमानों के खात्मे के लिए शुरू हुई है। मुसलमान को पूरी दुनिया में बदनाम कर रहा है अमेरिका।" अख्तर साहब अपने पूरे जोश के साथ बोल रहे थे। हम सब मस्जिद में उन्हें सुनने के लिए इकट्ठा हुए थे।

मैं यह सोचकर आया था और खुश था कि कुछ मजहबी और दीनी बातें सीखने को मिलेंगी। कुरान-पाक की आयतों को लेकर कुछ लम्बी चर्चाएँ होंगी। मैंने तो यहाँ तक सोच रखा था कि यदि अवसर मिला तो मैं भी कुछ बातें जरूर पूछूँगा।

लेकिन यहाँ तो जबसे अख्तर साहब आये थे, उनकी बातों में या तो अमेरिका था या पाकिस्तान था या ओसामा था या गुजरात था। दीन और मजहब का कोई जिक्र था तो बस इतना कि अब मजहब खतरे में है।

"हिन्दुस्तान में मुसलमानों की दूसरी सबसे बड़ी आबादी है। हमारे विरोध प्रदर्शन सरकार को अमेरिका से बात करने के लिए मजबूर कर देंगे। और हिन्दुस्तान की सरकार की बात अमेरिका को माननी ही पड़ेगी। क्योंकि हिन्दुस्तान एक बड़ी ताकत है। एक बहुत बड़ा बाजार है, और अमेरिका ऐसी ताकत और बाजार को खोने की मूर्खता कतई नहीं करेगा।"

पता नहीं और भी क्या-क्या दूसरी अनर्गल बातें अख्तर साहब अमेरिका के खिलाफ बकते रहे। सारे लोग जो वहाँ उन्हें सुनने आये थे। उनकी बातों ने उन्हें जोश से भर दिया था, इतना जोश से कि अगर उस समय कहीं कोई अमेरिकी सामने दिख जाता तो शर्तिया उनमें यह होड़ लग जाती कि उस अमेरिकी की गर्दन पहले कौन काटेगा? लेकिन शुक्र था, वहाँ कोई अमेरिकी नहीं था। और वह हिन्दुस्तान की एक मस्जिद थी, जहाँ आल इंडिया प्रोग्रेसिव मुस्लिम कमेटी की बैठक हो रही थी, जिसमें लखनऊ से आये कमेटी के वर्किंग कमेटी मेम्बर जनाब अख्तर साहब स्थानीय कमेटी के सदस्यों को सम्बोधित कर रहे थे।

जब अमेरिका के प्रति अख्तर साहब के भीतर का सारा मवाद निकल गया तो फिर वे हिन्दुस्तान के मुसलमानों पर हो रहे अन्याय और आने वाली छः दिसम्बर को

लेकर चिन्तित होते हुए बोले, "हमें बहुत होशियार और तैयारी के साथ रहने की जरूरत है। ये काफ़िर और दहशतगर्द हमारी मस्जिदों पर घात लगाकर बैठे हैं। एक मस्जिद तोड़कर इनके हौसले बढ़ गये हैं। इन्हें पूरे मुल्क में अब बाबरी मस्जिदें नजर आने लगी हैं। हमारी चुप्पी को ये हमारी कमजोरी मान रहे हैं। मैं अपने तमाम भाइयों से कहता हूँ, यदि जरुरत पड़े तो अपने दीन की हिफाजत के लिए इस धरती को करबला का मैदान बना दो। अपने मजहब को हमें अब अपने खून से बचाना होगा। वरना वो दिन दूर नहीं जब हमें इस मुल्क से खाली हाथ बेदखल कर दिया जाएगा।"

मैं अख्तर साहब की बातों से उकता रहा था। वे सिर्फ और सिर्फ लोगों की भावनाओं को भड़का रहे थे। मैं अपने भीतर एक किस्म की बेचैनी महसूस करने लगा। मैं उस समय उठकर बाहर जाने की सोचने लगा मगर फिर यह सोचकर बैठा रहा कि पता नहीं मेरे इस तरह उठकर जाने को ये लोग क्या समझ बैठें।

पाँच

और लोगों की तरह मैं भी बदरुद्दीन भाई को अब सिर्फ बदरु भाई कहने लगा था।

मैं बदरु भाई से मिलने उनके घर गया था। मगर वे शाम के सात बजे तक भी घर पर नहीं लौटे थे। मैं इन्तजार करता रहा। मुझे उन्हें लेकर निकहत के घर जाने के बारे में बात करनी थी। और मैं इस काम में और अधिक देर नहीं करना चाहता था।

तकरीबन दो घंटे के इन्तजार के बाद बदरु भाई अपना ठेला लेकर आये। वे बहुत थके हुए लग रहे थे। मुझे घर में आया देख, जरा-सा मुस्करा दिए फिर बोले, "कैसे आना हुआ लतीफ भाई?"

"यों ही आपकी याद आ रही थी। सोचा, खैर-खबर तो ली जाए। लेकिन आज आप कहाँ रह गये थे, इतनी देर हो गयी?" मैंने पूछा।

"क्या बताऊँ लतीफ भाई। आते वक्त रास्ते में एक बुढ़िया सड़क पर कराह रही थी। बेचारी को कोई टक्कर मार कर चला गया था। उसे पहले अस्पताल पहुँचाया, फिर उसके घर खबर पहुँचाने में देर हो गयी। ज्यादा चोट तो नहीं आयी थी मगर बूढ़ी हड्डियाँ हैं, थोड़ी चोट भी उसे खटिया पर बिठाने के लिए काफी है।" बदरु भाई ने बहुत संयत स्वर में दुखी होते हुए कहा।

"बदरु भाई आप जैसा नेक दिल आदमी मैंने आज तक नहीं देखा। खुदा तुम

जैसे लोग कम क्यों बनाता है?"

"इतनी बड़ी बात न कहो मेरे लिए लतीफ भाई। मैं क्या करता हूँ, खुदा मुझे हुक्म देता है और मैं, मुझसे जो बन पाता है, कर देता हूँ।"

"नहीं, बदरु भाई सच कह रहा हूँ। मुझे भी तो आपने ही अस्पताल पहुँचाया था। सड़क पर पड़ा देखकर अफसोस जाहिर करने वालों की कमी नहीं थी, लेकिन मदद करने के लिए सिर्फ आपके हाथ उठे थे।"

"वो तो मेरा इनसानी फर्ज था भाई।"

"बदरु भाई आज दुनिया को इसी 'इनसानी फर्ज' की तो जरूरत है।"

"ये बड़ी बातें हैं लतीफ भाई। मैं एक छोटा आदमी हूँ। ऐसी बातें सुनने की, न मेरी आदत है, न मेरी औकात।" बदरु भाई ने बड़े ही प्रार्थना भरे शब्दों में कहा और फिर विषयान्तर करते हुए बोले, "मेरी छोड़िए, आप सुनाइए। कैसे आना हुआ? कहीं कुछ काम है क्या?"

"काम तो है बदरु भाई।"

"कहिए। मैं क्या कर सकता हूँ?"

"कहीं आपको साथ में ले जाना चाहता हूँ।"

"कहाँ? आप कहें तो अभी चल देते हैं। खाना आकर खा लेंगे।"

"नहीं, अभी नहीं। इतवार को ही चलेंगे।"

"लेकिन जाना कहाँ है? कुछ बताओ तो मियाँ?"

"मियाँमान मोहल्ले में, जनाब रऊफ बेग मिर्जा साहब के यहाँ चलना है।"

"मियाँमान मोहल्ले में? कुछ खास है क्या?"

"खास नहीं। बहुत खास समझ लो।"

"पहेलियाँ न बुझाओ मियाँ। साफ-साफ कहो। एक तो हम ज्यादा पढ़े-लिखे नहीं हैं। ऊपर से खुदा ने कमअक्ल बख्शी है।" कहकर बदरु भाई हँस पड़े।

इतने में भीतर से बदरु भाई की पत्नी आ गयीं। मैंने उन्हें सलाम कहा तो जवाब में उन्होंने भी सलाम में हाथ हिला दिया। फिर वे अपने शौहर की तरफ देखकर बोलीं, "आप खाना भी खाएँगे या यहीं गप्प हाँकते रहेंगे। लतीफ भाईजान भी दो घंटे से इन्तजार कर रहे हैं। वे भी आज यहीं खा लेंगे।"

"हाँ, हाँ भई। भूख तो हमें खूब लगी है।" फिर बदरु भाई मेरी तरफ देखकर बोले, "भाई तुम भी हाथ-मुँह धो लो। खाना तो आज हम आपके साथ खाएँगे।"

मैंने इनकार किया मगर वे दोनों मियाँ-बीबी मुझे खाना खिलाकर ही माने।

खाना खाते-करते हमें काफी देर हो गयी थी। और रात भी गहरानी शुरू हो गयी थी। इसलिए मैं बदरु भाई से विदा लेकर वापस आ गया। आने से पहले बदरु भाई ने फिर पूछा था, "आपने बताया नहीं, वो खास काम क्या था?"

मैं उनका प्रश्न सुनकर पहले हँस पड़ा था, फिर बोला, ''अब इतवार को ही बताऊँगा।''

''तब तक आप मेरा पेट दुखाएँगे।'' बदरु भाई हँसते हुए बोले।

''इतना बड़ा पेट है, छोटी-मोटी बातों से क्या दुखेगा?'' कहकर मैं फिर हँस दिया।

रास्ते भर मैं बदरु भाई के बारे में सोच रहा था। बदरु भाई गरीब हैं, अनपढ़ हैं मगर कितने भले और नेक आदमी हैं। और एक हमारे मदरसे के उस्ताद मकसूद खान साहब हैं, पढ़े-लिखे हैं, अच्छी आमदनी है फिर भी उनकी बातों से हिंसा की बू आती है। बदरु भाई ने भले कुरान-पाक को खुद न पढ़ा हो, लेकिन उनका आचरण उसी के अनुरूप है। वे खुदा से डरते हैं। वे जानते हैं कि खुदा उनके हर काम को देख रहा है और अन्त में उनके अच्छे-बुरे कामों का हिसाब करेगा।

मुझे कुरान-पाक की सूरह हुजुरात की वह अठारहवीं आयत याद आयी जिसमें अल्लाह ने अपने बन्दों से कहा है, ''निःसन्देह अल्लाह ही जानता है आकाशों और धरती के गैब (छुपी बातें) को तथा अल्लाह देख रहा है जो कुछ तुम कर रहे हो।''

खान साहब ने कुरान को रट रखा था, मगर जीवन में उसे उतारा नहीं था। बदरु भाई ने कुरान को पढ़ा नहीं था लेकिन उनका जीवन कुरान हो गया था। वे सच्चे मुसलमान हैं। अल्लाह के सच्चे बन्दे हैं।

छः

क्रिसचैन कॉलेज के अपने साथियों को मैंने नहीं बताया था कि मैं कॉलेज छोड़ने के बाद कहाँ था। यहाँ तक कि पीटर को भी नहीं। लेकिन ये राज बहुत समय तक राज नहीं रह पाया। रविवार को बदरु भाई के घर की तरफ जाते समय रास्ते में सर्जन मिल गया था और मुझे देखते ही खुश हो गया था। सर्जन रविवार होने से अपनी बहन के घर जा रहा था।

''लच्छू कैसा है यार तू?'' सर्जन ने खुशी से उछलते हुए पूछा।

''ठीक हूँ।''

''तू यहीं है। हम दोस्तों को खबर तक नहीं है। ये तो गलत है यार। तू एक खबर तो कर सकता था। जानता है पीटर तेरे लिए बहुत परेशान रहता है। हम अकसर तेरी बात करते हैं। हमें तो लग रहा था कि तू वापस अपने फल्या में लौट

गया होगा। लेकिन पीटर सच कहता था, कि तू खाली नहीं लौटेगा। इस शहर से हार कर नहीं जाएगा।'' जैसा कि सर्जन की आदत थी, वह फटाफट बोल रहा था।

''सच कहूँ तो कुछ दिनों बाद तुम लोगों से जरूर मिलने आता। भोंगर्या भी दो-एक महीने बाद आने वाला है। तुम सबके साथ ही फल्या के लिए लौट जाने का सोच रखा था मैंने।'' मैंने सर्जन को अपने मन की बात बतायी।

तभी सर्जन को याद आया, ''अरे यार, तुझे ढूँढ़ते हुए तेरे दादा शहर में आये थे। मगर हममें से कोई नहीं जानता था कि तू कहाँ रहता है? क्या करता है? इसलिए हम उन्हें कुछ नहीं बता पाये।''

''कब आये थे?''

''यही कोई बीस-पच्चीस दिन पहले?''

''क्या कह रहे थे?'' मैंने पूछा।

''ये तो बताया नहीं, लेकिन परेशान बहुत दिख रहे थे।'' सर्जन ने बताया।

दादा मुझे ढूँढ़ते हुए शहर आये थे। जरूर कोई बड़ी बात होगी। मेरा मन दादा के आने के बारे में सुनकर विचलित होने लगा। और यह सोचकर दुखी भी कि मुझे क्रिसचैन कॉलेज में न पाकर दादा मेरे बारे में क्या सोच रहे होंगे?

''सर्जन, तू पीटर को बोलना, मैं आज शाम को उससे मिलने आऊँगा। अभी मुझे कहीं जाना है। शाम को बैठकर बाकी बातें करते हैं। हाँ, तू मेरा मोबाइल नम्बर लिख ले।'' सर्जन को मैंने अपना मोबाइल नम्बर लिखवाया। यह मोबाइल मैंने कुछ दिनों पहले खरीदा था और फिर बदरु भाई के घर की तरफ बढ़ गया।

सर्जन से मिलना, अच्छा रहा। दादा के शहर आने की खबर मिल गयी। पता नहीं, दादा किसी मुसीबत में तो नहीं? उधर फल्या में कहीं कुछ हो तो नहीं गया? मन में तरह-तरह के सवाल उठने लगे। इन्हीं सवालों की उधेड़बुन में चलते-चलते मैं बदरु भाई के घर तक चला आया। बदरु भाई घर पर ही मिल गये थे। छः दिसम्बर होने से अजीज भाई की हिन्दुस्तान ट्रेडर्स बन्द थी। इस दिन अमूमन शहर के सभी मुसलमान 'काला दिवस' मानते हुए अपने प्रतिष्ठान और काम-काज को बन्द रखते थे। बानवे के बाबरी विध्वंस के बाद यह एक नयी दरार मुल्क में पड़ गयी थी कि एक कौम इस दिन को 'काला दिवस' मानकर छाती कूटती तो दूसरी कौम इसे 'विजय दिवस' घोषित कर अपनी छाती ठोंकती।

समय के साथ समय का चेहरा खुरदरा होता जा रहा था और दरारें बढ़ती जा रही थीं। बदरु भाई जैसे लोग समय की इन दरारों को नेकी और भलेपन की पुट्टी से भरने की कोशिश कर रहे थे मगर अफसोस कि दुनिया में ऐसे लोगों का भयंकर अकाल था। और जैसा कि दुनिया उम्मीद पर कायम थी, मैं भी उम्मीदों से भरा हुआ था।

बदरु भाई मुझे देखते ही प्रसन्नता से बोले, ''सलाम वालेकुम लतीफ भाई।''

''वालेकुम अस्सलाम, बदरु भाई।'' मैंने जवाब दिया।

''अरे हाँ, आपने बताया था कि इतवार को हमें मियाँमान मोहल्ले में चलना था। किन्हीं रऊफ बेग मिर्जा साहब के यहाँ।''

''हाँ, वहीं चलना है, इसीलिए तो आया हूँ।''

''लेकिन भाई पहले हमें पूरा किस्सा तो सुनाइए कि क्यों जाना है? उनसे क्या काम है? और हम आपकी क्या मदद कर सकते हैं?''

''बदरु भाई, अब आपसे क्या छुपाना? मैं मिर्जा साहब की बेटी निकहत से मुहब्बत करता हूँ और उससे निकाह करना चाहता हूँ। और इसलिए चाहता हूँ कि ये बात आप मेरी तरफ से करें। अब यहाँ मेरा आपके सिवा कोई और तो है नहीं।''

''अच्छा बरखुरदार तो ये बात है, लेकिन पहले ये बताओ कि क्या निकहत भी तुमसे मुहब्बत करती है?''

''हाँ, बदरु भाई। सच कहूँ तो मैं निकहत के लिए ही मुसलमान बना था।''

''भाई मैं तुम्हारे इश्क की कद्र करता हूँ और तुम्हारे जज्बे को सलाम कि अपनी मुहब्बत को पाने के लिए तुमने अपने धर्म को छोड़ दिया।''

''धर्म तो क्या बदरु भाई मैं निकहत के लिए दुनिया छोड़ सकता हूँ।''

''तब तो मुझे चलना पड़ेगा भाई। मैं नहीं चाहता कि दुनिया से आप जैसा कोई नेक बन्दा कम हो जाए।'' कहते हुए बदरु भाई हँस पड़े।

बदरु भाई को साथ लेकर मैं मियाँमान मोहल्ले में आ गया। मैंने निकहत का घर नहीं देखा था लेकिन मुझे मालूम था कि उसका घर बन्ने भाई तबले वाले के घर के सामने पड़ता है।

बदरु भाई के साथ जब निकहत के घर पहुँचा तो सबसे पहले सुहैल से सामना हुआ, जिसने हमारे खटखटाने पर दरवाजा खोला था। मुझे पहचानते ही सुहैल गुस्से से दाँत कटकटाने लगा और बोला, ''तू? तू यहाँ क्या कर रहा है?''

बदरु भाई हैरानी से उसे देख रहे थे। और मैं या बदरु भाई कुछ बोलें इससे पहले ही सुहैल चिल्लाकर बोला, ''कमीने तेरी इतनी हिम्मत हो गयी कि अब तू हमारे घर तक आ गया? पिछली बार की मार भूल गया क्या? या पिटाई में कुछ कमी रह गयी थी?''

सुहैल की आवाज सुनकर घर के बाकी लोग बाहर के कमरे में आ गये। निकहत भी आ गयी थी। और बीच के कमरे के पर्दे की ओट में खड़ी हो गयी थी। मैंने निकहत को महीनों बाद देखा था। मुझे देखते हुए निकहत के चेहरे पर एक साथ खुशी, अचरज और दुःख आया था। लेकिन अपने भाई के उफनते क्रोध को देख वह

सहमी-सी खड़ी रही।

''क्या हुआ सुहैल? कौन हैं ये जनाब? और तू इनसे इस तरह बातें क्यों कर रहा है?'' मिर्जा साहब ने बीच में आते हुए सुहैल से पूछा।

सुहैल ने मेरे बारे में अपने घर पर शायद कुछ नहीं बताया था। निकहत से मेरे रिश्ते की बात और उस दिन कॉफी हाऊस में झगड़े की बात को उसने अपने घर में राज रखा था, इसलिए वह मिर्जा साहब की बात सुनकर सकपका गया और बोला, ''ये एक काफ़िर है। हमारी निकहत के पीछे आता था। मैंने इसे सबक सिखा दिया था, लेकिन लगता है, ये उस सबक को अब भूल गया है।'' सुहैल फुँफकारते हुए बोला था।

सुहैल की बात सुनकर मिर्जा साहब थोड़ा आगे आये और बदरु भाई को सलाम कहा, फिर बोले, ''आपकी तारीफ?''

''जी, मेरा नाम बदरुद्दीन खान है। मैं एक गरीब शिया मुसलमान हूँ। और अमन नगर में रहता हूँ। ये मेरे साथ जनाब लतीफ खान साहब हैं, हमारे उधर ही सुन्नी जमातखाने के मदरसे में अँग्रेजी पढ़ाते हैं। और बड़े नेक बन्दे हैं।'' मेरा परिचय कराते हुए बदरु भाई ने मिर्जा साहब से बड़े सम्मान के साथ कहा। मेरा नाम लतीफ जानकर सुहैल हैरान हो गया। और शर्तिया बीच के दरवाजे पर लगे पर्दे की ओट में खड़ी निकहत भी हैरान होगी। हालाँकि उस समय मैं निकहत का चेहरा नहीं देख पाया था।

''नहीं, झूठ बोल रहे हैं आप? मैंने इसके बारे में सब पता किया है। ये एक आदिवासी है और कन्वर्ट होकर ईसाई बन गया है।'' सुहैल ने तत्काल बदरु भाई की बात को काटा था।

''आप सही फरमा रहे हैं बरखुरदार। लेकिन इन्होंने बकायदा मुस्लिम धर्म अपनाया है। ये पिछले चार महीनों से हर जुम्मे की नमाज अदा करते हैं। कुरान-पाक में विश्वास करते हैं। और अल्लाह के उसूलों को मानते हैं।''

''तो क्या एक आदिवासी मुसलमान होने से हम मिर्जाओं के बराबर हो जाएगा? बदरुद्दीन साहब, आपका दिमाग तो नहीं फिर गया है, पिंजारे भी इनसे बेहतर होते हैं।'' निकहत के अब्बू रऊफ बेग मिर्जा साहब ने अब तैश में आकर बदरु भाई को डाँटा फिर उन्होंने आगे जोड़ा, ''हमारे घर रिश्ता लाने से पहले कुछ सोच तो लिया होता। ये तो अभी-अभी मुसलमान बना है, ज्यादा कुछ नहीं जानता लेकिन आप तो पहले से मुसलमान हैं, आपको नहीं पता कि हम मिर्जाओं में शादी के लिए किन आला दर्जे के खानदानों से रिश्ते आते हैं?''

मिर्जा साहब की बात सुनकर बदरु भाई चुप हो गये थे और गर्दन झुकाए खड़े हुए थे। मैं शर्मिन्दा था कि मेरे कारण बदरु भाई को इतनी बातें सुननी पड़ रही थीं।

"और एक दूसरी और जरूरी बात कि निकहत की सगाई हो चुकी है और इसी माह निकाह है। महज पन्द्रह दिन बचे हैं, और हम नहीं चाहते कि किसी तरह का हंगामा खड़ा हो। इसलिए उसका खयाल अब अपने दिल से निकाल दीजिए। वरना सुहैल को हम रोक नहीं पाएँगे।" मिर्जा साहब ने अब लगभग धमकाते हुए कहा था।

मैं शर्तिया जानता था कि उस समय निकहत, जो बीच के दरवाजे के पर्दे की ओट में खड़ी थी, रो रही होगी। दिल मेरा जल रहा था। आत्मा मेरी झुलसी हुई थी। निकहत के लिए मैंने धर्म बदला था, लेकिन अपनी जाति नहीं बदल पाया था। धर्म से मुक्ति सम्भव थी, लेकिन जाति से नहीं।

सात

निकहत के घर से बेआबरू होकर लौटा तो देर तक उदास बैठा रहा।

मैं निराश था। परेशान था। मुसलमान होने के बावजूद मैं निकहत को नहीं पा सकता था। मेरा मन कह रहा था कि निकहत किसी तरह अपने अब्बू और बाकी घरवालों को मना ही लेगी। उसने मुझे कहा था कि अगर मैं मुसलमान होता तो वह किसी भी तरह रो-धोकर अपने घरवालों को मना लेगी।

निकहत का तनाव दिल और दिमाग पर तो था ही, साथ में अपने दादा और अपने फल्या की चिन्ता भी थी। मैंने तय किया कि मैं अगले दिन किसी भी तरह अपने फल्या जाऊँगा फिर वहाँ से लौटकर आने के बाद निकहत के बारे में आगे क्या करना है, सोचूँगा।

तभी मेरे कमरे का दरवाजा किसी ने खटखटाया। मैंने खोला तो देखा एक बारह साल का लड़का था। मुझे देखते ही बोला, "तुम लतीफ हो?"

"हाँ।" मैंने संशय से उसे देखते हुए कहा।

"ये तुम्हारे लिए है।" उस लड़के ने मेरे हाथ में चिट्ठी थमाते हुए कहा और जाने लगा।

मैंने उसे रोकते हुए पूछा, "तुम कौन हो?"

"मैं सलमान हूँ। जोया का भाई। उसी ने मुझे ये चिट्ठी तुम्हें देने को कहा था।

मैंने उस लड़के को शुक्रिया कहा और जवाब में वह मुस्कराते हुए चला गया।

जोया वही लड़की थी जो निकहत के साथ कॉलेज जाती थी। निकहत ने

जरूर उससे मदद माँगी होगी। मैंने चिट्ठी खोलकर देखी, चिट्ठी में एक मोबाइल नम्बर लिखा था और उसके नीचे सिर्फ एक लाइन लिखी थी, "तत्काल, इस नम्बर पर बात करो।"

मैंने उस नम्बर पर फोन लगाया।

"हलो! मैं लतीफ बोल रहा हूँ। आप कहाँ से?"

"जी, मैं जोया बोल रही हूँ।"

"जी, सलाम वालेकुम।"

"वालेकुम अस्सलाम। लीजिए निकहत से बात कीजिए।"

"कैसी हो निकहत?"

निकहत रो रही थी। मुझे मोबाइल पर उसके सिसकने की आवाजें आ रही थीं। निकहत के रुदन ने मेरी आँखों में भी पानी भर दिया।

"निकहत, प्लीज कुछ बोलो। मत रोओ इतना।"

निकहत कुछ सँभलते हुए धीरे से बोली, "हमें यहाँ से ले जाइए।"

"ले जाऊँगा, निकहत, जरूर ले जाऊँगा। तुम फिक्र न करो।"

"फिक्र कैसे न करें हम। पन्द्रह दिन बाद हमारा निकाह हो जाएगा।"

"तुम्हारे निकाह से पहले मैं तुम्हें ले जाऊँगा। मेरा वादा है तुमसे बस।"

"आपके वादे पर भरोसा है, लेकिन अब ब्याह-शादी की तैयारियाँ शुरू हो जाएँगी तो निकलना मुश्किल होगा। क्या आज कल में ही आप हमें नहीं ले जा सकते?"

"निकहत, दरअसल, मेरे दादा गाँव से मुझे ढूँढ़ते हुए पिछले दिनों आये हुए थे। मेरी उनसे मुलाकात नहीं हो पायी थी। वहाँ गाँव में जरूर कोई दिक्कत होगी वरना दादा इस तरह मुझे ढूँढ़ते हुए शहर में कभी नहीं आते। उन्हें इन बड़े शहरों से बहुत डर लगता है।" मैंने निकहत को संक्षिप्त में समझाने की कोशिश की।

"तो कब तक वापस आएँगे आप?"

"यही कोई चार दिन में किसी भी तरह वापस आ जाऊँगा।"

"नहीं, तब तो आप हमें आज ही ले जाइए। चार दिन बाद हमारे घर में मेहमानों का आना शुरू हो जाएगा और फिर हम घर से अकेले कहीं बाहर निकल नहीं पाएँगे।"

मुझे निकहत का ये खयाल अच्छा लगा कि मैं उसे लेकर आज ही निकल जाऊँ। अगर मैं उसे लेकर अपने फल्या में लौट गया तो कोई हमें ढूँढ़ नहीं पाएगा। मैंने तत्काल मोबाइल पर जवाब दिया, "ठीक है निकहत! हम आज ही मिलते हैं। तुम कहाँ मिलोगी?"

"हम आज शाम को सात बजे के आसपास जोया के साथ पार्लर जाने के

बहाने घर से निकलेंगे। आप हमें शिवाजी चौराहे पर प्रियंका ब्यूटी पार्लर के पास मिलिएगा।''

''ठीक है, निकहत। अपना खयाल रखना।''

''जी, आप भी अपना खयाल रखिएगा। खुदा हाफिज।''

''खुदा हाफिज।''

निकहत से मोबाइल पर बात हो जाने से मेरे मन को एक किस्म की राहत मिल गयी थी।

आठ

छः दिसम्बर होने से शिवाजी चौराहे पर 'विजय दिवस' का कार्यक्रम चल रहा था और पूरा चौराहा भीड़ से भरा था। निकहत और मुझे इस बात का खयाल नहीं रहा था कि शिवाजी चौराहे पर इस दिन इतनी भीड़ होगी। हमने मिलने की जगह तय करने से पहले इस बारे में तो सोचा ही नहीं था।

शिवाजी चौराहे पर समय के साथ भीड़ बढ़ती जा रही थी। बड़े बड़े डीजे सिस्टम्स पर जोर-शोर से धार्मिक गीतों की धुनें बज रही थीं, जो सुनने वालों में जोश भर रही थीं। और शिवाजी चौराहे के दूसरे तरफ के लोगों के दिलों को जला रही थीं जो उस दिन को 'काले दिवस' की तरह देख रहे थे।

प्रियंका ब्यूटी पार्लर जो इस चौराहे से लगी एक गली में था, वहीं पर निकहत ने मिलने का कहा था। मैं समय पर पहुँचकर उसका इन्तजार कर रहा था। दिसम्बर का महीना होने से सात बजे के आसपास आसमान में अँधेरा हो चुका था लेकिन शहरी चकाचौंध आज पहले से ज्यादा थी। चौराहे और मुख्य मार्ग पर भीड़ समय के साथ बढ़ती जा रही थी। आसमान नारों से गूँज रहा था।

चौराहे की भीड़ और माहौल को देखते हुए मुझे लगा कि निकहत शायद नहीं आ पाएगी। उसके घरवाले उसे घर से निकलने नहीं देंगे। लेकिन फिर खयाल आया कि हो सकता है निकहत किसी और बहाने से अपने घर से निकलने में कामयाब हो जाए। यही सोचकर मैं इन्तजार कर रहा था। लेकिन जैसा कि मुझे आशंका थी, उसके विपरीत भीड़ के कारण थोड़ी देर से सही मगर निकहत, जोया के साथ आयी थी। दोनों चेहरे से डरी हुई लग रही थीं।

मुझ तक पहुँचते ही निकहत ने सबसे पहले जोया से कहा, ''जोया, अब तू यहाँ से वापस जल्दी चली जा। देख माहौल खराब है। सँभलकर जाना।''

''तुम दोनों भी यहाँ से कहीं और चले जाओ। खुदा न करे कहीं किसी ने देख लिया तो गजब हो जाएगा।'' जोया सतर्क करते हुए बोली।

''ठीक है जोया। खुदा हाफिज।''

''अपनी खैरियत की खबर जरूर देना। खुदा हाफिज।'' कहकर जोया जाने के लिए पलटी थी कि सामने सुहैल और उसके दोस्तों को देखकर धक्क रह गयी। जोया का चेहरा स्ट्रीट लाइट की उस दूधिया रोशनी में भी पीला नजर आने लगा। मैंने देखा, निकहत भी भय से थरथरा रही थी।

सुहैल के साथ आये सात-आठ दोस्त अपनी गाड़ियों में रख कर लाये हॉकी के डंडों को निकालकर मेरी ओर बढ़े तो निकहत चीखकर बोली, ''आप भागिए यहाँ से?''

मगर मैं निकहत को इस हालत में छोड़कर नहीं जा सकता था। और न ही गया। लेकिन उस गली में सुहैल और उसके दोस्तों के आने और हंगामा मचाने से आसपास के लोगों में पता नहीं क्या अफवाह फैली कि चारों तरफ भगदड़-सी मच गयी। सुहैल और उसके साथी भी कुछ समझ नहीं पाये और वे खुद को असुरक्षित महसूस करने लगे।

चौराहे पर जमा भीड़ भगदड़ से बचने के लिए एक-दूसरे को कुचलते-धकेलते हुए सड़कों पर इधर-उधर भागने लगी। गलियों में घुसने लगी। हम सब उस भीड़ में तितर-बितर हो गये। और यह सब महज कुछ पलों के भीतर घटित हो गया था। मैं और निकहत भी एक दूसरे से अलग हो गये थे। मैं उस भीड़ में निकहत को तलाशने लगा, मगर निकहत का कहीं नामो-निशान नहीं था। समझ में नहीं आ रहा था कि कुछ ही पलों पहले मेरे साथ खड़ी निकहत इस भीड़ की चपेट में आकर कहाँ खो गयी थी।

लोग इधर से उधर, उधर से इधर बदहवाश से दौड़ रहे थे। मार-काट मच चुकी थी और मैं वहाँ गली और चौराहे पर पागलों की तरह चिल्ला-चिल्लाकर निकहत को ढूँढ़ रहा था। सुहैल और उसके साथी कहीं नजर नहीं आ रहे थे।

उस चौराहे पर जहाँ कुछ देर पहले 'विजयोत्सव' हो रहा था, वहाँ दबे-कुचले जख्मी लोग कराह रहे थे। थोड़ी ही देर में चौराहे पर पत्थरबाजी शुरू हो गयी। शिवाजी चौराहे के दूसरी ओर जिधर मुस्लिम आबादी के क्षेत्र शुरू होते थे, लोग एक-दूसरे पर पत्थर और ईंटों के टुकड़े फेंक रहे थे। एक बड़ी भीड़ को मैंने उस इलाके में बढ़ते देखा, उनके हाथों में तलवारें, लम्बे लम्बे लोहे के सरिये और त्रिशूल थे। तभी कहीं से उस भीड़ पर किसी ने दो तीन पेट्रोल बम फेंक दिए। फिर क्या था, थोड़ी ही देर में चौराहा आग की चपेट में आ गया था। मैं उन जख्मी लोगों में निकहत को देख रहा था। जोया को ढूँढ़ रहा था लेकिन दोनों का कहीं कोई सुराग

नहीं मिल रहा था।

मुख्य सड़क के दोनों ओर पुलिस की गाड़ियों के सायरन जोर-जोर से घनघना रहे थे। उस चौराहे पर लाशें और जख्मी लोगों के यहाँ-वहाँ पड़े होने के कारण पुलिस की गाड़ियाँ चौराहे तक आ ही नहीं पायी थीं। पुलिस की हवाई फायरिंग ने और ज्यादा आतंक बढ़ा दिया था। दोनों तरफ की भीड़ पर पुलिस आँसू गैस के गोले दागे जा रही थी। उन्हें तितर-बितर करने का प्रयास कर रही थी। दूर तक आसमान में आग और धुएँ के गुबार उठते हुए नजर आ रहे थे। मैं पुलिस की अन्धाधुन्ध हवाई फायरिंग और लाठीचार्ज के बावजूद निकहत को इधर-उधर तलाश रहा था और जोर-जोर से लगभग चीखते हुए रो रहा था।

पुलिस मुझे मार ठोंककर उस चौराहे से खदेड़ना चाहती थी लेकिन मैं किसी भी हालत में वहाँ से उस समय भागना नहीं चाहता था। मैं आशंकित था कि जरूर निकहत कहीं किसी मुसीबत में होगी। उसके साथ जोया भी थी। दोनों बेचारी लड़कियाँ इतनी भगदड़ और फसाद में उनका क्या हुआ होगा? यह सोच-सोचकर मैं अपना माथा पीट रहा था। अपनी मूर्खता पर कलप रहा था। अपने दुर्भाग्य को कोस रहा था।

नौ

तीन दिन तक पुलिस ने मुझे थाने में बन्द रखा था।

निकहत को ढूँढ़ने के लिए मैं उस चौराहे से हट नहीं रहा था तो पुलिस जबरन मुझे मार-पीटकर थाने में ले आयी थी। मैं उन्हें चीख-चीख कर निकहत के खोने के बारे में बताता रहा लेकिन मेरी किसी ने नहीं सुनी। मुझे और मुझ सरीखे बहुतों को जो उस चौराहे पर अपने लोगों की तलाश में भटक रहे थे, परेशान हो रहे थे, उन्हें एहतियातन बन्द कर दिया था।

तीन दिन बाद जब शहर का माहौल कुछ सुधरा तो मुझे छोड़ दिया गया। मैंने थाने में ये तीन दिन निकहत की याद में रो-रोकर काटे थे। निकहत की चिन्ता ने मुझे पिछले तीन दिनों से सोने नहीं दिया था। हर पल, हर क्षण मैंने उसकी फिक्र में काटा था।

मैं थाने से निकलकर सीधे मियाँमान मोहल्ले की तरफ गया और निकहत के घर जब पहुँचा तो वहाँ मातम-सा सन्नाटा पसरा था। मुझे दरवाजे पर देखते ही निकहत के बड़े भाई यासीन ने दो थप्पड़ जड़ दिए। मैं खामोश और शर्मिन्दा खड़ा

रहा। निकहत के घर के सन्नाटे को देखकर मेरे मन की आशंकाएँ और बढ़ गयी थीं। निकहत के अब्बू बाहर के कमरे की दीवार के सहारे बैठे किसी शून्य में ताक रहे थे। मेरे आने, न आने से जैसे उन्हें कोई फर्क नहीं पड़ा था।

यासीन ने फिर मुझे कॉलर पकड़कर गली के बाहर धकेलते हुए कहा, "क्या मिला तुझे कमीने? हमारे घर को बर्बाद करके क्या मिला तुझे?"

और मेरा जवाब सुने बगैर यासीन ने मुझे अपने दरवाजे से बाहर धकेलकर दरवाजा जोर से बन्द कर दिया।

यासीन और मेरे बीच हुए इस वाकिये को गली के और लोग भी देख रहे थे और वे मेरे पास आ चुके थे। मैंने उनमें से एक बुजुर्ग व्यक्ति से मामले की तह में जाने के लिए टटोलते हुए पूछा, "चाचा, मिर्जा साहब के यहाँ कुछ हुआ है क्या?"

"बेचारे की जवान बेटी और बेटा, दहशतगर्दों ने छीन लिये। इस उम्र में इससे बड़ा दुःख क्या होगा बेटा।"

इतना सुनते ही मैं सन्न-सा रह गया। मेरे सर पर जैसे किसी ने भारी हथौड़े से चोट की हो। मुझे चक्कर से आने लगे। कुछ ही देर में मेरी जोर से रुलाई फूट पड़ी।

वह बुजुर्ग व्यक्ति मुझसे बहुत कुछ पूछता रहा लेकिन मैं अपने होश में नहीं था। मेरे कान सुन नहीं पा रहे थे। दिमाग काम नहीं कर रहा था। शर्तिया मेरी धड़कन उस समय कमजोर हो रही होगी। मेरी जबान बोलना भूल गयी थी। मेरी आँखें देखकर भी कुछ नहीं देख पा रही थीं। धीरे-धीरे मेरी आँखों के आगे अँधेरा छा गया और मैं वहीं गली में गश खाकर गिर पड़ा।

दस

'राल्या मर गया।' पीटर ने बस इतनी खबर दी थी। कब, कैसे, कहाँ उसे ज्यादा कुछ नहीं मालूम था।

उस दिन जब बदरु भाई के घर जाते समय रास्ते में सर्जन मिला था तो मैंने उसे पीटर के लिए सन्देश दिया था कि मैं उसी दिन शाम को पीटर से मिलने आऊँगा लेकिन बाद में निकहत से शाम को मिलने की योजना बन गयी थी और मैं पीटर से मिल नहीं पाया था। मैंने पीटर को अपना मोबाइल नम्बर भी सर्जन के हाथों पहुँचाया था लेकिन दंगे की भगदड़ में मुझसे वह मोबाइल कहीं खो चुका था, इसलिए पीटर का मुझसे सम्पर्क नहीं हो पाया था। बाद में पीटर दो-तीन बार मुझे मेरे कमरे पर भी ढूँढ़ते-ढाँढ़ते आया था, लेकिन चूँकि मैं थाने में बन्द था और बाद में निकहत के दंगे

में मरने की खबर से इतना व्यथित था कि अगले दो दिन पता नहीं, सड़कों पर कहाँ-कहाँ भमता फिरा था। पागलों की तरह यहाँ-वहाँ शहर में भटकता रहा था। होशो-हवास गुम थे और खाने-पीने की कोई सुध नहीं थी।

मैं बस स्टैंड पर कैसे पहुँचा था, यह मुझे याद नहीं लेकिन बदरु भाई ने मुझे बस स्टैंड पर फटेहाल देख लिया था और पहचान लिया था। बदरु भाई ने मुझे अपने कमरे पर छोड़ दिया और मेरे खाने-पीने का बन्दोबस्त कर दिया था।

पीटर मुझे ढूँढ़ते हुए फिर मेरे कमरे पर आया था और मैं उसे मिल गया था।

''ये क्या हाल बना रखा है पार्टनर?''

मैं कुछ नहीं बोला। सिर्फ पीटर की आँखों में देखा।

पीटर मेरे लिए दुखी हुआ। मुझे पीटर को अपने पास देखकर थोड़ा अच्छा लगा। अपनी आँख में भर आये आँसुओं को पोंछने के बाद मैं धीरे से बोला, ''सब खत्म हो गया पीटर। सब खत्म हो गया।''

मुझे याद था कि मैंने पीटर को निकहत से अपने प्रेम के बारे में बताया था लेकिन कभी उसे निकहत का नाम नहीं बताया था। फिर मैंने पीटर को निकहत के साथ हुई अपनी पूरी घटनाएँ बतायीं और अपने मुसलमान बनने और निकहत के दंगे में मारे जाने तक की बातें बतायीं तो सुनकर पीटर भी दुखी हो गया।

''एक बुरी खबर और है पार्टनर?'' पीटर धीरे से बोला।

''क्या?''

''राल्या मर गया।''

राल्या के मरने की खबर सुनकर मैं धक्क रह गया और बच्चों की तरह रो पड़ा। अभी निकहत के गम से उबरा भी नहीं था कि इस तरह राल्या के मरने की खबर आएगी, मैं सोच भी नहीं सकता था।

''कैसे? कब?'' मैंने सिसकते हुए पूछा।

''ये सब तो मुझे ज्यादा पता नहीं, लेकिन तेरे फल्या तरफ से कोई खबर लेकर आया था। लेकिन तेरा कहीं कुछ पता ही नहीं चल रहा था। तूने जो नम्बर सर्जन को दिया था, वो भी नहीं लग रहा था। मैं दो दिन से तेरे कमरे पर सुबह, दोपहर, शाम आ रहा था लेकिन तुझसे मिलना नहीं हो पाया।'' पीटर ने बताया।

राल्या के इस तरह मरने की खबर मेरे लिए किसी सदमे से कम नहीं थी। मुझे लगा। यह दुःखों का मौसम था, जिसमें सिर्फ बुरी खबरें आ रही थीं। ऐसा ही कुछ सोचकर मेरे भीतर दर्द की एक लहर फिर उठी और मैं तड़फकर रह गया। राल्या के साथ बचपन से जवानी तक साथ गुजारे दिन, वो पल रह-रह कर याद आने लगे। मुझे याद आया कि राल्या से पिछली मुलाकात में जब बात हुई थी तो वह बहुत डरा-डरा हुआ था और फल्या में अकसर अँधेरा होने के बाद आने लगा था।

मैंने पीटर को बताया, "मैं अपने फल्या के लिए निकल रहा हूँ।"

ग्यारह

मेरे लिए राल्या की मौत की खबर भयानक थी, लेकिन उससे भी भयानक खबर थी कि राल्या मरा नहीं था, उसकी हत्या हुई थी।

फल्या में पहुँचा तो वहाँ राल्या की मौत का मातम उसकी मौत के चार दिन बाद भी जारी था और मुझे देखकर सभी फिर रो पड़े थे। मैं भी रो रहा था। राल्या मेरे लिए मेरे अपने सगे भाई से बढ़कर था। यह सिर्फ मैं ही नहीं, फल्या में सभी जानते थे। हम दोनों बरसों तक साथ रहे थे। हम साथ-साथ पढ़े थे और साथ-साथ दुःख सुख झेले थे।

देर तक फल्या में हमारे रोने का उपक्रम चलता रहा। जब थमा तो मैंने पास में बैठे सुरजा काका से पूछा, "क्या हुआ था राल्या को?"

"उसे शहरी लोगों ने मार डाला, लच्छू।" कहकर सुरजा काका सिसक पड़े।

"मार डाला?" मैं सुनकर अचरज में पड़ गया। फिर उनसे आगे पूछा, "कौन शहरी लोग?"

"पता नहीं लच्छू कौन? लेकिन वे राल्या के पीछे बहुत दिन से पड़े हुए थे। राल्या उनसे छुपते फिर रहा था।"

"क्यों पीछे पड़े थे और राल्या क्यों छिप रहा था?"

"राल्या इधर पहाड़ों में लोगों को चर्च जाना सिखाता था। उन्हें ईसाई बनाता था। उन शहरी लोगों को राल्या के बारे में पता लग गया था कि राल्या पहाड़ों में लोगों को धर्मान्तरित करता है। वे उसके पीछे बहुत दिनों से लगे हुए थे। राल्या दिन दिन भर गायब रहकर रात के अँधेरे में ही फल्या लौटता था।"

"फिर?"

"फिर एक दिन भोजाखेड़ी के पास उन शहरी लोगों के हाथ राल्या लग गया और उन्होंने उसे घेर लिया था।" कहते कहते सुरजा काका की रुलाई बढ़ गयी और वे टूटे हुए शब्दों में आगे बोले, "और उन लोगों ने राल्या को वहीं बीच सड़क पर जिन्दा जला दिया।"

सुरजा काका से यह सुनकर मेरा मन बैठ गया। मैंने ऊपर सिर उठाकर देखा, जहाँ आसमान में दूर तक दुःख की नीलिमा फैली हुई थी। अपने राल्या को न पाकर सारे पहाड़ दुःखी थे। जंगल शोक मना रहा था। और धवलई गाय जो अकाल की

मार खाकर भी जिन्दा बची हुई थी, राल्या को अपने फल्या में न पाकर उदास नजर आ रही थी।

मैंने देखा, दादा के हाथों में अब लकड़ी आ गयी थी और वे उस लकड़ी के सहारे धीरे-धीरे डोंगरिया देव वाली बयड़ी की तरफ जा रहे थे।

बारह

दादा झटका तो पहले ही गये थे अब उनकी देह पहले से ज्यादा झूल गयी थी। शरीर अब उनका साथ नहीं दे रहा था। ज्यादातर समय के लिए उन्होंने खाट पकड़ ली थी। चलना-फिरना लाठी के सहारे भर था। खेती तो सिर्फ बरसात पर निर्भर थी। बाकी मौसमों में वहाँ कुछ नहीं था। जंगल में दादा का जाना अब छूट गया था। बस कभी-कभार अपने फल्या के पीछे की बयड़ी पर बने इस डोंगरिया देव के मन्दिर में वे धीरे-धीरे चलकर आ जाते थे।

दादा के पीछे-पीछे मैं भी चला आया था। मुझे दादा का वो दुखी चेहरा अब भी याद था, जब इसी डोंगरिया देव के मन्दिर में बैठे वे मोटे-मोटे आँसू बहा रहे थे। आज भी उनके चेहरे पर वैसा ही दुख था और समय की मार के निशानों ने इसे थोड़ा और भयावह कर दिया था।

''दादा! तुम शहर आये थे?'' मैंने धीरे से पूछा।

''हूँ।'' दादा ने सिर्फ इतना कहा। जबकि मुझे लगा कि वो मुझसे पूछेंगे कि मैंने क्रिसचैन कॉलेज क्यों छोड़ दिया था? या वे मुझसे पूछेंगे कि क्रिसचैन कॉलेज छोड़ने के बाद मैं फल्या क्यों नहीं लौटा था। या वे मुझसे पूछेंगे कि क्रिसचैन कॉलेज छोड़ने के बाद मैं कहाँ रह रहा था? क्या करता था? लेकिन दादा ने ऐसा कुछ नहीं पूछा था।

''क्यों? कुछ खास बात थी।''

''हाँ।''

''क्या? बताओगे नहीं?''

''लच्छू, ये पहाड़ मुझे किसी उम्मीद से देखते हैं। मुझसे सवाल करते हैं।'' दादा ने सामने वाली पहाड़ी को देखते हुए कहा।

''कैसे सवाल दादा?''

''ऐसे सवाल जिनके जवाब मेरे पास नहीं हैं। ऐसे सवाल जिन्हें सुनकर मैं खुद कतराता हूँ, मैं खुद डरता हूँ। ऐसे सवाल जिनके जवाब खुद मैं भी तलाश रहा

हूँ।''

''क्या हुआ दादा?''

''मैं इन पहाड़ों पर मरना चाहता हूँ लच्छू। मैं मरने के बाद अपने पूर्वजों के साथ रहना चाहता हूँ।''

''तो हमें पहाड़ों से दूर कौन करेगा दादा? तुम्हें किसका डर है?''

''सरकार! सरकार हमें यहाँ से हटाना चाहती है। हमें इन जंगलों से दूर करना चाहती है। हमें इन पहाड़ों से खदेड़ना चाहती है।''

''तुम्हें किसने बताया?''

''जंगलों, पहाड़ों में रहने वाले सभी लोगों को इन जगहों को खाली करने के नोटिस मिले थे। जब शुरू में मिले थे तो हम सब फल्या वाले इकट्ठे हुए थे और हमने तय किया कि हम अपने जंगल नहीं छोड़ेंगे। किसी भी कीमत पर नहीं छोड़ेंगे। वे सरकारी आदमी हमें बार-बार आकर नोटिस देने लगे तो उस समय मैं तुमसे मिलने और तुमसे सलाह-मशविरा करने के लिए तुम्हारे शहर आया था। सोचा था, तुम पढ़ लिख गये हो, शायद कोई रास्ता सुझा सको।''

''लेकिन मैं नहीं मिल पाया। फिर क्या हुआ?''

''अभी तक तो कुछ नहीं। वे लोग नोटिस देने आते रहते हैं। हाँ, जामसिंग दादा की बहन सावित्री बेन ने हम सब को इकट्ठे होकर शहर में बुलवाया था। हम सब शहर में कलेक्टर से मिलने गये थे। और दिन भर उनके ऑफिस के सामने बैठे रहे। मगर कुछ नहीं हुआ था। सावित्री बेन अब जामसिंग फल्या में अपने भाई के घर पर रहने लगी हैं और पहाड़ों पर रहकर हम लोगों के लिए काम कर रही हैं।''

''कैसा काम?''

''सावित्री बेन सब जंगल वालों को समझाती हैं कि हमें हमारी जमीनें नहीं छोड़नी हैं। चाहे हमारी जान ही क्यों न चली जाए।''

''मैं सावित्री बेन से मिलूँगा दादा। तुम फिक्र मत करो। ये जंगल, ये पहाड़ हमारे हैं, और हम इन्हें कभी खोने नहीं देंगे।''

''मैं भी यही चाहता हूँ बेटा। अगर तुम यहाँ रहोगे तो हमें हौसला रहेगा।''

शून्य है तो क्या
शून्य की कोई परिभाषा नहीं हो सकती।

शून्य है तो क्या
शून्य किसी भाषा में दर्ज नहीं हो सकता।

शून्य है तो क्या
शून्य इतिहास का हिस्सा नहीं हो सकता।

शून्य है तो क्या
शून्य सिर्फ शून्य ही रहेगा अन्त तक।

एक

मैं किसी लक्ष्मण डावर को नहीं जानता।

मैं किसी लारेंस को नहीं पहचानता।

मैं किसी लतीफ खान से वाकिफ नहीं हूँ।

मैं, मैं लच्छू हूँ। मेरा पूरा नाम लच्छू पहाड़ है।

मेरे पिता का नाम अनारसिंग पहाड़ है।

मेरे दादा का नाम दुरसिंग पहाड़ है।

मैं इन पहाड़ों पर कहीं रहता हूँ। ये दूर तक फैला जंगल मेरा घर है। और यह कोई मेरा भ्रम नहीं है, जिससे मैं बाहर नहीं आना चाहता। यह सच्चाई है। ऐसी सच्चाई जिसे मैंने निकहत को खोकर जाना है। राल्या जैसे अपने भाई को खोकर

जाना है।

दादा सही कहते हैं, ये ऊँचे-ऊँचे आसमान को छूते पहाड़ ही मेरा धर्म हैं। ये जंगल ही हमारी जाति हैं। ये पेड़-पौधे-वनस्पतियाँ, ये जंगल के पशु-पक्षी सब हमारे रिश्तेदार हैं। हमारे सहगोत्र हैं।

क्या कि मेरी आँखें इन दिनों असम्भव-सा कोई ख्वाब देख रही हैं। मेरा मन नामुमकिन से खयाल सोच रहा है।

मैं अपने ख्वाबों में देखता हूँ कि दुनिया में कहीं कोई धर्म नहीं है। कहीं कोई जाति को लेकर दुराग्रह नहीं है। रंग और भाषा को लेकर लोगों के मन में एक-दूसरे के लिए कोई घृणा नहीं है, बल्कि प्यार और सम्मान है।

मैं अपने ख्वाबों में देखता हूँ कि मेरे ख्वाब, ख्वाब नहीं, हकीकत की तरह धरती पर फैल गये हैं और दुनिया में सिर्फ और सिर्फ प्यार फैला है।

केसरिया में हरा घुल रहा है। हरे में नीला घुल रहा है। नीले में लाल रंग घुल गया है। सारे रंग घुल-मिलकर एक नये रंग का सृजन कर रहे हैं। जैसे सूर्य की किरणों में सात रंग शामिल होने के बावजूद वह हमें किसी आठवें रंग में दिखती हैं। वैसे ही यह दुनिया किसी नये रंग में, किसी आठवें रंग में हमें हासिल हो रही है, जिसमें एक दूसरे से नफरत के लिए न जगह है, न समय।

मैं अपने ख्वाबों में देखता हूँ कि धर्महीन होते ही दुनिया पवित्र हो गयी है। जातिहीन होते ही लोगों के मन में एक-दूसरे के लिए सम्मान बढ़ गया है।

दो

मैंने देखा, ये दूर तक फैले पहाड़ मेरे दादा की तरह मुझे भी किसी उम्मीद से देख रहे हैं। यही पहाड़ जिन्हें मैं अब तक उम्मीद से देखता आया था और जिन्होंने कभी मुझे निराश नहीं किया था, आज दुखी हैं और मुझसे उम्मीद पाले हुए हैं।

मैंने अपने फल्या और आसपास के फल्या के दोस्तों को इकट्ठा किया और हम सब जामसिंग दादा के फल्या पर सावित्री बेन से मिलने के लिए आये। सावित्री बेन शहर में रहकर आदिवासी लोगों के लिए काम करती रही थीं लेकिन जबसे उन्होंने जाना कि बाक्साइट के लिए इन पहाड़ों को खत्म किया जाना है और जंगलों में बसी आबादी को यहाँ से विस्थापित किया जाने वाला है, वो आदिवासियों के हित में खुलकर खड़ी हो गयी हैं।

जामसिंग दादा ने अपनी बहन सावित्री बेन से मेरा परिचय करवाया। सावित्री

बेन को यह जानकर बेहद खुशी हुई कि मैं शहर में रहने के बावजूद अपने फल्या और अपने लोगों के लिए काम करना चाहता हूँ।

सावित्री बेन के साथ बैठकर मैं आगे क्या करना है, कैसे करना है, इसकी योजनाएँ बनाता रहा।

सावित्री बेन से मिलने के लिए सिर्फ हम युवक ही नहीं आये हैं। हमारे साथ हमारे आसपास के फल्यों की युवतियाँ भी आयी हुई हैं। उन सब को नीरू इकट्ठा करके लायी है।

सावित्री बेन से मिलने के बाद हम सब वापस अपने-अपने फल्यों में लौट आये। मगर नीरु, गजरी और गवरी के साथ मेरे फल्या पर चली आयी। वहीं पर नीरु से बाद में अकेले में मुलाकात हुई, तो उसने मुझसे पूछा, ''अब यहीं रहोगे?''

''हाँ।'' मैंने कहा।

''अच्छा है। तुम रहोगे तो हम सबको हिम्मत रहेगी।''

''इन पहाड़ों को छोड़कर कहाँ जाऊँगा। जैसे पहाड़ अपनी जगह नहीं छोड़ते। हम भी तो उन्हीं की सन्तान हैं, हम क्यों अपनी जगह छोड़ें?''

''मुझे भरोसा है तुम साथ नहीं छोड़ोगे।'' नीरु ने मेरी आँखों में देखकर शायद किसी और आशय से कहा।

मैंने अपनी नजरें उसके चेहरे से हटाकर दूर पहाड़ों की ऊँची-ऊँची चोटियों को देखते हुए कहा, ''नहीं, मैं अब कहीं नहीं जाऊँगा।''

''मैं भी कभी तुम्हारा साथ नहीं छोड़ूँगी।'' नीरु ने आहिस्ते से मेरी हथेली को अपनी हथेली में थामते हुए कहा।

□□□

णाणं पयासयं

वीर नि. सं. 2470

ई. सन् 1944

भारतीय ज्ञानपीठ